1%의 어떤것 ♥2

1%의 어떤 것

현고운 장편소설

CONTENTS

BOOK 1

* 다시 쓰는 '1%의 어떤 것' ‖ 007
* 프롤로그 ‖ 013

1. 게임 상대는? — 버릇없는 손자 녀석 ‖ 027
2. 막상막하 — 드디어 임자 만나다! ‖ 055
3. 매치포인트 — 게임이 시작되었다 ‖ 079
4. 운명은 무슨 — 확실히 우연이다, 절대로 ‖ 099
5. 문제적 남자 — 이러는 건 반칙인데요 ‖ 125
6. 거래는 공평하게 — 진지한 교제의 시작 ‖ 149
7. 그들의 첫날 — 달라도 이렇게 다를까 ‖ 179
8. 소나기 — Close your eyes and I'll kiss you ‖ 201
9. 불공정한 — 원래 연애는 그런 거야 ‖ 229
10. 사업적 관계 — 그러니까, 나한테 반하지 마요 ‖ 253
11. 영웅처럼 — 지구라도 구해야 하는 걸까? ‖ 277
12. 선물의 또 다른 의미 — 기억이 추억으로 채워지는 ‖ 301
13. 또 다른 만남 — 인연이 다시 스치다 ‖ 331
14. 오빠와 그가 만났을 때 — 세상의 남자는 다 애들 같다 ‖ 351
15. 어땠을까 — 남들처럼, 조금 더 평범하게 ‖ 373
16. 같은 공간 — 여기 있어. 우리 집에, 내 옆에 ‖ 389

BOOK 2

17. 지금 갈까? — 난 당신이 필요해 ‖ 007

18. 질투라는 건 — 한 번도 느껴보지 못한 의외의 감정 ‖ 033

19. 뜻밖의 약혼 — 당신 아프게 할 일 없어 ‖ 063

20. 법적 파트너 — 도장까지 쾅쾅 찍은 사이 ‖ 083

21. 흔들리지 않게 — 그 남자는 이미 선택했어요 ‖ 107

22. 99개의 단점 — 그럼에도 불구하고 끌리는 이유는? ‖ 129

23. 그녀의 부재 — 심장이 사라질 것 같은 ‖ 147

24. 빚을 갚는 방법 — 조금씩, 천천히, 끝까지 ‖ 173

25. 지나가다 — 그날처럼, 그리고 오늘처럼 ‖ 197

26. 후회 — 남들처럼 연애할걸 ‖ 225

27. 변하지 마요 — 이 여자, 놓치지 마 ‖ 249

28. 이별 — 좋은 여자 만나지 마요 ‖ 267

29. 거짓말 — 시간이 약이 될까요? ‖ 283

30. 기다리는 — 참 거지 같은 일이에요 ‖ 305

31. 꿈이 아니라서 — 나직하게, 사랑해 ‖ 331

32. 1%의 어떤 것 — 나를 완벽하게 하는 사람 ‖ 361

* **에필로그** ‖ 381
* **작가 후기** ‖ 411

17. 지금 갈까?
— 난 당신이 필요해

재인이 호텔에 출근을 하고 난 후 집에 도착한 다현은 엉망이 되어 있는 작은 방 안을 바라보고는 한숨을 내쉬었다.

아니, 딱 봐도 아무것도 없는 게 보이는구만 뭘 그렇게 열심히 뒤집어놨는지. 달랑 방 하나, 작은 거실에 딸린 주방 하나인 작은 공간이 이렇게 엉망이 될 수도 있구나.

문이란 문은 다 열려 있었고, 서랍이란 서랍은 다 빠져 있었다. 냉장고 안에 있는 음식들을 제외하고는 온통 정신없이 널려 있었다. 다현이 주섬주섬 정리하고 있을 때 재인으로부터 문자가 도착했다.

> 어디야?

> 집이요.

다현이 문자를 보내기가 무섭게 핸드폰의 진동 소리가 묵직하게 들려왔다. 빨리 안 받으면 큰일 날 것 같은 기분이었다. 다현이 전화를 받자마자 톤이 높아진 재인의 목소리가 쏟아져 나왔다.

"누구 집?"

"당연히 우리, 아니 내 집이지요."

"설마 그 옥탑방?"

믿을 수 없다는 듯한 목소리에는 화를 꾹 눌러 참는 기색이 역력했다.

"네."

"혼자?"

"네."

"미쳤어? 거길 왜 가. 꼼짝 말고 거기, 아니 당장 나와. 근처 커피숍에라도 가 있어."

재인이 버럭 하고 재인이 소리를 질러대는 통에 다현은 핸드폰을 귀에서 떨어뜨렸다.

"지금은 괜찮아요. 문단속도 확실히 했고."

"그날은 문단속 안 했어?"

재인의 질문에 다현이 '헉' 하고 숨을 삼켰다. 핸드폰 너머에서 재인의 커다란 한숨 소리가 다시 들려왔다.

"당장 나와, 그 집에서. 1시간, 아니 40분 안에 갈 거야. 그러니까 나와."

다현이 뭐라 하기도 전에 재인의 전화가 끊겼다.

하여튼 성질하고는. 서울 한복판에서 인천까지 40분 안에 도착하는 일은 그야말로 불가능했다. 그리고 그 사람이 온다고 특별히 해결될 일도 아니었다.

얼른 사람을 불러서 열쇠를 서너 개쯤 더 달고 어수선한 방 안을 정리하는 게 우선이었다.

※

재인은 급한 발걸음으로 사무실을 나와 로비로 향했다.

하여튼 겁도 없다. 거길 혼자 가다니. 아직 도둑이 잡힌 것도 아니고 잠금장치도 하나도 손보지 않은 집에 들어가다니. 재인답지 않게 성큼성큼 긴 다리로 급하게 로비를 가로지를 때 누군가 뒤에서 그를 끌어안아 멈춰 세웠다.

뭐지, 이건. 허리에 팔을 두르고 등 뒤에 얼굴을 기댄 사람을 확인하기 위해 재인이 멈칫 걸음을 멈추고 뒤를 돌자 주희가 그를 바라보며 미소 짓고 있었다.

"너, 이게 뭐 하는 짓이야!"

머리끝까지 짜증이 난 재인이 인상을 썼다. 안 그래도 그는 시선을 끄는 위치에 있는 사람이었고 지금은 급하기까지 했다. 거기다 이런 식으로 반갑지 않은 사람에 의해 세워지는 건 딱 질색이었다.

"왜 이렇게 까칠해. 사람 민망하게."
"민망할 짓을 하지 말아야지."
"점심 먹자. 나 회의 이제 끝났는데."
"약속 있어. 없어도 너랑 먹을 생각 없고."
주희의 제안을 단호하게 거절한 재인이 팔짱을 끼고 있는 그녀의 손을 빼냈다.
 표정, 태도, 어투까지 누가 봐도 거절이었지만, 그녀는 아랑곳하지 않았다. 3년 전의 선택은 그녀가 성급했다. 그깟 혼전 계약서 따위 써줬으면 그만이었는데 괜한 자존심에 잘못된 선택을 했다. 어차피 그녀 역시 돈이 부족한 게 아니었다.
 그들이 결혼을 했다면 재계에서 남부럽지 않을 한 쌍이 되었을 것이고, 그녀는 성현의 안방마님이 되었을 것이다. 하지만 아직 기회가 남아 있었다. 거의 뛰다시피 걸어가는 재인을 바라보며 주희는 그렇게 생각했다.

※

 다현은 집 안으로 들어가지도 못하고 옥탑방 계단에서 잔뜩 긴장한 채 덩그러니 서 있었다. 한눈에 봐도 경계한 표정에, 눈에는 아직 두려움이 가득했다. 그 모습이 영 마음에 걸려 재인은 나직하게 혀를 차고 급하게 다현에게 다가갔다.
"정말 말도 엄청 안 듣는다. 별일 없는 거지?"

"별일 있을 일이 뭐 있어요. 잠깐 사이에."
"원래 사고는 잠깐 사이에 일어나는 거야."
"겁 좀 그만 줘요. 안 그래도 무서워 죽겠는데."

애써 의연한 척하던 다현의 얼굴이 다시 창백해지자 재인이 미간을 모았다. 항상 씩씩하기만 한 다현이었지만 이번 일만큼은 어지간히 놀랐나 보다.

"그러니까 왜 여길 혼자 와, 혼자 오길."
"그럼 어떡해요. 여기가 내 집인데."
"그래, 그게 문제야."

버럭 성질을 부리는 재인에게 다현이 항변하듯 투덜거리자 그가 나직하게 중얼거렸다.

진작에 손을 봤어야 했는데 설마 하고 방심하는 바람에 그녀가 이렇게 놀라고 있다. 그나마 다현이 다치지 않은 게 불행 중 다행이었다. 그의 손을 꽉 잡고 조심조심 집 안을 둘러보는 다현을 바라보며 재인은 다시 한 번 자신의 소홀함에 미간을 모아야 했다.

※※※

정신없는 집 안의 상황이 다시 눈에 들어오자 다현은 크게 한숨을 내쉬었다. 여길 다 정리하려면 오늘 밤으로도 모자랄 듯했다. 그만큼 집 안은 엉망이었다. 어느새 재인의 손을 놓은 다현이 바닥에 떨어진 책들을 주워 올리며 투덜거렸다.

"해도 너무하네. 돈 되는 게 없으면 그냥 가던지. 뭐 이렇게 다 뒤집어놨어."

"뭐 없어진 건 없어?"

"돈은 어차피 집에 없으니까. 노트북도 있고, 지수 사인 집도 있고."

그나마 노트북 말고는 딱히 돈 될 만한 게 없는 듯한데 다현이 말도 안 되는 사인 집을 찾아가며 기분 좋은 미소를 지어 보이자 재인은 가볍게 혀를 찼다.

물욕이 없는 건지, 뭘 모르는 건지. 아마 뭘 모를 것이다. 그리고 그녀는 평생 그럴 것이다.

"아, 맞다. 귀걸이. 현진이가 그거 진짜 비싼 거라고 했는데. 첫 월급 받아서 사준 거거든요. 여기 있다."

"정말 없어진 거 없어?"

재인이 의심스러운 표정으로 다시 물었다.

"다행히 그런 거 같아요. 도둑이 황당했겠다. 뭐 이렇게 가져갈 게 없나."

머쓱해하며 중얼거리는 다현의 답변에 재인의 얼굴이 좀 더 심각해졌다. 이렇게 난장판을 만들고 가져간 게 없다? 도둑이라면 저 노트북이라도 들고 갔어야 했다. 아니, 저 금 귀걸이도 그녀의 친구 말대로 돈이 될 것이다. 그런데 저런 것들을 다 두고 빈손으로 갔다?

뭔가 있다. 분명 무언가 있다. 다현의 집에서 다현 빼고 중요한 것. 그게 뭘까? 재인은 다현의 좁은 방을 주욱 둘러보았다.

단출한 살림살이들. 그동안 보았던 그녀의 성격상 명품에 관심이 있거나 귀금속에 욕심을 부리는 여자가 아니었다. 그렇다고 귀한 물건을 집 안 어딘가 깊숙이 감춰두고 있을 사람도 아니었다.

"그 계약서 어디 있지?"

"무슨 계약서요?"

"우리 둘이 쓴 거. 공증 받은 거 말이야."

"아, 그거요? 그건…… 어디다 뒀더라. 아, 맞다."

책상의 마지막 서랍은 열려 있었고, 두 사람의 계약서가 들어 있던 상자는 바닥에 쏟아져 있는 상태였다.

"여기다 둔 거 같은데, 어디 갔지?"

처음 선생님이 되었을 때 받았던 첫 번째 편지.

스승의 날 선물 받은 카네이션이 붙어 있는 그림.

처음으로 맞이한 졸업생이 선물한 작은 인형.

오빠가 미국에서 보내준 소리가 나는 엽서.

어느 날엔가 인사동에 들렀을 때 눈에 띄었던 한글이 가득했던 스카프.

그리고 마지막에 챙겨 넣었던 이재인과의 계약서는 다현의 소중한 기억들에서 저만치 떨어진 곳에서 발견되었다.

"찾았다. 근데 나 이거 상자 안에 넣어놨었는데."

다현의 중얼거림에 재인은 마지막에 찾아낸 퍼즐 조각에 잠시 눈을 감았다. 이거였구나. 온통 방 안을 뒤집어놓은 도둑의 목적은 다현과 재인의 교제 계약서였다. 잠시 생각에 잠긴 재인을 바라보며 다현도 같은 결론에 도달했다.

이 집에서 돈이 되는 건 처음부터 없었다. 하지만 문제가 될 건 딱 하나 있었다. 이재인, 이 남자 말이다. 다현이 자신의 손안에 있는 교제 계약서를 바라보며 짧은 한숨을 삼켰다.

"문제가 생긴 거죠?"

"아냐. 너, 안 다쳤으니까 괜찮은 거야."

사실이다. 다현이 다치지 않은 것만으로도 그에게는 더없이 괜찮은 일이었다.

"우리 만나는 거, 공개되면 안 되는 거죠?"

"그것보다."

"그것보다?"

여전히 걱정스러움을 담고 묻는 다현에게 재인이 희미하게 웃어 보였다.

"누가 그랬냐가 중요한 거지. 뭐든 다다가 걱정할 일이 아니야. 그건 내가 알아서 할 문제니까."

달래듯 다독이는 재인의 말에도 다현의 마음속은 복잡했다.

이 계약서의 여파가 어떨지 다현도 어렴풋이는 짐작하고 있었다. 물론 유언장이 첨부되거나 내용 전부가 적혀 있는 건 아니지만 공증까지 한 계약서의 행간을 통해 작성 의도와 목적까지는 알 수 있으리라.

 옥탑방을 제대로 정리도 못하고 그대로 둔 채 다현은 재인의 손에 이끌려 계단을 내려왔다. 절대 오늘 밤 이곳에서 다현이 혼자 잠을 잘 수 없다는 게 재인의 생각이었다.
 단순한 절도범이라도 걱정이었지만 예상대로 유언장에 욕심이 있는 사람들이 다시 이곳을 들른다면 그들이 무슨 짓을 할지 재인도 짐작할 수가 없었다. 그리고 그는 그런 위험을 방치할 생각이 전혀 없었다.
 "괜찮은데."
 "내가 안 괜찮아."
 재인이 다현의 손을 단단히 붙들고 1층으로 향하는 계단으로 내려가려 하자 다현이 그를 붙들었다. 그리고 마치 백허그라도 할 것처럼 그의 등 뒤에 얼굴을 가져갔다.
 "왜 이러는데?"
 낯설기는 했지만 그는 다현의 친밀한 태도가 싫지 않았다. 재인은 여전히 자신의 등 뒤에 있는 다현을 품에 안으려 몸을 돌렸지만 그녀가 얼른 한 발짝 떨어졌다. 한 계단 위로 올라가는 그녀의 표정이 심상치 않았다.
 "호텔에 일하러 간 거 맞아요?"

"그게 무슨 뚱딴지같은 소리야?"

다현이 재인의 질문에 답을 하지 않고 다시 계단을 내려와 이번에는 재인의 가슴에 안길 듯 얼굴을 가져가며 숨을 들이켰다. 또 한 번 그의 팔이 허공에서 멈추었다.

"음, 재인 씨한테서 화장품 냄새 나요."

"뭐?"

"그리고 양복도 갈아입어야 할 거 같아요. 누가 뒤에서 끌어안았나 봐요."

"그게 무슨 소리야."

슬쩍 뒤돌아보니 검은 슈트에 여자 화장품 흔적이 확실히 묻어 있었다.

"이런 망할."

이게 도대체 어쩐 일이지 하고 고개를 갸웃거리다 순간 머리를 스치고 지나가는 기억에 재인이 나직하게 욕설을 내뱉었다. 호텔에서 주희가 해놓은 짓이다.

"금방 유죄 인정한 거 알아요?"

"아니야. 정말 아니라니까."

다현이 팔짱을 끼고 진지하게 그를 바라보자 재인이 거친 손길로 머리를 긁적거렸다. 이거야 원. 바람도 안 피우고 현행범으로 잡힌 느낌이다.

재인이 잔뜩 화난 표정으로 상의를 벗어재꼈다. 화장품 냄새가 그에게도 전해졌다. 도대체 뭘 뿌리고 다니길래 이렇게 독한 냄새가 나는 건지.

"그래서 어제 호텔에서 잔다고 그랬어요?"

"말도 안 돼."

"그 여자가 호텔에서 묵나 보죠?"

"아니라니까, 정말! 주희랑은 아무 관계……."

저도 모르게 버럭 하던 재인이 아차 싶어 입을 다물었고, 그제야 화장품의 주인공을 알아낸 다현이 흥미롭다는 듯 고개를 살짝 끄덕였다.

이 여자, 형사 해도 잘하겠다. 아니, 그럼 안 되겠구나. 그처럼 무고한 현행범이 생길지 모르니까.

"그 여자, 이름이 주희예요?"

"그냥저냥 아는 여자야. 별로 안 친해. 호텔에 일이 있었나 봐. 그래서 잠깐 봤어."

"근데 그렇게 막 안고 그래요?"

"아니라니까. 그냥 어쩌다 옷에 묻은 거야."

재인은 열심히 변명을 해댔지만 다현은 그리 감격하는 눈치가 아니었다. 이러다간 법원 근처에도 못 가보고 유죄 판결을 받을 것 같았다.

"지하철을 타고 다니는 것도 아니고 이 시간에 여자 화장품을 그렇게 대놓고 묻히고 와서 나보고 믿으라구요?"

"믿어. 확실히 다른 짓 한 거 아니니까."

"다른 짓 한 거 같은데."

여전히 의심의 눈길을 거두지 않는 다현을 흘겨보고 재인이 집어 던지듯 웃옷을 뒷좌석에 팽개쳤다.
"아니라니까."
"진짜?"
"정말 아니야. 말이 나와서 얘기인데 내가 작정했으면 당신한테 안 들켜. 내가 그렇게 허술해 보여?"
재인의 설명에 다현은 순순히 고개를 끄덕였다.
"아뇨. 근데 생각해보니까 그게 더 무서운 거네요. 재인 씨라면 완전 범죄가 가능할 거 같거든요. 좀 약았어야지."
그녀의 표정은 좀 더 신중해지고 눈빛이 더 매서워졌다. 이 여자가 정말 그를 바람둥이로 만들기로 작정을 한 모양이다.
"누군지 몰라도 재인 씨랑 결혼할 여자는 진짜 조심해야겠다."
"내가 흉악범이야? 조심하게?"
재인이 버럭 성질을 부렸다. 결혼할 여자의 범위 안에 결코 본인을 포함시키지 않는 다현으로 인해 그는 열이 확 올랐다. 물론 그와 그녀의 결혼은 현실적으로 쉬운 일이 아니었다. 하지만 사귀는 내내 이렇게 1% 가능성의 여지도 없이 금을 그어 놓는 것도 별반 기분 좋은 일은 아니었다.
"바람피우는 남자는 흉악범이랑 다를 게 없거든요."
그녀가 엄숙하게 대답했다. 정말로 용서가 안 된다는 표정이었다.

"아니라니까 그러네!"

끝내 재인이 버럭 하고 성질을 부리자 다현이 키득거리며 웃음을 터뜨렸다.

"당신도 답답하죠? 아닌데 자꾸 우기니까. 그런데 재인 씨는 수시로 그래요."

"내가 언제?"

"많은데 일일이 꼽자면 내가 쪼잔해 보여서요."

다현이 씩 하고 웃어 보였다. 어수선한 집 생각이 잠시 잊히는 기분이었다.

어디서부터 정리를 해야 할지, 혹은 여기서 계속 살아야 할지 생각이 많았었는데 그래도 잠깐이나마 기분이 좋아졌다. 물론 그 주희라는 사람은 여전히 의문이 남지만.

⋯⋯⋯⋯⋯⋯

딱 식사 시간 때인지라 간단히 저녁을 먹고 차를 마시기 위해 자리를 옮겼다.

서늘한 에어컨 바람이 지친 하루의 끝을 달래주고 꽃향기가 나는 허브 차가 그녀를 위로하고 있었다.

"당분간 그 집에는 얼씬도 하지 마. 보안장치 다시 하게."

"해도 내가 해야지요. 집주인하고 얘기해서."

집주인이 해줄지는 모르겠지만 안 해준다고 해도 그녀가 해야 할 판이었다. 아니면 이참에 융자를 왕창 얻어서라도 조그만 아파트를 알아봐야 하는 걸까?

"내가 얘기할 테니까 당신은 그냥 있어."

"우리 집인데 왜 재인 씨가 얘기해요. 집주인 아줌마 얼굴도 모르면서."

"그건 내가 알아서 할 테니까, 그냥 당신은 얌전히 있어."

재인이 테이블 위에 작은 스마트카드를 내밀었다. 다현이 뭔가 의심쩍은 얼굴로 바라보자 재인이 말을 이어 설명했다.

"우리 집 현관 카드 키야. 비번은 문자로 알려줄게."

"재인 씨네 있으라구요?"

다현의 물음에 재인이 당연하다는 듯 고개를 끄덕였지만 그녀의 표정은 아니었다.

"우리 집에 와 있어."

"거길 어떻게 가요."

그녀가 고개를 흔들었다. 아무리 생각해도 거기는 또 안 된다. 오늘 밤은 정말이지 사고를 칠 거 같았다. 재인이 덮치든, 아니면 그녀가 덮치든.

"왜 안 되는데?"

"재인 씨 집이잖아요."

"어젯밤 아무 일도 없었잖아."

물론 그렇다고 해서 오늘도 아무 일이 없을 것이라는 보장은 없었지만 그래도 그는 그녀가 다시 허술한 옥탑방으로 가는 것만은 절대 보고 싶지 않았다.

"그게 문제가 아니잖아요. 누가 보기라도 하면 어떡해요? 재인 씨, 안 그래도 보는 눈 많은 사람인데. 이렇게 여자가 집에 드나들어도 돼요?"

"뭘 걱정하는 거야? 내가 걱정인 거야, 아님 나랑 소문나는 게 문제야?"

"둘 다요. 우리는 지금 그럼 안 되잖아요. 더 복잡하게 얽히면 안 돼요. 그리고 나는 재인 씨한테 반해도 안 되구요."

"그러니까, 나한테 반할 거 같아?"

재인의 질문에 다현은 작게 감탄했다. 아무튼 간에 행간의 문장을 해석하는 능력이 탁월하다. 지금 중요한 건 내가 그의 집에 묵을 수 없다는 건데 그는 마치 그녀의 마음을 읽기라도 한듯 반할 거 같은지 묻고 있었다.

"정들 거 같아요. 근데, 그럼 안 돼요. 우리, 몇 달 안 남았잖아요."

그건 재인에게만 하는 말이 아니었다. 스스로에게도 내내 주문처럼 이르고 있는 사실이었다.

이 사람에게 더 반하면 안 된다. 다현의 말에 재인도 멈칫하고 그녀를 바라보았다.

앞으로 남은 시간, 더 이상 서로에게 빠져들어서는 안 된다. 처음 말했던 것처럼 반해서도 안 되고.

헤어지는 날을 진작부터 알고 있었는데 행여라도 마음을 주는 일은 서로를 다치게 하는 일이다.

결국 그녀는 진주행을 선택했다. 재인은 고속버스 터미널 앞에서 누가 봐도 알 만큼 분명하게 인상을 긋고 있었다.

"왜 우리 집 놔두고 거길 간다는 거야?"

"재인 씨 집은 안 된다고 했잖아요. 그럼 찜질방에서 잘까요?"

찜질방이라는 이야기에 재인의 눈썹이 거짓말 좀 보태서 이마 끝까지 다다랐다. 입 밖으로 말은 안 해도 그게 무슨 미친 소리냐고 묻고 있는 듯했다.

"거기서 자는 사람도 많아요."

"그래도 김다현은 안 돼."

그가 질색을 하고 고개를 흔들었다.

"그래서 진주 내려간다니까요. 오랜만에 엄마 얼굴도 보고."

"나 못 믿어?"

"못 믿어요. 그리고 나도 못 믿어요."

재인의 질문에 다현이 대답했고, 그는 한숨을 내쉬었다. 사실 그도 자신을 못 믿었다. 지난밤처럼 얌전히 서재에 앉아 있을 자신이 별로 없었다.

결국 이번에도 다현이 이긴 것 같았다. 부모님이 계신 진주가 더 안전하겠지. 하지만 아무리 생각해도 거기는 너무 멀다.

같은 서울 아래 살고 있다고 해서 매일 마주하는 건 아니었지만 그래도 너무 멀리 떨어져 있는 건 어쩐지 서운하다.

서운함과 아쉬움, 그리고 어쩌면 내내 보고 싶을지도 모를 그리움까지 접어둔 채 그렇게 진주에 내려왔다.

모처럼 엄마가 해준 집밥을 거하게 먹고 동네에 대한 소소한 이야기들을 추임새 넣어가며 들어주고 서현 오빠의 배신 이야기를 다시 한 번 되새기고 난 후, 다현은 한옥 집 툇마루에 덩그러니 앉아서 하늘을 바라보았다.

아직 더위는 미친 듯이 기승인데 풀벌레 소리도 또 요란했다. 이렇게 어느새 여름이 가고 또 새로운 계절이 다가올 것이다. 늦지도, 빠르지도 않게.

진주는 어느 때보다 조용하고 나른했다. 이상하게 진주 집에서의 시간은 천천히 흐르는 것 같았다. 특히 다른 날보다 더 천천히, 더 느릿느릿.

다현은 흘긋 핸드폰을 바라보았다.

시끄럽게 울어대는 메시지도 없고, 오늘따라 돈 빌려 쓰라는 스팸 전화도 없다. 그리고 이재인도.

이 남자는 지금쯤 미친 듯이 일을 하고 있겠지?

문자라도 넣어볼까? 잘 지내냐고.

그건 뭔가 쑥스럽다. 헤어진 지 얼마나 됐다고.

그럼 밥 잘 먹으라고 할까? 아니지. 내가 와이프도 아닌데 밥 먹는 것까지 챙기는 건 너무 가까워 보인다.

많이 바쁘냐고 할까? 그럼 아마도 많이 바쁘다고 하겠지.

날씨 얘기, 밥 먹는 얘기, 이런 뻔하고 뻔한 일상들을 문자로 보내기 위해서는 얼마나 친해져야 하는 걸까. 아니, 아니, 내가 정말 하고 싶은 말은······.

그때 손에 쥐고 바라만 보고 있던 핸드폰에서 진동음이 울려댔다. 전화 속의 이 남자도 혹시 나와 같은 생각을 하는 걸까. 이재인이라는 이름 하나만으로도 그녀의 가슴이 두근거린다. 큰일 났다, 김다현.

"진주야?"

"네."

나직한 재인의 목소리에 보이지도 않는 그를 향해 핸드폰에 대고 고개를 끄덕였다.

"재인 씨는요?"

"나도 집."

"웬일로 일찍 들어갔네요."

놀라워하는 다현의 목소리에 낮은 웃음소리가 들려온다. 밤마다 통화를 해서인지 그의 퇴근 시간은 진작에 알고 있었다.

"밥은 먹었어?"

"9시가 넘었는데요. 설마 아직 밥 안 먹었어요?"

"먹었어."

재인이 짧게 대답했다.

그리고 그의 대답만큼이나 짧은 침묵.

이상하게도 어색하지도 않고 긴장되지도 않는, 함께 서로의 숨소리를 전해 듣는 것만으로 가슴 설레는 미소가 새어 나오는 짧은 시간.

"뭐 해?"

"달 보고 별 보고 있어요."

핸드폰을 들고 마당으로 나온 다현이 머리를 젖히고 하늘을 바라보며 중얼거렸다.

별이 쏟아질 것 같은 하늘은 아니었지만 충분히 청명했다.

"그게 다야?"

"아뇨. 이재인 씨 생각도 해요."

그것도 너무 많이. 너무 자주.

다현의 대답에 재인의 희미한 웃음소리가 들리는 듯했다.

아, 정말로 이 남자의 낮은 목소리와 이 나직한 웃음이 그리웠나 보다.

"보고 싶은가 봐요. 아니, 재인 씨, 보고 싶어요."

내가 정말 하고 싶은 말은 이거였다. 날씨 얘기도 아니고, 안부 얘기도 아니었다.

당신, 보고 싶어.

더할 나위 없이 담백하고 정직한 다현의 대답에 핸드폰 너머가 조용해졌다. 그리고 한참을 지나서 다시 그의 목소리가 들렸다.

"지금 갈까?"

"아뇨."

딱 떨어지는 다현의 거절에 재인의 한숨이 들려왔다.

서울에서 진주가 한두 시간 거리도 아니고, 이 시간에 와서 언제 다시 올라간단 말인가. 안 그래도 잠도 잘 못 자는 사람인데.

"보고 싶은 거 맞아?"

"참아보려구요."

다현이 최대한 밝게 대답했다. 참아봐야겠지. 참아야 한다. 어쩌면 앞으로 내내 다시 보지 못할 사람이니까. 지금부터 연습이 필요할지도 모른다.

"그럼 나도 참아야 하는 거야?"

"그래야 하지 않을까요? 공평하게."

"아, 공평."

재인이 나직하게 투덜거렸다. 가끔 다현의 직설 화법에 당황할 때가 있다. 그리고 그 솔직함이 그리울 때가 있다. 지금처럼. 서울과 진주, 천릿길만큼 떨어져 있는 서로의 감정은 서로를 향하며 똑같이 공평하다. 그럼에도 불구하고 함께하지 못해 그는 갈증이 났다.

"언제 올 거야?"

"일요일쯤?"

오늘은 금요일이다. 너무 늦다. 재인이 전화기에 대고 다시금 짧게 한숨을 토해냈다. 이 여자, 나 보고 싶다고 고백한 거 맞는 걸까?

"진주에 어머니가 꿀 발라놨어?"
"네?"
한 템포 늦게 재인의 말을 이해한 다현이 '하하' 하고 웃음을 터뜨렸다.
"아님 왜 그렇게 오래 진주에 붙어 있는 건데."
"꿀도 있어요. 지리산 토종꿀. 혹시 필요해요?"
'아니. 난 김다현만 필요해.'
재인이 마음속으로 중얼거렸다.
"내일 오지."
"내일이요?"
"응."
"그래요, 그럼."
그의 제안 아닌 종용에 그녀가 순순히 그러마 대답했다.
내일이면 볼 수 있구나.
"몇 시에 올 거야?"
"여기서 점심 먹고."
"점심은 서울에서 먹자."
'나와 함께'는 생략된 단어였지만 다현은 알아들었다.
"나는 상관없는데 재인 씨는 시간 돼요?"
"밥은 먹고 다닌다니까. 출발하면서 전화해."
"알았어요."
그리고 꽤 오랫동안 대화가 이어졌다. 전화를 끊기가 아쉬웠다. 재인이 발끈하는 서현 오빠 이야기, 오늘 저녁 먹은 비싸기만 하고 맛은 별로였다는 저녁 식사, VIP 고객의 말도 안 되는 트집에 같은 흥분과 동조, 그는 얼굴도 모르는 옆집 할머니의 연애담.

사랑한다는 말을 속삭이지 않아도 그다지 중요하지도 않는 이야기를 시시콜콜 들어주고, 지금까지는 별반 재미있지 않았던 일들이 흥미로워지는…… 이게 연애인가?

어쩌면 좋은지. 정말 이 사람과 연애를 하나 보다. 다현은 나직하게 한숨을 내쉬고 눈을 감았다.

고속버스 터미널에서 내리자 재인이 기다리고 있었다. 많은 사람들 속에서도 그는 단연 눈에 띄는 남자였다. 그 역시 대번에 버스에서 내리는 그녀를 알아봤다.

두 사람은 한참을 바라보고 서 있었다. 마치 긴 이별 끝에 다시 만나는 사람들처럼. 달랑 사흘 밤이었는데도 꽤나 오랜만에 만나는 느낌이었다.

다현이 한 걸음 다가가 그의 팔에 팔짱을 끼었다. 뜻밖의 행동에 재인의 눈이 커졌다.

"사귀는 사이니까요."

당당한 그녀의 주장에 재인이 미소 지었다.

항상 재인이 먼저 꺼냈던 얘기였다. 우리는 사귀는 사이라고. 이제 다현이 그에게 그렇게 말한다. 사귀는 사이라고.
"당연하지. 우리는 사귀는 사이니까."
재인이 자신의 팔에 걸친 다현의 손을 토닥이며 잡았다.
"안 바빠요? 마중을 다 나오고?"
"주말이니까."
사실 주말이라고 한가했던 재인이 아니었다. 바쁜 와중에 그녀를 위해 짬을 내준 것 같아서 다현의 얼굴에 배시시 웃음이 떠올랐다.
"배고파요."
"그렇지, 우리 사이에 먹는 게 빠지면 서운하지."
차에 오르면서 다현이 중얼거리자 재인이 픽 하고 웃음을 터뜨렸다. 이제야 김다현이 함께 있는 듯하다.
"아, 지금 공사 마무리 중인데 집에 뭐 불편한 거 없어? 고칠 때 같이 손보게."
"공사요? 아니, 열쇠 하나 더 다는 데 공사까지 해요?"
이해할 수 없는 재인의 대답에 다현이 고개를 갸웃거렸다.
"보안 시스템이랑 창문 새로 바꾸고 있어."
"무슨 옥탑방 월세 집 창문을 새로 바꿔요. 보안 시스템은 뭐고. 남의 집인데."
다현이 화들짝 놀라 그를 바라보았다.
"그 집, 내가 샀어."

사다니. 뭘? 집을? 아무렇지도 않은 재인의 대꾸에 다현은 잠시 자기가 잘못 들은 줄 알았다. 다현은 어이없는 얼굴로 재인을 바라보았다. 그리고 찬찬히 그에게 물었다.

"지금 뭘 했다구요? 집을 사요?"

"집주인이 보안장치 새로 달겠다니까 아예 집을 사래."

재인이 당연하다는 듯 말했다. 집이 아니라 마치 가까운 마트에서 라면 하나 산 느낌이었다.

그녀가 집에 없는 새에 이 남자, 사고 제대로 쳤다.

"그렇다고 덜컥 사면 어떻게 해요? 집이 한두 푼도 아니고."

"구청 개발 계획 보니까 옆에 공원도 생기고 주변에 대학도 많고 지하철도 가까우니까 나중에 싹 리모델링해서 되팔면 돈이 될 거 같아서. 투자라고 생각하고 샀어."

기겁을 한 다현의 타박에 그는 마치 공인중개사처럼 매매의 장점에 대해서 설명했다.

"돈 많아서 좋겠어요. 아, 맞다. 나 월세 못 올려줘요. 2년 계약했거든요!"

"아니지. 작년에 계약했으니까 정확히 1년 2개월 남은 거지."

참 야박하게도 정확도 하다. 이 남자는 1년 2개월 지나면 집세를 왕창 올릴 집주인이었다. 어젯밤 내내 그녀가 달과 별을 속삭였던 남자는 이 남자가 아니었던 모양이다.

18.
질투라는 건

— 한 번도 느껴보지 못한 의외의 감정

옥탑방은 들어갈 때부터 달랐다. 등록된 지문으로 열어야 문이 열리고, 그것도 모자라 번호 키를 다시 눌러야 했다. 몇 개 없는 창문까지도 격자무늬의 이중 방범 창으로 전부 바뀌어 있었다.
"도대체 집에 무슨 짓을 한 거예요?"
"안전하게 바꾼 거지. 현관이랑 창문에 이중 보안장치 되어 있어. 밖에서 강제로 열면 바로 경찰서로 연락 갈 거야. 그러니까 밖에서는 경비 장치 해제하고 열어야 해. 괜히 무식하게 힘으로 열지 말고."
지문을 등록하고 문을 연 다현은 자신의 눈을 의심해야 했다. 분명 내가 살던 옥탑방이 확실한데 여기는 누구네 집이란 말인가.
다현은 벽지부터 가구까지 확 달라진 자신의 옥탑방을 바라보며 당혹스러운 얼굴로 다시 재인을 향했다.

"이게 뭐예요."

"왜? 마음에 안 들어?"

"여기, 우리 집 맞아요?"

재인이 무슨 그런 당연한 소리를 하느냐는 듯 그녀를 바라봤지만 다현은 아니었다.

욕실, 주방, 식탁, 이인용 소파, 침대, 심지어는 침대 시트와 블라인드까지…… 집 안은 완벽하게 새롭게 세팅되어 있었다. 이 사람이 도대체 집에 무슨 짓을 한 거야?

작은 방 안을 둘러보는 다현의 눈동자가 커졌다.

"왜 뭐가 마음에 안 들어?"

"마음에 안 든다기보다…… 가구랑 침대는 왜 다 바꿨는데요?"

"낡아서."

그가 간단하게 대답했다. 다현의 얼굴에 어이없는 표정이 역력했다.

"내 건 다 어쩌구요?"

"낡았다니까. 버렸지."

"님의 물건을 왜 자기 맘대로 버려요?"

딱 봐도 열 받은 다현의 표정을 슬쩍 무시한 채 재인은 주욱 집 안을 둘러봤다. 그러더니 책상 위에 있는 지수의 포스터를 보고 인상을 썼다.

아마도 집 안을 정리하던 사람이 포스터를 버리기도 애매하고 말쌍하게 정리된 집 안에 다시 붙이기도 곤란했던 모양이다.

"이런 건 도대체 왜 안 버린 거야?"

재인이 포스터를 구겨 그대로 휴지통에 집어 던졌다. 이런!

"재인 씨!"

버럭 인상을 쓴 다현이 포스터를 다시 펴느라 정신이 없었다. 그 모습에 그는 더 짜증이 나려 하고 있었다.

"우리 지수 얼굴 다 망가졌잖아요. 지금 뭐 하는 짓이에요?"

"질투하는 거야. 없애버려."

뭘 해? 질투? 설마, 잘못 들었을 거야.

다현은 재인의 대답에 한순간 얼음이 되어 그를 바라보았다.

"네? 뭐, 뭘 해요?"

"질투한다고. 그러니까 치워. 왜 당신 방에 남의 남자 사진이 떡하니 걸려 있는 건데."

이런, 잘못 들은 게 아니었다. 저 남자가 금방 '질투'라고 다시 말했다.

그것도 지수를 향해서.

"남의 남자가 아니라, 지수……."

"걔가 누구든 싫다고. 차라리 길가의 강아지를 쫓아다녀. 그럼 얼마든지 참아줄 테니까."

'이재인의 질투'라는 말도 안 되는 상황에 다현의 눈이 동그래졌지만, 재인은 집 안 구석구석을 둘러보느라 여념이 없었다.

질투라니, 말도 안 된다.

햇살이 뜨거웠다. 이제 여름은 절정으로 향하고 있었다. 숨이 헉헉 막힐 정도로 뜨겁고 습한 날씨였다. 질투를 핑계로 지수의 포스터를 없애버리는 데 성공한 재인의 표정은 얄미울 정도로 상큼해 보였다.

"오후에 뭐 하고 싶은 거 없어?"

다현의 집을 나와서 차에 오르며 재인이 물었다. 그러자 다현이 마치 기다리고 있었다는 듯 입을 열었다.

"지수 버스킹 있는데, 대학로에서 4시부터래요. 지금 출발하면 아슬아슬하게 갈 수 있을 거 같아요."

이 여자가 정말. 내가 보고 싶다더니.

며칠 만에 겨우 만났는데 그 애송이를 만나러 간단다. 그것도 저렇게 눈을 반짝이면서. 포스터를 없애니 이제 직접 만나겠다고? 어림없다.

재인의 눈썹이 쓰윽 올라갔다. 그는 단호하게 고개를 흔들었다.

"생각해보니까 이번에는 내가 원하는 곳에 갈 차례인 거 같아."

"나한테 물어봤잖아요."

"금방 내 볼일이 생각났어. 공평하게."

또 한 번 재인이 얄밉게 공평을 이야기한다.

그럼 물어보질 말든지. 다현이 불퉁한 표정으로 흘겨보았지만 재인은 끄떡도 하지 않았다.

"어디 가는 거예요?"

"오늘 친구들 모임 있어."

오래된 모임이었다. 그리고 재인이 참석한 지도 꽤 오래되었다. 진작부터 다현과 함께 오라는 형준의 성화와 윤후의 재촉에 잠시 고민을 했었지만 그 어린 녀석이 있는 대학으로보다는 분명 나은 선택일 것이다.

"근데 나도 가도 돼요?"

'친구들 모임'이라는 얘기에 다현의 눈빛이 살짝 흔들렸다. 진주에서 올라오느라 옷도 대충 입고 편한 차림이었다. 진작 말을 하든지. 그럼 집에서 나올 때 옷을 갈아입든지 화장을 새로 하든지 했을 텐데.

"응. 친구들끼리 얼굴 보는 거야."

그러니까 문제인 거다. 그 친구들끼리 얼굴 보는 게.

"옷도 그냥 입고 왔단 말이에요."

"지금도 이뻐."

재인은 흘긋 다현을 훑어보고는 괜찮다는 듯 고개를 끄덕였다. 플란넬 체크 셔츠에 흰색 치마를 챙겨 입은 다현은 나름대로 귀여웠다.

"그건 나도 아는데요, 그래도 재인 씨 친구들이 뭐라 하면 어떻게 해요."

"내가 괜찮다는데 내 친구들 걱정은 왜 하는데."

"그거야 당신 친구를 만나니까 그런 거죠."

당연한 걸 왜 묻는 건지. 그녀가 답답하다는 듯 중얼거렸다.

그는 그의 친구들에게 흠 잡히고 싶지 않은 그녀의 마음을 절대 알 리가 없으리라. 재인의 친구 역시 다시 만나지 못할 사람들일 것이다. 그래서 좀 더 나은 모습으로 보이고 싶었다.

다현은 애써 자신의 표정을 들키지 않으려고 창 쪽으로 얼굴을 돌렸다.

"저기, 재인 씨. 그냥 난 지금이라도 대학로로 가고, 당신만 가는 건……."

"같이 가. 형준이도 올 거야. 걱정 마."

다현의 속내는 하나도 모른 채 재인은 딱 잘라 고개를 흔들었다.

대학로에 가기만 해봐라. 절대로 못 보낸다.

어느새 재인의 차가 여의도 골목길로 들어섰다.

⋯⋯

여의도 구석진 곳에 이런 곳이 있다니. 무슨 창고같이 생긴 건물 안은 의외로 햇빛이 환하게 쏟아지고 있었고, 파스텔 빛깔의 창호지로 둘러싸인 커다란 해 가리개가 여름 오후의 햇살을 막아내고 있었다.

한쪽 벽을 차지한 고급스러운 스틸로 치장된 바 외에는 체리빛 목재로 디자인되어 있었고, 특별한 장식이나 걸개가 전혀 없는 그곳은 여유로운 고급스러움을 연출하고 있었다.

조금 긴 머리를 뒤로 묶은 어떤 남자가 재인을 발견하고는 반갑게 맞았다.

"야, 이재인. 이제 좀 한가한가 보지? 여길 다 왕림하시고."

"먹고살기 힘들어서 그동안 좀 뜸했다."

남자는 재인 옆의 다현을 발견하고 미소를 지어 보였다.

"어서 오세요."

"여기는 강은환, 물장사 하는 그림쟁이."

재인이 다현에게 은환을 소개하자 편안한 얼굴의 그는 두르고 있던 앞치마에 슥슥 문지른 손을 정중하게 내밀었다.

"환영합니다. 어쩌다가 이런 녀석 꾐에 빠지셨습니까?"

은환이 몹시 안쓰럽다는 표정을 짓자 다현이 할 수 없다는 듯 웃어 보였다.

"저 녀석 말 듣지 마."

재인이 인상을 썼지만 그의 입가와 눈에도 반가운 웃음이 걸려 있었다.

"들어가자. 오늘은 너까지 왔으니까 다 왔다."

은환은 앞치마를 젊은 직원에게 벗어주고 또 다른 입구 쪽으로 향했다.

작은 복도로 연결된 홀은 입구 쪽보다 훨씬 넓고 호화로웠다. 편안하고 안락해 보이는 작은 소파와 티 테이블로 이루어져 있었고, 따뜻한 조명이 빛나고 있었다.

여기저기서 재인을 향한 인사와 환영이 오갔고, 재인의 손에 붙들린 다현은 조금은 긴장한 채 그들을 흥미롭게 바라보고 있었다.

'공간'에서의 재인은 그녀가 모르는 다른 사람이었다. 조금 더 풀어지고 조금 더 여유 있는. 이런 모습의 이재인을 볼 수 있을 거라고는 생각해본 적이 없었다.

"윤후는?"

"통화 중. 우리 중에서 두 번째로 바쁜 놈이 너 올지도 모른다는 얘기에 득달같이 달려왔어."

은환이 턱 끝으로 복도 안쪽을 가리키자 재인이 고개를 끄덕였다. 사실 그 때문이 아니라 다현 때문이리라.

"재인아!"

주희가 재인의 등장에 환한 미소를 지어 보이며 급하게 다가왔다. '재인아' 소리에 다현은 흘긋 뒤를 돌아봤고, 재인은 그 모습에 다시 인상을 썼다.

"흠, 재인아……라네."

다현은 조그만 목소리로 중얼거렸다.

'재인아'를 외친 여자가 재인을 향해 끌어안을 듯 다가오자 다현은 흥미진진한 모습으로 두 사람을 바라보았다.

인사가 꽤나 친밀하구나. 여동생은 분명 아닐 테고. 그럼 저 여자, 누구지?

 다행히 재인이 한 걸음 물러서며 주희의 포옹을 거절하고 다현의 어깨에 팔을 둘렀다. 그제야 주희의 눈에도 다현이 들어왔다. 주희의 시선은 재빨리 다현을 훑고 지나갔다. 그리고 명백한 비웃음이 섞인 안도의 미소도 스치고 지나갔다.

 그 짧은 시간.

 여자들만이 느낄 수 있는 찰나의 순간이었다.

 다현은 맘속으로 쓴웃음을 지었다. 이럴 줄 알았다. 이래서 제대로 챙겨 입고, 제대로 화장하고 왔어야 했는데. 전부 이재인 때문이었다. 다현은 슬쩍 재인을 향해 눈을 흘겼다.

 "누구? 모르는 얼굴이네."

 "네가 몰라도 되는 사람이야."

 무뚝뚝한 재인의 대꾸에 주희가 생긋 웃으며 다현을 향해 몸을 돌렸다. 주희가 본 것은 다현의 옷차림뿐만이 아니었다. 재인의 자연스러운 작은 움직임이 저절로 눈에 들어왔다. 다현의 어깨에 둘렸던 팔을 허리에 내려 품에 안을 것 같은 재인의 손길에 주희의 시선이 집중됐다. 뭐지, 이 여자?

 "그럼 더 궁금하지. 나, 한주희라고 해요."

 "김다현이라고 합니다."

 자신만만한 여자의 소개에 다현이 나직이 자신을 소개했다.

 한주희라……. 들어본 이름이었다. 화장품의 주인공이 바로 이 여자구나.

다현의 시선이 잠깐 재인을 향했다. 재인 역시 다현의 생각을 눈치챈 모양이었다. 역시나 죄 지은 자는 움찔한 표정이다.

오고 가는 두 사람의 눈빛과 표정에서 주희는 잠시지만 자신이 순식간에 소외당하고 있다는 걸 깨달았다. 주희는 립스틱이 완벽하게 칠해진 입술을 살짝 깨물었다.

형준은 그런 주희를 보고 고개를 저었다. 어쩔 수 없다는 표정으로. 아마도 윤후를 쫓아 '공간'까지 온 모양이지만 아쉽게도 눈치가 없었다.

이재인이 공식 석상이 아닌 개인적인 자리에 여자를 동반한 것이다. 매주 바뀌는 화려한 여성 편력이 아닌 누가 보아도 확실한 진지함으로 동반 참석한 것이다. 그게 무슨 의미인지 주희는 잘 알고 있을 것이다. 3년 전에 주희와 재인이 어떤 감정이었는지는 몰라도 지금 이재인은 주희와는 전혀 관계없는, 다른 여자의 남자였다.

"뭐 드릴까요?"

은환이 한쪽 벽에 준비된 작은 바를 가리키며 물었다.

"난 얼음물이나 줘. 차 가져왔어."

"인마, 너 말고 다현 씨한테 물었어."

"뭐 마실래?"

형준이 은환을 대신하여 얼굴을 장난스럽게 구기며 재인을 흘겨보자, 재인이 할 수 없다는 듯 고개를 돌려 다현에게 물었다.

"와인 드실래요? 아님 칵테일이라도?"

"아뇨. 그냥 물 주세요."

"술 못 드세요?"

술장사하는 사람의 아쉽다는 표정에 다현이 고개를 흔들었다.

"아뇨. 잘 마시는데 오늘은 취하면 안 될 거 같아요."

맨 정신으로 있어야 할 것 같은 날이었다. 괜히 술에 취해서 이상한 실수를 해서는 절대 안 되었다. 특히나 저 여자와 저 남자가 함께 있는 지금 이 순간은 말이다.

무언가 생각이 났는지 재인이 픽 하고 미소 지었다. 그리고 그는 머리를 숙여 다현의 귓가에 속삭였다.

"마셔. 비 오는 밤처럼 고백해도 상관없으니까."

"누가 고백을 해요. 난 하나도 생각 안 나는구만."

다현이 주변을 살피며 행여 누가 들을세라 발끈한 어조로 나직이 중얼거리자 재인이 다시 웃어 보였다.

"좀 순하게 만들었어요. 괜찮을 거예요."

어느새 은환이 만든 빛깔 좋은 칵테일이 테이블 위로 올려졌다. 시원한 블루의 그라데이션이 자꾸만 마셔보라고 그녀를 유혹하고 있었다.

냄새조차 달콤하다. 딱 한 모금만 마셔볼까?

"재인 씨는 안 마셔요?"

"됐어. 당신 취하면 누가 데리고 가?"

"아직 한 모금도 안 마셨거든요. 냄새만 맡고 있는 중이구만."

재인을 슬쩍 흘겨본 다현은 다시 한 번 온통 하늘색의 알코

올에 시선을 집중시켰다. 너, 너무 예쁘구나. 대신 치명적이겠지. 근데 오늘은 말이야, 언니가 술에 취하면 절대 안 된단다.

다현은 바텐더가 만들어낸 푸른색 칵테일의 색과 빛의 조화에 이끌려 호기심 어린 눈빛을 반짝였다.

꼭 작은 강아지 같군. 자신과는 비교도 되지 않는 아담한 키, 통통한 볼, 아이 같은 몸매까지. 누가 봐도 평범하기 이를 데 없는 여자였다. 주희는 심술궂게 평가를 끝냈다. 촌스러운 저 여자는 자기가 무얼 가지고 있는지도 모른다구.

주희는 슬쩍 인상을 찌푸리고 형준을 잡아당겼다.

"왜? 너도 뭐 마실래?"

"저 여자, 누구야?"

"재인이가 사귀는 여자. 나름 진지해. 그러니까 괜히 방해하지 마."

사실 그냥 진지하다는 것보다 훨씬 더 재인의 감정이 깊어 보였지만 그런 시시콜콜한 사연까지 한주희에게 알려줄 필요는 없었다.

"그럼 둘이 진짜라고? 도대체 왜 저런 여자를 만나는 거야?"

"사랑하나 보지."

형준의 간단한 대꾸에 주희의 눈이 매서워졌다.

이재인이 사랑을 해? 더더구나 저런 촌스러운 여자와? 무슨 말도 안 되는 이야기인지.

이재인은 사랑 따위는 할 줄 모르는 남자였다. 설사, 사랑에 빠진다면 그 대상은 당연히 자신이어야 했다. 다른 누구도 그녀의 자리를 넘봐서는 안 되는 것이다. 이재인은 바로 한주희의 남자였다.

"네 눈엔 저 둘이 어울려?"

"어. 아주 잘 어울리네. 한눈에 봐도 둘이 좋아하는 건 알겠다."

형준이 망설이지 않고 고개를 끄덕였다. 주희가 원하는 답을 알고 있었지만 형준은 진실을 추구하는 변호사였다. 다시 만난 유언장 속의 그녀는 여전히 단정하고 생기 있었다.

재인의 말대로 나라를 망하게 한 양귀비 정도의 미모는 아닐지라도 하얀 얼굴에 섬세한 이목구비와 맑게 반짝이는 검은 눈이 여전히 인상적인 사람이었다.

재인의 선해 보이는 얼굴이 그의 본모습이 아니듯이 평범해 보이는 그녀도 결코 그저 평범한 사람만은 아니라는 걸 처음 만난 학교에서 진작에 알아봤었다. 그리고 형준의 눈에 그의 친구인 이재인과 김다현 선생님은 잘 어울리는 아름다운 한 쌍이었다. 무엇보다 재인의 저런 맹렬한 소유욕은 또 처음이었다.

"어디가? 말도 안 돼. 이재인이 저런 여자를 좋아한다고?"

"네 눈엔 재인이가 안 보여? 네가 목표로 하고 있는 저 남잔 이미 과녁 밖이야. 다른 여자한테 정신 나가 있어. 그러니까 혹시라도 다른 마음 품었으면 포기해."

조금의 사정도 봐주지 않고 진실만을 얘기하는 인정머리 없는 형준을 쏘아보며 주희는 다시 입술을 깨물었다.

※※※

재인은 오랜만에 만난 친구들과 농담을 주고받으며 적적했던 일상을 얘기했고, 그러는 동안 그는 한쪽 팔을 다현의 허리에 걸치고 있었다. 무의식적이고 자연스러운 그의 손놀림은 다현에 대한 철저하고도 완벽한 소유를 주장하고 있었다.
"다현 씨가 어떤 사람인지 정말 궁금했어요."
"저요?"
방금 전에 불쑥 나타난 재인의 친구는 이윤후라고 했다. 똘망똘망한 밤톨처럼 야무지게 생긴 그 남자의 미소는 앞에 있는 사람들을 무장해제시킬 정도로 해맑았다.
하지만 세상의 어려움이라고는 하나도 모를 것처럼 잘 자란 모범생 같은 얼굴을 하고 있는 남자의 눈초리만큼은 어딘지 모르게 서늘했다.
꽤나 유해 보이는 남자의 표정이 잠시 위험해 보일 때가 있는 건 아마도 그녀가 사람을 너무 경계해서 그런 것이리라.
"재인이가 엄청 자랑했거든요. 자기 연애한다고."
"죽는다."
그는 재인의 간단하지만 무시무시한 경고에도 아랑곳하지 않는 눈치였다.

"혹시 재인이에 대해 궁금한 거 있으면 물어보세요. 뭐든 다 알려드릴게요."

"정말이요? 사실 여태 별로 궁금한 게 없었는데 지금 막 궁금한 게 하나 생겼거든요."

다현이 반색을 하면서 고개를 끄덕이자 재인이 슬쩍 눈을 흘겼다. 다현이 궁금한 게 뭔지 짐작이 갔다. 하지만 한주희와의 관계는 물어도 나올 답이 없는 사이였다. 정말이지, 아무 사이도 아니였으니까.

"나한테 물어봐. 쟤 말고."

"재인 씨가 말하는 건 본인 위주라서 별로 객관적이지가 않아요."

"눈치채셨군요?"

"그럼요. 그건 처음 만날 때부터 알았어요."

그녀가 이미 진작에 다 알고 있었다는 듯 고개를 끄덕였고 그 모습에 윤후가 웃음을 터뜨렸다.

김다현은 그가 걱정했던 것보다 훨씬 괜찮은 여자였다. 재인과 할아버지의 관계를 잘 알고 있는 윤후는 혹시라도 재인이 원치 않는 만남을 억지로 고집할까 걱정스러웠지만 오늘 자신의 걱정이 괜한 노파심이었음을 깨달았다. 누가 봐도 이재인은 김다현에게 빠져 있었다.

"다현 씨, 진작 만났으면 좋았을 걸 그랬어요."

"네가 왜 다현이를 만나는데?"

"이재인 씨 친구이니까요."

그걸 모르겠느냐는 듯 다현이 대꾸하자 재인이 그럼 할 수 없다는 듯 고개를 끄덕였다. 타박을 하고 인상을 쓰면서도 친구를 바라보는 재인의 표정은 따뜻해져 있었다.

확실히 지금의 재인은 그동안 그녀가 보아온 재인과는 다른 사람이었고, 그녀는 그런 재인을 보는 게 즐거웠다. 물론 시시때때로 울려대는 재인의 핸드폰은 제외하고 말이다. 어쩌면 그의 핸드폰은 저렇게 일관성 있게 열심히 울려대는지. 주인의 집요함을 그대로 빼닮은 핸드폰이라니.

재인은 핸드폰 창을 바라보다 흘긋 다현에게 시선을 주고 양해를 구했다.

"다녀와요. 무슨 비밀 얘기인지는 모르겠지만."

"회사 일이야."

"알아요."

대번에 달라지는 표정을 보면 이제는 알 것도 같았다. 그는 회사 일을 마주하면 눈빛이 달라진다. 재인의 눈빛이 윤후를 향하자 그가 마지못해 일어섰다. 아마도 그를 필요로 하는 일인 모양이었다.

"그거, 한번에 마시면 안 되는 거야. 술주정은 내 앞에서만 해."

"안 마신다니까요. 물 마셔요, 물."

재인의 경고에 다현이 주변을 둘러보며 발끈했다.

이 남자가 사람들 다 보는 앞에서 그녀를 술주정꾼으로 만들 생각인가 보다. 흘겨보는 그녀에게 웃어 보인 재인은 얼른 몸을 일으켰다.

"아, 너희들, 다현이 건드리지 마."

형형한 눈빛으로 형준과 친구들에게 경고의 메시지를 전한 재인이 사라지자 사람들의 눈빛이 다현에게 쏟아졌다.

호기심과 궁금증, 유쾌함으로 도배가 된 그들의 눈빛에 다현은 애매하게 웃어 보이고는 할 수 없이 몸을 일으켰다. 이대로 있다가는 어떤 질문이 난무할지 상상도 되지 않았다.

※※※

'공간'의 화장실은 넓었다. 그리고 다른 장소와 마찬가지로 호화롭고 쾌적했다.

화장을 고칠 수 있는 파우더 룸은 사방이 커다란 거울로 장식되어 있었으며 커피숍처럼 편안한 의자도 준비되어 있었다. 재인의 손에 강제로 끌려나온 덕에 가방 안에 있는 건 달랑 립스틱에 콤팩트뿐이었지만 그나마라도 있어 다행이었다.

"재인이랑 만나고 있는 거죠?"

커다란 거울 속에 뜻밖의 여자가 나타나 뜻밖의 질문을 던졌다. 두 사람의 시선이 거울 속에서 마주쳤다.

'재인아'라고 부른 한주희였다.

도대체 뭘 알고 싶은 걸까. 지금까지 전혀 몰랐던 사이인데 그녀의 질문은 꽤나 직설적이었다. 하지만 한주희라는 여자는 다현의 대답을 들을 생각이 없는 모양이었다.

"재인이, 쉽지 않죠? 재인이가 여자한테 막 잘해주는 타입은 아니지만 돈도 잘 쓰고 얼굴도 잘생기고 집안도 좋고. 보통 여자들이 끌리는 타입이긴 해요. 그래도 착각하지 말아요. 그거 진심 아니니까."

"무슨 말을 하고 싶은 건지, 분명하게 말해요. 알아듣기 쉽게."

화장품을 가방 안에 넣은 다현은 천천히 거울 속의 그녀에게 물었다. 이야기의 목적은 알겠다. 하지만 그 목적을 두고 저렇게 빙 둘러 말하는 건 비겁하다.

"눈치가 없네요. 혼자 너무 좋아하지 말라는 얘기예요. 그나저나 재인이 취향이 안 본 새에 엄청 촌스러워졌네요."

그러니까 그녀가 하고 싶은 말은 그거였다.

다현이 엄청 촌스럽다는 것. 이재인과는 어울리지 않는다는 것.

거울을 바라본 다현은 혀를 찼다.

'난 촌스러운데 당신은 무례하구나. 그리고 혼자 좋아하는 거 아니거든?'

다현이 몸을 돌렸다. 거울 속에서 대화하는 건 질색이다. 하지만 다현이 무슨 말을 하기도 전에 주희가 화장실을 나가버렸다.

도망까지 가다니. 무례한 주제에 끝까지 비겁하다.
이 남자, 도대체 저런 여자랑 왜 친한 거야?

※ ※

다현이 그렇게 투덜거리고 있을 때 주희는 재인을 기다렸다. 그리고 윤후와 이야기를 끝낸 재인이 나타나자 기다렸다는 듯이 그의 팔에 매달렸다.
"재인아, 나 할 얘기 있어."
"난 별로 들어줄 얘기 없는데."
딱 잘라 말한 재인은 주희의 팔을 떨어냈다.
"이번 전시회, 너희 호텔에서 할 거란 말이야."
주희는 여전히 재인을 붙들고 놓지 않았다. 의도적이고 계획적인 행동이었다. 재인과 다현의 사이가 얼마나 진지한지는 몰라도 주희는 절대로 두 사람이 잘될 거라고 생각하지 않았다.
그녀가 알고 있는 이재인은 똑똑하고 영리한 남자였다. 아무에게나 마음을 줄 만큼 애정이 넘치는 사람도 아니었다. 하지만 만에 하나라도 재인이 그녀에게 관심을 가지고 있다면 그리고 감히 저 여자가 재인에게 호감을 품고 있다면 그들이 혹시라도 갖고 있을지 모르는 믿음을 뒤흔들어야만 했다.
아마 저 여자도 이 광경을 보겠지? 홍, 한번 속을 태워봐? 그리고 고민하라고. 주희는 더욱 재인의 품 안으로 들어갔다.

"그건 영업부 쪽이랑 얘기해."

재인은 눈으로 다현을 찾아내면서 다시 주희의 팔을 빼냈다. 주희를 바라보는 그의 눈에 짜증이 가득했다.

"너무하네. 이번 일, 난 너 보고 그쪽 호텔로 유치시킨 거야. 근데……."

"고맙지만 네 도움 없이도 우리 호텔은 잘 굴러가고 있어."

재인은 얼음처럼 차갑게 내뱉고는 다현 쪽으로 곧장 발걸음을 옮겼다. 재인의 눈빛은 오직 다현만을 향하고 있었다.

───

한주희가 재인의 팔에 매달려 웃음을 날리는 모습을 본 다현의 속도 썩 편치는 않았다. 아니, 약이 올랐다. 여자의 본능을 발휘하기도 전에 한주희는 본인이 원하는 걸 진작에 분명히 전달했다. 그녀는 재인을 원한다.

아마 재인이 서현 오빠와 나를 발견했을 때도 이런 기분이었겠지. 하지만 서현 오빠는 정말 오빠였다. 저 여자와는 달리.

술은 한 모금도 마시지 않았는데 마치 진탕 술을 마신 것처럼 갑자기 머리가 아파왔다. 사실 저 여자의 품에서 재인을 끌어내기 위해서라면 머리가 아니라 더한 데도 아플 수 있을 것 같았다.

"무슨 일 있어?"

'무슨 일 있지요. 방금 당신이 무슨 일을 하고 왔잖아요. 저 여자랑.'

저도 모르게 다현의 미간이 모아졌나 보다. 다현의 상태를 금방 알아챈 재인이 그녀를 샅샅이 훑어보고 있었다.

"왜?"

"머리 아파요."

"술 마셨어?"

이 남자가 정말. 누구 땜에 머리가 아픈데. 그는 그녀를 또 술꾼으로 만들고 있다.

다현의 눈빛이 심상치 않자 재인이 얼른 꼬리를 내렸다.

아닌 게 아니라 다현의 표정은 창백해 보였다.

20분 전까지는 괜찮았는데 그가 없는 사이 무슨 일이 있었던 걸까? 은환을 비롯한 그의 친구들이 다현에게 무례한 짓을 했을 리는 없었다.

뭐지, 그럼?

―❀―

다현을 차에 태운 재인은 그녀의 얼굴을 흘끗 바라봤다. 입술을 꾹 다문 채 몸을 돌려 차창 밖만 바라보는 그녀의 표정은 아무래도 심각했다. 시시때때로 입술을 깨물고 미간을 모으는 걸 봐서는 화가 난 것 같았다.

18. 질투라는 건 - 한 번도 느껴보지 못한 의외의 감정 | 55

"말해."

"뭘요."

옥탑방에 도착해 문을 여는 다현을 재인이 돌려세웠다.

어느새 길었던 여름해가 지고 사방에 짙은 어둠이 깔렸지만 길가에 세워진 가로등이 두 사람을 비춰주고 있었다.

"왜 이렇게 심술이 났는지 얘기를 해야 할 거 아니야."

재인의 추궁에 다현이 방긋 미소를 지어 보였다.

다현의 미소가 예쁘긴 한데. 뭔가 불안해진 재인의 눈이 가늘어졌다.

"왜? 왜 그렇게 웃는데."

"재인아! 이재인."

"뭐?"

느닷없는 다현의 부름에 재인의 눈이 커졌다. '재인아'라니. 다현에게서 한 번도 들어본 적이 없는 호칭이었다. 익숙하지는 않지만 그렇다고 듣기 싫지도 않았다. 그래도 '재인아'라니.

"그 여자보고 그렇게 부르지 말라고 해요."

"뭐? 그 여자 누구?"

다현의 말을 이해하지 못한 재인이 슬쩍 얼굴을 찌푸렸다.

여기서 왜 다른 여자가 나오는 거지? 그리고 그 여자는 누구란 말인가.

"왜요, 형준 씨 옆에 있던 여자 말이에요. 주훤가 하는 당신이 점심때마다 만나는 여자요."

"누가 점심때마다 만나."

"향수 주인공, 아니에요?"

아, 주희. 다현이 왜 이렇게 나오는지 상황을 이해한 재인은 얼핏 터져 나오는 웃음을 참았다. 이런, 이럴 줄 알았으면 진작에 이 방법을 쓸걸.

다현이 이제야 반응을 보이고 있었다. 항상 혼자만 흥분하고 혼자서만 열을 냈었는데 이제야 다현도 그에게 맘을 보이고 있었다.

"그래서 지금 당신도 성질부리는 거야?"

"공평해야죠. 잠깐 아는 사이든, 깊이 만나는 사람이든 그게 뭐가 중요해요. 안 그래요?"

"혹시, 질투해?"

재인의 질문에 다현이 멈칫 인상을 썼다. 그리고 아주 잠깐 생각에 잠기더니 더 인상을 찌푸렸다.

"그런가? 그런 것도 같아요. 우씨, 질투라니까 더 기분 나쁘네."

혼잣말처럼 중얼거린 그녀는 그 사실이 못내 맘에 들지 않는 듯 여전히 화가 난 얼굴이었다.

재인을 무섭게 한 번 노려본 그녀는 복잡한 옥탑방의 보안장치를 단번에 해제하고는 문을 열고 들어갔다. 그리고 '쾅' 하고 문을 닫았다. 재인을 옥탑방 마당에 그대로 세워둔 채로.

"뭐야, 술주정도 귀여워 보이게."

18. 질투라는 건 - 한 번도 느껴보지 못한 의외의 감정

혼자 남겨진 재인은 저도 모르게 웃음을 삼켰다.

그녀의 질투가 귀여웠다. 불퉁한 얼굴이 예뻤다. 그리고 지금 그가 이곳에 있고 그녀가 저 안에 있다는 사실만으로 설레었다.

재인은 천천히 옥탑방의 벨을 눌렀다.

⁂

다현이 처음 들은 자신의 집 현관문 벨 소리는 '캐논'이었다. 반복되고 또 반복되는. 찢어지게 날카롭지도 않았지만 무시할 만큼 작은 소리도 아니었다.

이 남자, 정말이지 사람 약 오르게 하는 방법을 잘 알고 있다. 여전히 퉁퉁 부은 다현이 문을 열었다.

"뭐예요?"

"리모델링 싹 했는데 집들이 안 해?"

"남의 집이라서요."

간단하게 대답한 그녀가 현관문을 '탁' 하고 닫으려고 하자 재인이 얼른 문고리를 잡았다. 중간 걸림쇠가 이래서 필요했는데, 익숙하지 않아서 깜빡했다.

"집에 안 가요?"

"라면 끓여주고 싶지 않아?"

"꿈도 꾸지 마요."

뭐 이쁘다고. 사실 한주희라는 여자의 무례함은 재인의 잘못이 아니었다. 하지만 어쨌거나 그로 인하여 기분이 나빴다.

그건 이재인의 탓이다. 화장실에서 있었던 일을 시시콜콜 말하기는 치사하고, 그래서 말을 못하고 있으니 더 열받는다.

"커피라도 한 잔 주면 안 되는 거야?"

결국 그가 집 안까지 밀고 들어왔다. 하여튼 집요한 사람 같으니.

다현이 냉장고에서 생수 하나를 꺼내 내밀었다. 커피도 아까운 모양이었다.

"주희, 신경 안 써도 돼. 나 아무나 만나고 다니는 남자 아니야."

"신경 안 써요. 그냥 기분이 별로인 거지. 그리고 나 좋다는 남자도 많거든요."

"남자 누구? 누구야, 당신 좋다는 남자가."

재인의 눈썹이 확 하고 이마에 닿으려 하고 있었다. 금방 기분이 나빠진 재인이 되물었다.

"나도 몰라요. 사방에서 선보래요. 아주 괜찮은 남자래요."

사실이었다. 진주에서 엄마가 몇 명의 남편 후보 리스트를 손에 들고 그녀를 쫓아다녔고, 옆 반 선생님도 자신의 조카를 적극 추천하고 있는 중이었다.

"보기만 해봐."

"보면요?"

아직도 불만이 가득한 어조로 다현이 퉁퉁거리며 말했다.

"애 하나 업고 가서 엄마 찾게 할 거야."

예상치 못한 그의 답변에 다현이 '헉' 하고 숨을 삼켰다. 순순히 웃을 수 없는 이유는 그가 진심으로 보였기 때문이었다. 아마도 이 남자는 마음먹으면 그보다 더한 짓도 하리라.

"그건 여자들이 쓰는 방법이잖아요."

"누가 하면 어때. 결과만 같으면 되지. 아무튼 선보는 것도 안 되고, 다른 남자 만나는 것도 절대 안 돼. 알았어?"

"맨날 다 안 된대. 자기는 여자들도 막 만나고 다니면서."

단단히 경고하는 재인에게 다현이 입을 비죽였다. 붉고 예쁜 입술이 불만으로 옴지락거렸다.

"누가?"

"누구긴요. '재인아' 당신이죠. 막 그렇게 안기니까 화장품이 묻지. 생각하니까 더 짜증나네."

중얼중얼 혼잣말처럼 말을 끝낸 다현이 재인을 흘겨봤다. 이 모든 일의 원흉이 이재인이라는 듯. 그러고는 아무리 생각해도 불만스럽다는 듯이 인상을 쓰며 냉장고에서 꺼낸 생수를 원샷 했다.

"아직도 머리 아파?"

"아뇨. 그냥 열만 나요. 감기는 아니구요. 그냥 열이요. 누구 땜에 생긴 화(火)."

여전히 불퉁한 표정. 심술 난 얼굴. 그럼에도 불구하고 여전히 예쁜 김다현. 이재인, 정말 미친 게 맞나 보다.

"술 깼어?"

"술, 안 마셨다니까요!"

다현이 버럭 하고 인상을 썼다. 술도 그렇다. 내가 얼마나 술을 마셨다고 친구들이 있는 자리에서 술꾼으로 만든단 말인가.

"그럼 진짜 멀쩡한 거지?"

"그렇다니까요!"

되묻는 재인에게 다현이 다시 화를 냈다. 그러자 재인이 한 걸음 다가와 다현의 손에서 생수를 뺏어 옆 탁자에 올려놨다. 그리고 한 팔로 다현의 허리를 감아 자신 쪽으로 잡아당기고 다른 손으로 그녀의 머리를 단단히 잡고 고개를 내렸다.

그의 시선이 뜨겁게 쏟아지자 다현은 얼른 눈을 감았다. 그리고 그의 입술이 그녀의 입술에 닿는 순간 머릿속의 생각들이 하얗게 사라졌다. 그의 어깨에 올려진 다현의 손에 힘이 들어갔다.

재인은 다현의 모든 것을 다 가질 것처럼 키스했다.

"얼른 가야겠다. 큰일 나겠다."

감정이 폭주하는 순간, 그가 그녀의 입술 위에 거친 호흡을 쏟아냈다. 그리고 그녀의 달뜬 숨도 담아 마셨다.

다현이 얼른 한 걸음 뒤로 물러섰지만 그녀의 허리를 잡고 있는 그의 손은 더없이 탄탄했다.

"난, 너 때문에 정신이 나갈 거 같아. 그러니까…… 다른 생각하지 마. 다른 여자도, 다른 남자도 다 아니니까."

그의 잠겨 있는 목소리와 그녀를 바라보는 짙은 눈동자에 넋이 나갈 것 같았다. 이 남자, 이렇게 미치게 섹시했던가.

재인이 나간 후에 혼자 남겨진 다현은 저도 모르게 소파에 주저앉았다. 심장이 미친 듯 뛰고 있었다. 라면 따위는 필요 없었다. 그저 생수 하나에도 그에게 넘어갈 것 같았다.

물 마시고도 취하나 보다.

가슴 두근거림은 정말이지 잠깐이었다. 아침 일찍 출근을 서두르는 다현에게 걸려온 현진의 전화는 가슴 두근거림을 지나 머리에 열이 뻗치게 했다. 하여간 뭐든 지나치면 안 되는 법이었다.

"왜? 유현진, 나 바빠."

핸드폰과 열쇠, 다이어리를 열심히 챙기며 다현이 대꾸했다. 또 빠진 게 뭐 있지?

"큰일 났어. 핸드폰 좀 봐."

"왜? 지수 스캔들 났니?"

"지수는 무슨. 다다야, 이재인 씨, 내가 죽여버릴까?"

느닷없는 살인 예고에 다현은 '뭐라는 거야?'라고 혼잣말로 중얼거리며 그 바쁜 와중에 핸드폰을 뒤적였다. 링크가 걸린 인터넷 뉴스 내용은 현진의 협박을 충분히 이해하게 했다.

"아니. 내가 죽여야 할 거 같아."

성현 그룹 후계자, 이재인의 약혼

 물론 그의 약혼녀는 다현이 아니었다.
 한주 화학 한주희……. 그녀를 향해 빈정거렸던 여자가 해맑은 얼굴로 다현을 향해 환히 웃고 있었다. 이재인과 함께 말이다.
 이렇게 이 남자의 얼굴을 보게 되는구나. 하지만 그의 약혼 소식을 이런 식으로 알게 될 거란 생각은 하지 못했다.
 "괜찮아?"
 "응."
 "내가 죽여줄까? 서현 오빠 정도는 아니라도 주변에서 메스 몇 개는 구할 수 있거든."
 "주먹질은 내가 더 잘할 거야. 기다려봐."
 웃음이 담긴 다현의 대답에 현진이 고개를 끄덕였다. 다현이 생각보다 그다지 놀라지 않는 듯해서 현진은 내심 안도했다. 하지만 그러면서도 조금은 이상했다.
 두 사람은 그저 진지한 계약 연애라고 주장하고는 있지만 현진이 보기에 그들은 남들과 다르지 않은 보통의 연애를 하고 있었다. 그런데 이재인이 다른 여자와 약혼을 하고 다현이 그 사실에 덤덤하다는 게 무언가 수상했다.
 "정말 괜찮은 거지?"
 현진의 다짐에 다현이 가볍게 고개를 끄덕였다.

"어. 기분은 좀 나쁘지만 어쩌겠어. 어차피 내 남자도 아닌데. 그보다 너, 얼른 가봐. 니네 치프, 면도날이라면서."

어차피 그와 그녀의 만남은 기간이 정해져 있었다. 두 사람만의 영원한 미래는 계약서에 없는 이야기였다. 약속된 시간보다 조금 일찍 계약이 종료됐다고 해서 크게 문제 될 일은 없었다. 그럼에도 불구하고 부글부글 끓어오르는 이 마음은 또 어쩌란 말인가.

다현은 고개를 흔들었다. 어쩌면 잘된 일이었다. 더 마음 가기 전에 이렇게 정리하는 것도 나쁘지 않았다.

김다다, 정말 그러니?

진짜 그냥 서운한 게 전부야?

다현은 끊임없는 마음속 질문에 애써 모른 척 눈을 감았다. 이미 진작에 알고 있는 질문의 답이었지만 지금은 정답을 말해서는 안 되는 시간이었다.

아침 일찍부터 해외 법인장들과 영상 회의를 끝낸 재인은 끊임없이 울려대는 핸드폰을 바라보며 인상을 썼다. 그리고 쏟아지는 사실 확인 문자에 얼굴이 굳어졌다.

찬찬히 기사 내용을 훑어보던 재인의 눈이 가늘어졌다.

도대체 어떻게 이런 말도 안 되는 기사가 사실인 양 독점으로 올려진단 말인가. 그가 사무실에 도착하기가 무섭게 잔뜩 긴장한 표정의 강 부장이 그를 바라보고 있었다. 심지어는 평상시 그와 눈 마주치기도 꺼려 하는 게 분명한 유경의 시선조차도 그를 향하고 있었다. 사무실의 모든 전화는 이재인 약혼에 대한 진위 여부를 파악하기 위해 미친 듯이 울려대고 있었다.
"장 비서님께서도 전화하셨습니다."
"아니에요."
거두절미하고 재인이 딱 잘라 말하며 고개를 흔들었다.
"그럼 기사, 오보인 거죠?"
"당연하지요. 내가 왜 한주희랑 약혼을 합니까."
"지금 이 기사 때문에 난리 났습니다. 증권가 찌라시에서도……."
안도하는 게 분명한 한숨 섞인 강 부장의 중얼거림에 재인이 얼른 시간을 확인했다.
"거래소 개장하기 전에 얼른 정정보도 하세요. 안 그럼 나중에 주가 조작 의혹까지 뒤집어써야 합니다."
"죄송하지만, 이건 그룹 차원에서 대응할 문제입니다. 본사에서 해결해야 합니다."
"제가 연락하겠습니다."
강 부장의 말이 옳았다. 아무리 그가 성현 그룹을 나와 있다 해도 이재인의 결혼은 그룹 차원에서 논할 사항이었다. 재인은 사무실 안쪽에 있는 블랙 콜을 집어 들었다.

이 전화기를 이런 식으로 이용하게 되는군.

"네, 장 비서님. 약혼 안 했습니다. 명백한 오보예요. 제가 아무리 밖에 나와 있어도, 이렇게 경우 없는 약혼은 안 합니다. 최초 유포자, 소송도 불사한다고 해명 자료 부탁드립니다."

재인의 딱 떨어지는 전화 통화에 유경과 창수의 입에서도 나직한 안도의 한숨이 새어 나왔다.

"한유경 씨는 왜 한숨 쉬는 겁니까?"

"전 본부장님이 양다리 걸치시는 줄 알았어요. 그건 사람이 할 짓이 아니……."

"이런, 제기랄."

재인의 분명한 욕설에 유경이 저도 모르게 혀를 깨물었다. 내가 잠시 미쳤나 보다. 감히 우리 본부장 앞에서 그런 말을 하다니. 그나저나 저 딱딱하게 굳은 얼굴…… 설마 나 때문은 아니겠지?

유경이 얼른 재인의 눈치를 살폈지만 핸드폰을 들고 자신의 사무실로 향하는 재인은 그녀 따위는 눈에 들어오지 않는 모양이었다.

그럼 뭘까. 정말 우리 본부장님이 연애라는 걸 하고 있다고? 아니야. 아닐 거야. 그 여자 불쌍해서 어쩌라구.

유경은 저도 모르게 고개를 흔들었다.

방금 전 대화에서 아차 하는 생각에 재인의 행동이 급해졌다. 전화벨이 한참을 울리다가 음성 사서함으로 돌아간다는 메마른 여자의 음성이 들려오자 재인이 나직하게 혀를 찼다.

신호가 가는데도 받지 않는다는 건 둘 중에 하나였다. 벨 소리를 못 들었거나 아니면 일부러 그의 전화를 피하거나.

대부분의 경우 다현의 성격이라면 전자일 확률이 높다. 그녀는 문제가 발생했을 때 도망가는 성격이 아니었으니까.

하지만 이번의 경우는 아무래도 후자일지도 모르겠다.

안 그래도 주희의 존재를 알고 있는 다현이 신경 쓰기에 딱 좋은 가십 거리였다. 아직도 그의 업무용 핸드폰과 사무실 전화기는 요란하게 울려대는 중이잖은가. 당장이라도 해명하고 싶었지만 그럴 만한 틈이 생기지 않았다.

하지만 한 가지 확실한 건 이 일만큼은 오늘 안에 해결해야 한다는 것이었다.

"저기, 본부장님."

"뭡니까?"

본부장은 한눈에 보기에도 짜증이 가득해 보였지만 그래도 이번 일은 알려야 했다. 유경이 슬쩍 그의 눈치를 보며 쭈볏거렸다.

"손님이……."

"손님이요?"

유경이 더 뭐라 말할 틈도 없이 그녀는 기다리지 않고 재인의 사무실에 들어섰다.

이 여자, 확실히 마음에 안 든다.

주희를 발견한 재인의 얼굴이 유경만큼이나 일그러졌다.
"재인아!"
"지금 이 상황에서 네가 여기 나타나면 안 되는 거 아니야?"
문이 닫히기도 전에 들려오는 본부장의 얼음 같은 목소리에 유경은 저도 모르게 몸서리를 쳤다. 다른 건 몰라도 약혼은 절대 아니구나. 특히나 저 여자하고는. 그래, 우리 본부장님도 여자 보는 눈은 있었구나.

유경은 모처럼 본부장의 성질 사나운 행동에 만족한 미소를 지어 보였다. 그녀는 저 재수 없는 한주희라는 여자가 싫었다. 전화를 받을 때마다 느꼈었다.

남의 말을 듣기도 전에 자기 말만 하고 끊어버린다든지, 호칭은 싹 무시하고 반말을 지껄인다든지. 누가 봐도 건방짐과 무례함의 표본이었다.

우리 본부장도 썩 마음에 드는 사람은 아니지만 그렇다고 이재인 본부장이 저 여자랑 결혼하는 건 더 싫었다.

뭐랄까, 우리 본부장을 씹어도 내가 씹고 욕을 해도 내가 욕을 해야 기분이 개운하다고나 할까? 그리고 결혼을 해도 본부장보다 나은 여자여야지, 더 이상한 여자는 정말이지 곤란했다.

─────※─────

다른 사람 앞에서는 표정을 그리 많이 보이지 않는 이재인이기에 그가 정말 화가 나면 얼마나 무서워지는지, 사실 주희는 모르고 있었다. 지금도 그랬다. 재인의 얼굴이 굳어지고 눈빛이 서늘해졌지만 주희는 그의 표정에는 별반 관심이 없었다. 그저 이미 발표된 결혼 기사가 기정사실화되기를 바랄 뿐이었다. 기자에게 기사 내용을 흘린 것도 그녀였고, 이 사태를 방치하고 있는 것도 한주 화학이었다.

"그렇게 나쁜 건 아니잖아."

"아니. 나한테는 최악이야. 그리고 얘기 시작하기 전에 말해두는데, 내가 지금 여기서 네 얼굴을 보고 있는 이유는 딱 하나야. 이 상황을 누군가는 정리해야 하니까 참아주는 거야. 정정보도 얼른 내."

재인의 서늘한 지시에 주희가 입을 비죽였다.

정정보도라니. 뭐하러 일을 그렇게 복잡하게 만든단 말인가. 두 사람이 결혼만 하면 다 해결될 일인데.

"그렇게 싫어? 우리가 결혼하면 안 되는 이유가 뭔데?"

"한주희! 너야말로 이러는 이유가 뭐야."

"나, 너 사랑하는 거 같아."

주희의 고백에 재인이 피식 코웃음을 쳤다. 이 와중에 사랑이라니. 개도 안 물어갈 소리였다.

"내가 성현 그룹 이재인이 아니어도?"

간단하지만 냉정한 물음에 주희가 잠시 멈칫거리자 재인이 그럴 줄 알고 있었다는 듯 다시 서늘한 미소를 지어 보였다.

"너, 날 사랑하는 게 아니라 성현 그룹을 사랑하는 거잖아. 3년 전에도, 지금도."

"그래, 성현 그룹 안방마님도 욕심나. 하지만 난 너도 갖고 싶어."

감히 누구 맘대로 그를 소유한단 말인가.

주희의 선언에 안 그래도 굳어 있던 재인의 얼굴이 얼음처럼 차가워졌다.

"거기까지만 하지. 내가 네 장난감도 아니고, 네 맘대로 나 이용해 먹을 생각 하지 마. 이런 거 굉장히 불쾌하니까."

"재인아!"

주희의 부름에 재인의 눈썹이 올라갔다.

'재인아.'

누군가의 입에서 자기 이름을 듣는 일이 이렇게 기분 나쁠 수 있다는 걸 재인은 처음으로 알았다. 왜 다현이 그저 이름을 듣는 것만으로 그렇게 심술을 부렸는지 이해가 갔다.

"너, 앞으로 내 이름 함부로 부르지 마."

"알았어. 이제는 제대로 존칭할게. 다른 사람들 눈도 있고."

"아니. 그게 아니라 아예 날 부르지 말란 소리야. 네 입에서 나오는 내 이름, 듣기 싫어."

감히 네가 부를 이름이 아니라는 듯 재인이 누구보다 재수 없게 대꾸했다. 그리고 예상대로 기분이 상한 주희의 얼굴은 단번에 일그러졌다.

"이재인, 너 이러면 나 정말 못돼질 수 있어. 너만큼, 나도 독해질 수 있다고."

"한주희, 협박은 말이야, 진짜 실력을 가졌을 때 해야 하는 거야. 그것도 상대를 봐가면서 말이지. 지금 얘기는 안 들은 걸로 하자."

주희의 협박에 재인의 얼굴이 싸늘하게 굳어졌다. 찔끔한 주희가 뒷걸음질할 만큼 그의 말에는 인정머리 없는 서늘함이 가득했다.

※

성현 그룹 이재인의 약혼 소식은 다현이 생각한 것보다 훨씬 파급력이 컸다. 인터넷과 신문의 메인 화면은 온통 이재인의 얼굴뿐이었다. 심지어는 거리 옥외 영상 광고판의 뉴스 헤드라인조차 '성현 그룹 이재인 본부장 결혼 임박'이었다.

다현은 아침 내내 인터넷을 도배하고 있는 재벌가의 러브 스토리에 대한 기사를 하나하나 찾아 읽었다. 사디스트도 아니고. 똑같은 내용의 기사를 왜 찾아가며 읽고 있는 건지. 아마도 조금은 다른 기사를 찾고 있는지도 모르겠다. 집안의 누군가는 반대를 한다든지, 혹은 이재인은 아니라고 한다든지.

흐트러지는 마음을 아이들과 눈을 맞추며 겨우 가다듬고 댄스 동아리 수업까지 마무리를 지은 다현은 진이 다 빠지는 기분이었다.

퇴근 준비를 다 끝내고 가방을 손에 든 다현은 다시 컴퓨터를 향하는 시선을 붙들고 나직하게 한숨을 내쉬었다.

또 찾아봐서 어쩌려고. 누구 닮아가니? 왜 이렇게 집요한데.

다현은 얼른 가방을 챙겨 들고 교무실을 빠져나왔다.

어쩌면 잘된 일이었다. 더 마음이 가기 전에 이렇게 정리하는 것도 나쁘지 않다. 그렇게 달래봐도 다현은 자신의 마음속 진심을 알고 있었다.

김다다, 정말 괜찮아?

아무렇지도 않다고. 아니, 하나도 괜찮지 않아. 가슴이 아픈 거 같아.

집으로 가는 버스를 기다리며 다현은 끊임없는 마음속의 질문에 눈을 감았다. 어차피 재인에게 상대가 생기면 이 계약은 끝나는 것이었다. 그때는 그렇게만 되면 아주 마음 편할 거라고 생각하면서 그런 날이 빨리 왔으면 좋겠다고 생각했다. 얼마나 큰 오만인지.

"나쁜 놈."

"누가 나쁜 놈인데?"

다현의 나직한 중얼거림에 재인이 물었다. 갑작스레 다가온 재인 때문에 다현은 꽤나 놀란 눈치였다. 아슬아슬 겨우 시간을 맞춰 온 재인이었다. 조금만 늦었어도 그녀를 놓칠 뻔했다.

"아, 깜짝이야."

"그 나쁜 놈, 나 말하는 거야?"

"아마 그럴걸요. 웬일이에요?"

덤덤한 다현의 반응에 재인의 눈썹이 올라갔다.

기사를 아직 못 본 건가? 하긴 아무리 인터넷에서 떠들어대도 안 보면 모를 수 있는 일이었다. 그동안 그녀는 아이들과 수업 중이거나 다른 일로 바빴을 수도 있다.

재인은 내심 안도했다.

"전화는 왜 안 받는데?"

"전 임자 있는 남자랑은 거리를 두는 편이라서요."

'임자 있는'이라는 말이 왠지 귀에 걸리기는 했지만, 다현의 얼굴은 여느 때와 다르지 않았다. 그다지 화가 난 것 같지도 않고 토라진 것 같지도 않았다. 오히려 다현은 그를 향해 살며시 미소까지 지어 보였다.

"좋은 습관이네. 근데 내 전화는 왜 안 받는데?"

"몰라서 물어요? 이재인 씨 약혼했잖아요."

봤구나. 이런, 망할. 욕설을 참느라 재인의 눈썹이 꿈틀거렸다.

"당분간 인터넷 하지 마. 뉴스도 보지 말고."

"늦었어요. 이미 인터넷도 했고 진작에 뉴스도 봤어요. 사진 아주 잘 받던데요?"

"제기랄!"

다현과는 전혀 어울리지 않는 빈정거림에 재인이 결국 욕설을 입에 담았다.

"아주 맘에 드는 게 하나도 없어. 욕도 막 하고, 약혼도 알아서 하고."

"약혼 안 했거든."

잔뜩 인상을 쓴 다현에게 재인이 딱 잘라 말하며 고개를 흔들었지만 그녀는 그리 감격한 눈치가 아니었다.

"상관없어요."

"정말 상관없어?"

상관없다는 얘기에 재인의 눈썹이 하늘까지 올라갔.

그의 약혼에 김다현이 상관없을 수는 없는 일이다. 그처럼 애 하나 업고 가서 식장을 망치게 하는 일은 못하더라도 저렇게 나 몰라라 하는 표정은 절대 안 되는 거였다.

"계약서 제12조. 을에게 새로운 상대가 생기면, 이 계약은 자동 파기된다. 축하해요, 약혼."

"아니라니까!"

그러니까 계약에서 자유로워진다고 생각해서 이렇게 기분이 좋았던 걸까. 재인의 얼굴이 단단히 굳어졌다.

"캡처 떴는데, 보여줘요?"

"그런 쓸데없는 걸 왜 캡처를 떠."

버럭 소리를 지르는 재인을 보고 다현이 혀를 찼다. 허, 이 남자 봐라. 싹싹 빌어도 봐줄까 말까인데 자기가 먼저 화를 내고 있다.

"왜 재인 씨가 성질을 부려요? 뭘 잘했다고."

발끈한 다현이 재인을 노려봤다. 눈이 세모가 되어 흘겨보는 다현의 목소리에도 이제야 감정이 실렸다.

그래, 이편이 훨씬 더 좋다. 예전의 말똥말똥한 김다현으로 돌아왔다.

"내가 그런 놈으로 보이니? 너 만나면서 다른 여자랑 약혼할 사람으로?"

다현을 향한 재인의 눈빛은 진지했다. 그래서 그녀는 대답하기가 더 곤란했다. 다현은 볼이 빵빵해질 정도로 한숨을 모아 내쉬었다.

"그걸 잘 모르겠어요."

얼마든지 나쁜 놈이 될 수 있는 남자였다. 그런데 왜 자꾸 믿고 싶어질까.

"걱정 마. 나는 약속은 언제나 지켜."

재인은 무표정한 얼굴로 대답했다.

신뢰. 계약을 한 거래에서 가장 중요한 게 신뢰이다.

그를 믿어도 되는 걸까?

❖

재인은 차 안에서 내내 생각에 잠긴 다현을 조금 걱정스러운 시선으로 바라보았다. 그는 다현이 조용히 침묵을 지키는 게 상당히 불편했다. 종알종알 말이 많은 타입은 아니었지만 그렇다고 이렇게 입을 꾹 다문 채 상대방을 내팽개치는 타입도 아니었다.

재인의 차가 다현의 옥탑방 앞에 섰다.

"가요."

"같이 올라가."

"뭐하러요. 집주인이 싹 손봐줘서 이제 안전해요."

다현의 대꾸에 재인이 피식 웃어 보였다.

"집주인이 의심이 많아서. 같이 올라가."

"오늘은 혼자 올라갈래요."

그녀가 딱 잘라 거절하자 재인의 입에서 나직한 한숨이 새어 나왔다. 아직도 화가 풀리지 않은 모양이었다.

"내 입에서 들은 말 아니면 아무것도 믿지 마. 그냥 나만 믿어."

"믿게 해야죠."

그를 바라보는 다현의 얼굴이 심각했다.

"왜 이러나 모르겠어요. 어차피 조금만 더 있으면 우리 계약 기간 다 끝나는데. 그럼 재인 씨가 그 여자랑 약혼해도 아무 상관없는데."

어차피 남은 시간이 지나고 또 몇 번 만나게 되면 그와 그녀는 자유로워진다.

두 사람 다 그 이후의 일은 아무도 입에 담지 않고 있었다.

계약서대로 헤어지는 게 당연하고 분명한 일인데 왜 이렇게 마음이 어지러운 건지.

"어이, 어이. 앞서가지 말라고."

다현의 생각이 깊어지자 그가 그녀의 얼굴을 두 손으로 잡고 더 이상의 상상을 막았다.

"이 쬐그만 머리로 참 많이도 생각한다. 그냥 나만 믿고 나만 생각해. 계약 끝나기 전까지 너 아프게 할 일 없어. 알았어?"

그의 말에 다현이 고개를 끄덕였다.

"그리고, 제발 전화 좀 받자."

한숨 섞인 재인의 말에 다현이 픽 하고 웃음을 삼켰다. 그녀 역시 똑같은 생각을 하고 있었으니까.

"웃기는."

"웃기잖아요. 그러니까 왜 맨날 곤란할 때 전화를 해요."

"그러니까 왜 맨날 중요할 때 곤란하냐구."

지지 않는 재인의 말에 다시 다현이 웃음을 터뜨렸다. 눈이 반달이 되고 입꼬리가 부드럽게 호선을 긋는다. 별말 아닌데도 한 번 터진 웃음은 꽤나 오래갔다. 그 모습이 예뻐서 재인은 한참을 바라보았다.

───※───

이재인의 약혼 소동으로 인해 다현은 아주 중요한 사실을 깨달았다.

질투.

옷에 화장품을 묻혀 오거나 '재인 씨' 하고 반갑게 엉기는 행위 따위가 문제가 아니었다. 그때는 그저 그럴 수도 있다고 생각했었다. 그건 그녀의 감정이 아무렇지 않아서가 아니라 아마도 내심 이재인이 그녀와 사귀지 않는다고 믿었기 때문일지도 몰랐다.

질투. 애정이 있어야만 가능한 감정.

난 그를 사랑하는 걸까?

다현은 스스로의 질문에 화들짝 놀라 모든 행동을 멈추고 생각에 잠겼다.

이러다 큰일 날 것 같았다. 가슴이 철렁했다.

"미운 정 들었나 봐. 어쩌지?"

"어쩌긴. 남은 기간 미친 듯이 연애하면 되지."

"그러다 못 헤어지면?"

"정확히 뭘 걱정하는 거야? 헤어질까 봐 걱정인 거야, 못 헤어질까 봐 걱정인 거야?"

현진의 정곡을 찌른 질문에 다현이 시선을 피했다.

난 정말 뭐가 걱정인 걸까?

그와의 헤어짐은 내내 가슴 아플 것이다. 그리고 또 헤어져야 하는 그 순간에 어쩌면 그를 붙들지도 모르겠다. 그럼 그 남자는 내게 뭐라 할까?

"네가 불륜을 저지르는 것도 아니고, 그렇다고 결혼을 해서 이혼을 한 것도 아닌데 왜 앞일을 미리 걱정해."

"그러게."

"그리고 걱정 마. 내가 많이 해봐서 아는데, 헤어지는 것도 별거 아니야. 눈에서 멀어지니까 마음에서도 그냥 멀어지더라."

"그래? 그랬으면, 그랬으면 좋겠다."

아니, 그럼 더 슬퍼질 것 같았다.

그와 함께했던 모든 시간들과 추억이 된 기억들이 그저 흔한 과거의 일이 되고, 이렇게 그를 생각하는 마음과 그의 얼굴조차 희미해진다면, 그래도 정말 행복할까?

20. 법적 파트너
— 도장까지 쾅쾅 찍은 사이

재인은 할아버지의 소환에 살짝 미간을 모았다. 할아버지와의 대면은 정말이지 오랜만이었다. 그 빌어먹을 약혼 소동에도 불구하고 할아버지는 별반 동요 없이 일언반구도 내비치지 않았다. 물론 진작에 장 비서나 강 부장의 보고를 받았겠지만 그럼에도 불구하고 할아버지는 한주 화학과의 약혼에 대해 어떠한 말도 하지 않았었다.
　"무슨 일이세요?"
　"난 네가 다른 여자랑 약혼했는 줄 알았지."
　"다현이랑 제가 만나는 거, 강 부장님한테 정기적으로 보고 받으실 텐데요."
　재인이 퉁명스럽게 대꾸하자 할아버지의 얼굴이 잠시 붉어졌다. 아직 양심은 있으신 모양이었다.
　"너희 회사 부장을 내가 어떻게 알아?"
　버럭 소리를 지르는 규철을 보며 재인이 코웃음 쳤다.

"왜 이러세요. 멀쩡히 잘 있는 강 비서를 호텔로 내려 보낸 건 분명히 좌천인데. 그걸 믿으라구요?"

강 부장이 호텔로 내려온 이유는 분명했다. 남들은 이 회장이 손자에게 자신의 브레인을 건네주었다고 생각하고 있었지만, 재인도 그렇고 할아버지도 그렇고 심지어 강 부장조차 그 내막을 잘 알고 있었다. 강 부장의 전출 이유는 딱 하나였다. 재인에 대한 동향 보고.

"대신 넌 형준이 내 옆에 두고 프락치 노릇 시키잖아."

"잘나가고 있는 형준이를 성현 그룹에 채용한 사람은 할아버지였어요, 제가 아니라."

대놓고 형준까지 굳이 수하에 두고 있으면서 다른 말씀이시다. 회사로 돌아오라는 무언의 압박이었다. 재인 역시 할아버지의 의도를 모르는 게 아니었지만 이제 와서 순순히 고개를 숙이고 회사로 들어갈 생각은 전혀 없었다.

"다현이네 좀도둑, 어떻게 된 거야?"

"아직 몰라요. 알아보고 있는 중이에요."

"뭐 이렇게 오래 걸려?"

"할아버지가 아시는 게 있으면 좀 알려주시든지요."

재인의 뻔뻔한 요구에 이 회장은 혀를 찼다. 이 망할 녀석은 그를 너무 많이 닮았다. 재인의 생각대로 이 회장 또한 다현의 집에 든 도둑에 대해서 샅샅이 조사하고 있는 중이었다. 그리고 재인은 이미 그의 행동을 눈치채고 있는 듯했다.

"좀도둑이 아니라는 건 진작에 알고 계실 테니 이제 어쩌실 거예요?"

"뭘 어째. 그러니까 누가 그런 쓸데없는 계약서 따위를 쓰고 연애를 하래?"

"할아버지가 고른 여자가 하자고 한 거거든요."

재인이 당당하게 대꾸했다.

계약서는 다현의 요구였다. 공증까지 포함해서.

"당연하지. 너 같은 놈을 어떻게 믿고 아무것도 없이 그냥 연애를 해. 그래서 다현이가 사람 볼 줄 아는 눈이 있는 거야."

방금 전까지 왜 계약서를 썼느냐고 성질을 부리던 양반이 금방 잘했다고 칭찬이다. 재인은 어이없는 한숨을 내쉬었다. 그리고 흘긋 시계를 한 번 쳐다보고는 다시 할아버지를 바라보았다. 은퇴한 할아버지는 한가할지 모르지만 이재인은 아니었다. 할아버지와 이러고 있을 시간에 다현을 한 번 더 보는 게 그에게는 훨씬 나았다.

"그래서 왜 부르신 건데요?"

"다현이랑은 잘돼가는 거냐?"

"할아버지가 상관하실 일이 아닙니다."

"말버릇하고는. 그 아인 내가 네게 소개해준 아가씨야. 네 녀석 재주로는 눈 씻고 찾아도 못 찾았을 거다."

생각 같아선 그러고 싶지도 않다고 되돌려주고 싶었지만 그건 진실이 아니었다.

이번만큼은 할아버지한테 빚을 졌다.

"이런, 젠장."

다현이 들으면 또 뭐라 하겠지만 오늘 하루 그의 입에서 욕설이 멈추지 않는다. 재인의 말문이 막히자 할아버지는 만족한 미소를 지었다. 그 미소에 다시 재인은 약이 올랐다.

아, 난 그런 여선생은 정말 사양한다고, 이렇게 되돌려줄 수 있다면 딱 좋으련만. 그랬다가는 저 심술 고약한 대장이 무슨 짓을 할지 누가 알랴. 안 그래도 해결해야 할 일들이 산더미였다. 앞으로 두 사람이 어떻게 될지 아무도 모를 일인데 할아버지의 다른 훼방까지 받고 싶지 않았다.

"결혼까지는 못 할 테고, 그냥 좋은 선생님 만났으니 사람 꼴만 갖춰서 와."

"왜 그렇게 생각하세요? 처음에는 결혼이 조건이었잖아요."

지금도 멀쩡하게 사람 노릇 잘하고 있다고 성질을 부리기 전에 재인은 왜 할아버지가 결혼까지는 못 할 거라고 생각하는지 그 이유를 알고 싶었다.

"결혼이라도 하라고 해야 네가 제대로 진지해질 테니까 한 얘기고. 난 네가 다현이랑 결혼 못 할 건 진작에 알고 있었어. 그래서 처음부터 약혼을 반대한 거야."

"제가 결혼을 하면요?"

"아니. 넌 못 해. 너도 알고 있잖아. 그러기에 넌 이기적이거든. 계산적이고. 날 닮았지."

회장이 다 알고 있다는 듯 쓰게 웃어 보였다. 그 웃음에 재인의 얼굴이 굳어졌다.

"너희들 얼마 안 남았지? 두 사람 계약이 끝나기 전에 이번 회사 창립일 때 다현일 데리고 와라."

"회사 창립일 때요?"

"그래."

할아버지의 눈빛이 도전으로 빛났다. 노련하고 교활하고, 그리고 약아 빠진⋯⋯.

재인은 할아버지를 마주 바라보았다.

"지금 절 초청하시는 겁니까?"

"아니야, 다현일 초대하는 거야. 넌 그냥 다현일 데리고 오는 심부름꾼이야."

재인이 그룹을 박차고 나가 호텔 일에 뛰어든 후 그는 성현 그룹의 창립 파티에는 한 번도 참석한 적이 없었다. 그 사실을 회장도, 그리고 재인도, 다른 모두도 알고 있었다.

그런데 지금 재인에게 그날 참석하라고 명령하는 것이다. 물론 다현을 핑계로.

"다현이랑 저, 다 바빠요."

재인이 버텼다. 뭔가 호락호락 할아버지의 뜻대로 움직이고 싶지 않았다.

"바빠도 데리고 와. 널 보고 싶어서가 아니라 내가 보고 싶어서니까."

"왜 할아버지가 다현이를 보고 싶으신데요?"

"그 아이한테는 빚이 있다. 너들 계약이 끝나기 전에 고맙다는 인사를 하고 싶어. 죽기 전에 빚은 갚아야 마음이 편할 거 같아."

할아버지의 표정이 미묘하게 변했다.

빚이라……. 도대체 그게 뭐지?

다현은 할아버지에 대해서 전혀 모르고 있었다. 만난 기억조차도 없는 게 분명했다. 처음에는 그럴 리가 있을까 싶었지만 지금 재인은 그녀의 말을 확신했다. 김다현은 할아버지나 그와는 달리 거짓말 따위는 못 하는 여자였다.

그럼 도대체 이 양반이 무슨 빚을 지고 있는 걸까?

살다 보면 하루쯤 그런 날이 있다.

이상하게 일이 얽히는 날.

미치게 좋은 꿈을 꿔서 로또라도 될 것 같은 기분인데 막상 오천 원짜리도 피해가는 날.

다현에게는 오늘이 그런 날이었다.

재인이 호텔 커피숍에서 기다리라고 했을 때부터 별반 마음에 들지 않았다. 호텔 커피숍이 만남의 장소인 건 맞지만 재인의 직장이기도 한 이유로 그녀는 어느 날인가부터 항상 호텔 앞 공원에서 그를 기다리곤 했다. 하지만 오늘은 깜깜하게 흐린 하늘이 언제 비를 뿌릴지도 모를 날씨였다.

그게 실수였다. 바람이 불거나 비가 오거나 무조건 만나던 장소에서 기다렸어야 했는데.

"재인이 기다리나 봐요."

언젠가 '공간'에서 인사한 한주희라는 여자였다. 그녀의 눈빛은 그때보다 더 사납게 번득였다.

이 여자는 나한테 뭘 원하는 걸까? 뭘 바라길래 저런 눈빛으로 날 주시하는 걸까? 왜 이 여자는 맨날 이 호텔을 들락거리는 걸까? 재인을 기다리며 가슴 두근거리던 마음에서 이제는 여자의 진한 향기에 다현은 갑자기 머리가 아파졌다.

"당신 혹시 재인 씨랑 결혼이라도 할 마음먹은 건 아니겠지요?"

주희가 허락도 없이 다현의 앞자리를 차지하고 앉아서 단도직입적으로 물어왔다. 지난번의 경고 따위로는 성이 차지 않는 모양이었다.

이런, 젠장. 재인에게 험악한 말버릇까지 배워버렸다.

아이들을 가르치는 선생님이 쓸 말이 아니라구, 김다현.

아무튼 오늘은 일진이 아주 사나운 날이었다.

"왜 아니겠어요?"

마음속의 혼란을 내보이지 않은 채 다현이 생글생글 웃었다.

"당신이랑 재인 씨가 어울린다고 생각해요?"

뜻밖의 반응에 주희의 눈빛이 번득였다.

"그건…… 주희 씨 맞나요?"

다현이 고개를 갸웃거리며 이름을 생각해내려 애쓰는 척했다. 물론 맞을 것이다. 한 반에 20명씩 이름을 외워야 하는 그녀가 이름을 틀릴 리 없었다.

"그건 주희 씨가 상관할 바 아니에요."

"지난번 약혼 기사 봤을 텐데."

"네, 오보라고 났더군요. 잘못된 기사라고."

"맞아요. 이번 건 좀 시기가 빨랐죠. 그런데 3년 전에는 아니었어."

3년 전이라……. 다현은 전혀 모르는 이야기였지만 내색은 하지 않았다.

이재인, 이 남자는 왜 이런 중요한 사실을 알려주지 않은 걸까.

"3년 전부터 우리, 결혼할 사이였어요. 집안에서도 다 허락한 사이였구요."

"3년 전 일까지 신경 쓰지는 않아요. 지금 재인 씨가 아니라고 하니까요."

다현은 단단히 자신을 다잡고 주희의 시선을 똑바로 바라보았다. 속내는 심란스러웠지만 눈앞의 여자한테 그런 것까지 알려줄 필요는 없었다.

"3년 전에 우리가 왜 헤어졌는지 알아요? 혼전 계약서 때문이었어요. 그런 거 쓸 자신 있어요? 김다현 씨, 그런 거 못 할 거예요."

"글쎄요, 그건 내가 결혼하게 되면 그때 생각해보죠."

다현의 답변에 주희의 표정에는 말도 안 된다는 기색이 역력했다. 그녀는 대놓고 빈정거리며 코웃음 쳤다.

"결혼할 수 있을 거 같아요? 재인이, 3년 전부터 내 남자였어요. 나, 그 사람 사랑해요."

"주희 씨, 사랑 고백은 당사자한테 해야 해요. 그 남자 애인이 아니라."

다현이 충고하듯 말했다. 도대체 이 여자의 사랑 고백을 왜 그녀가 듣고 있어야 하느냔 말이다. 다현은 그렇게 생각했지만 주희는 다현의 끄떡없는 표정에 약이 바짝 오른 상태였다.

"나랑 재인이 결혼, 누가 추진했는지 알아요? 성현 그룹 이규철 회장님이에요. 재인이, 회장님 못 이겨요. 그리고 한주 화학 모른 척할 만큼 바보도 아니고. 나도 재인이한테 해줄 수 있는 게 많구요. 그러니까 이제는 슬슬 떨어져줬으면 좋겠는데. 구질구질해 보여요."

"후……, 기다려요."

구질구질하단다. 머리에 열이란 게 확 뻗친다. 이렇게 무례한 사람이라니. 도대체 저 나이 먹도록 예의라는 걸 배우지 않고 뭘 했던 걸까. 이재인, 이 남자는 뭐 이런 여자를 친구로 두고 있나.

다현은 핸드폰의 단축키를 눌렀다.

이재인이 제멋대로 설정해놓은 1번.

신호가 몇 번 가기도 전에 재인이 전화를 받았다.

"어, 벌써 왔어?"

"진작에 와 있어요."

"커피숍에 가 있어. 비 올 거 같아."

"커피숍에 있어요. 당신 손님이랑 같이요."

다현이 주희를 바라보지도 않고 말했다. 다현의 통화 내용을 듣는 주희의 얼굴이 대번에 굳어졌다. 통화의 상대가 이재인이란 걸 말 안 해도 눈치챈 듯했다. 하기는, 모르면 바보겠지.

"뭐 하는 거예요, 지금?"

"구질구질하다면서요. 근데 나도 그렇거든요. 이런 일, 내 입장에서도 상당히 짜증 나거든요."

"짜증 나요?"

어이없다는 듯 주희가 되물었다.

그럼 너 같으면 기분 좋겠니?

"네, 엄청요. 재인 씨 금방 올 거예요. 나랑 이러지 말고 그 사람한테 얘기해요. 재인 씨가 그쪽을 선택하면 가져가요. 나도 양다리 걸치는 남자는 질색이니까."

잠시 다현을 바라보던 주희가 가방을 들고 일어서자, 다현이 얼른 붙들었다.

"뭐예요?"

"가지 말아요. 그럼 꼭 도망가는 거 같잖아요."

다현의 도발에 주희가 주춤거렸다. '이번에 도망가면 넌 나한테 지는 거야.'라고 그녀의 눈빛이 그렇게 말하고 있었다.

주희는 이를 앙다물고 다시 자리에 앉았다. 이 여자한테 지고 싶지 않았다. 더구나 도망이라니, 그건 말도 안 되는 일이었다.

※※※

급하게 커피숍에 내려온 재인은 다현과 함께 있는 여자를 보고 대번에 상황을 파악했다.

그를 향해 웃고 있는 다현의 표정이 심상치 않았다. 이런 망할. 그는 터져 나오는 욕설을 꾹꾹 누르고 자리에 앉자마자 나직하게 사과했다.

"미안."

"미안이고 자시고, 재인 씨가 결정해요. 어떻게 할래요?"

"뭘?"

"한주희 씨가 당신한테 해주고 싶은 게 많대요. 그리고 재인 씨랑 결혼도 해야겠대요. 그러니까 그 조건이 맘에 들면 여기서 우리 끝내죠. 깔끔하게."

끝내자는 이야기가 참으로 깔끔하게 잘도 나온다. 안 그래도 얼마 안 남았다는 생각에 재인은 고민이 깊어지는데 이 여자는 전혀 아닌 모양이었다. 다시 망할.

"지금 그게 나한테 할 소리야?"

"그럼 누구한테 얘기해요. 아님 여기서 한주희 씨 머리채 잡고 싸움이라도 할까요?"

다현의 뜻하지 않은 제안에 재인은 웃음을 삼켰지만 주희의 표정은 말로 할 수 없을 정도로 구겨졌다.

"뭐, 내가 지지는 않을 거 같지만."

재인이 보기에도 다현이 질 것 같지 않았다. 다현이 키도, 몸도 훨씬 더 작았지만 주희보다는 더 많이 야무져 보였다. 아마 태권도도 배웠다지?

"너, 이런 교양 없는 여자가 정말 좋은 거야?"

우씨, 살다가 교양 없다는 소리도 들어본다. 그것도 저렇게 무례한 여자한테. 정말 저 여자, 재수 없다.

"그러니까 말이에요. 재인 씨, 당신이 정리해요. 나인지, 한주희 씨인지."

"나야 당연히 당신이지. 우리는 법적으로 묶여 있잖아. 도장까지 쾅쾅 찍어서. 그래서 나 꼼짝도 못 해."

"그게 무슨……. 이재인!"

재인의 애매모호한 답변에 주희의 눈이 커졌다. 법적으로 묶여 있다는 게 무슨 뜻이지? 혹시 혼인 신고라도 한 걸까? 그래서 저 여자가 저렇게 당당할 수 있는 건가?

"이제 됐지요? 앞으로 이재인 씨랑 사귀고 싶으면 둘이 얘기해요. 나한테 와서 이러지 말고. 이게 정말 구질구질한 거거든요."

"누가 누굴 사귀어?"

재인이 다현의 말에 버럭 했지만 다현은 그를 무섭게 흘겨보는 걸로 상황을 정리했다.

다현은 주희를 완전히 무시한 채 몸을 일으켜 자리를 떠났다. 허리를 펴고 또박또박 걸어가는 그녀의 뒷모습만 봐도 잔뜩 화가 났다는 걸 알 수 있었다.

다현을 따라가는 재인의 걸음도 빨라졌다. 혼자 남겨진 주희의 눈빛이 심상치 않다는 건 아무도 신경 쓰지 않았다.

재인은 급하게 다현을 쫓아가 얼른 팔목을 잡아 세웠다. 다현이 걸음을 멈추고 재인을 노려보았다. 이 여자가 이런 표정도 지을 수 있다니. 왜 화를 내고 있는 순간순간이 점점 더 귀여워지는지.

재인이 웃음을 꾹 눌러 참자 다현의 눈빛이 더 매서워졌다. 왠지 이 모습은 그 잘생긴 의사 선생과 닮아 있었다. 남매는 남매였구나.

"지금 웃음이 나와요?"

"왜? 깨끗하게 정리했잖아."

"이게 뭐가 깨끗해요. 진작에 그랬어야지. 왜 나한테 삼자대면까지 하게 만들어요? 사람 치사해지게."

"난 아무 짓도 안 했어."

"그게 문제거든요."

다현이 알 듯 모를 듯한 말을 남기고 다시 걸음을 재촉했다.

재인이 얼른 다가가 그녀의 어깨에 팔을 둘렀다. 누가 봐도 다정한 연인인 것처럼. 누가 봐도 사랑에 빠진 남자처럼.

❦

잔뜩 골이 난 다현의 새초롬한 표정은 꽤 시간이 흘러서야 풀어졌다. 그리고 할아버지의 초청에 그녀의 눈이 휘둥그레졌다.

"파티요?"

"응. 우리 할아버지가 당신, 창립 기념일 파티에 초대하시겠대."

"당신…… 할아버지가요? 그…… 고약한 대장이요?"

재인이 항상 할아버지를 가리키며 쓰던 용어를 그녀가 사용하자 그는 웃음을 터뜨렸다.

"어."

"왜요?"

조심스러운 질문에 섞여 있는 머뭇거림에 재인도 커피 잔을 내려놓고 얼굴을 찡그리고 있는 다현을 바라보았다.

"왜? 가기 싫어?"

"싫다기보다 낯설어서요. 난 파티 뭐 그런 건 외국에서나 하는 줄 알았어요."

파티라……. 간단한 다과나 커피 타임이 아니겠지. 재벌들은 그런 것도 하는구나. 설마, 할리우드의 패리스 힐튼이 하는 것처럼 드레스를 입고 보석을 달고 부채를 들고 있어야 하나? 아니, 부채는 만화 속에서 나오는 거고, 현실에서는 번쩍거리는 백을 들어야 하는 건가?

"별거 없어. 그냥 격식 차린 큰 식당에 밥 먹으러 모여 있다고 생각하면 돼."

재인의 단순한 표현에 다현이 피식 웃어 보였다.

사실, 진짜 문제는 단순한 참석에 있는 게 아니었다. 음악회에 한 번 간 것만으로도 언론에 오르내리는 재인이었다. 그와 함께 창립 기념 파티에 간다면 이번엔 단순한 소문이 아니라 기정사실이 되어버릴 것이다.

"같이 가자."

"거기 다른 사람들도 많을 거 아니에요."

"그렇겠지."

다현의 고민을 알아챘지만 재인은 모른 척했다. 어차피 이재인이 여자를 만나고 있다는 건 알 만한 사람은 다 알고 있었다. 다만 상대가 김다현이란 것만 모르는 것뿐이지.

이번 기회에 그의 옆에 있는 여자가 누구란 게 알려져도 그는 상관없었다. 최소한 재인은 그랬다.

"난 그런 어마어마할 것 같은 기념식 같은 데 한 번도 안 가 봤어요."

"그럼 이번 기회에 한번 가보면 되겠네. 그렇게 나쁘지 않을 거야."

"그걸 어떻게 알아요?"

다현이 의심스럽다는 듯 물었다. 생각보다 낯을 많이 가리는 다현은 모르는 사람들이 많은 행사를 별로 좋아하지 않는다.

"또 누가 알아? 앞으로 종종 가게 될지?"

"26년을 살면서 한 번도 안 해본 일을 더 산다고 자주 할 것 같지는 않아요. 이재인 씨나 만나니까 그런 걸 경험하지."

"사람 일은 모르는 거거든."

재인이 무뚝뚝하게 중얼거렸다. 사람 일은 정말 모르는 거다. 이재인이 눈앞의 조그마한 여자의 말 한마디에 웃음을 터뜨리고 화가 나고 다시 기분이 좋아질 거라는 건 상상도 하지 못했었으니까.

다현은 언제나 이별부터 생각하고 있지만 재인은 아니었다. 앞으로 무슨 일이 일어날지 알 게 뭐란 말인가.

"좋아요. 따로 가면 되지 뭐. 재인 씨, 절대 나 아는 척하지 마요."

"뭐?"

곰곰이 생각하던 다현이 드디어 결정을 내렸고, 재인은 그 결정이 마음에 들지 않았다.

"거기 참석하는 사람이 한둘이겠어요? 근데 거기서 날 알아볼 사람은 당신뿐이에요. 아, 형준 씨도 있구나. 어쨌거나 재인 씨만 모른 척하면 돼요."

"그게 말이 돼?"

"왜 안 돼요?"

그녀의 말대로 말이 안 될 이유는 없었다. 하지만 둘이 가서 서로 모른 척하고 있다니. 현명한 선택이 분명함에도 불구하고 그건 정말이지 이상한 일이었다. 그리고 그로서는 하고 싶지 않은 일이었다.

"그럼 난 파트너 없이 혼자 가란 말이야?"

"그래도 사방에 소문이 나서 나중에 서로 곤란해지는 것보다는 나아요."

재인의 반항에도 불구하고 그녀는 단호했다. 이렇게 고집불통이면서 누구보고 집요하다고 하는지 모르겠다.

"난 회장님 만나서 도대체 나한테 왜 이러시는지, 그 이유만 알면 되거든요."

"한 가지 확실한 건 할아버지는 다다를 알아. 친한 사이래. 거기다 빚도 있으시다는데?"

"나한테요?"

그게 무슨 말도 안 되는 이야기란 말인가. 성현 그룹의 이규철 회장에게 돈을 꿔줄 만큼 다현은 부자가 아니었다.

"그러니까 이제 털어놓지. 도대체 두 사람, 무슨 관계야."

하여튼 저 의심은. 처음 만날 때부터 시작된 그의 의심은 아직도 끝날 줄을 몰랐다. 의심과 집요함을 두루 갖춘 여전한 대마왕이었다.

 다현이 일어서며 재인을 향해 방긋 웃어 보였다. 그리고 높은 힐로 재인의 발을 지그시 눌러주었다. 방심하고 있던 재인이 인상을 구기며 허리를 굽혔다.

 "욱."

 "그거예요. 욱 소리 나는 관계. 정말 모르거든요."

 다현이 어느 때보다 달콤하게 웃어 보이고는 가방을 들고 걸어 나갔다.

 하여튼 여우가 따로 없다.

 성현 그룹의 창립 기념일 행사는 생각만큼이나 화려했고 생각보다 규모가 컸다. 재인과 엇갈려 도착한 호텔의 입구는 꽃과 음악, 그리고 많은 사람들로 붐비고 있었다. 아마도 안에 들어가면 더 많은 사람들로 가득할 것이다.

 다현은 가지고 있던 초대장을 만지작거렸다. 별도의 비표가 없이는 들어갈 수도 없는 곳. 평상시의 김다현이라면 전혀 들를 일이 없는 장소였다. 다현은 입구에 걸려 있는 커다란 거울에 비친 자신의 낯선 모습에 고개를 흔들었다. 여기에 오는 게 옳은 선택이었을까?

 복잡한 다현의 머릿속 생각을 깨뜨리면서 핸드폰이 묵직하게 진동음을 냈다.

"어디야?"

"도착했어요. 입구에요."

"아, 보인다."

다현은 핸드폰 속의 재인에게 대답했지만 그는 아닌 모양이었다. 고개를 들어 주변을 살펴보니 재인이 로비에서 그녀를 향해 걸어오고 있었다.

턱시도가 이렇게나 어울리는 남자였구나. 그는 오늘 그야말로 다른 세상의 왕자님 같았다. 단정하게 잘생긴 얼굴과 큰 키에 어울리는 턱시도를 차려입은 그는 그야말로 후광이 비치고 있었다.

"왜 나와 있어요?"

"혹시라도 길 잃어버릴까 봐. 너 길치잖아."

비죽 입을 내민 다현이 재인을 슬쩍 흘겨봤다.

옳은 말이기는 한데 지금 어울리는 말은 아니었다. 이렇게 차려입었는데 인사치레로라도 예쁘다든지, 잘 어울린다든지 이런 말을 해야 옳은 게 아닐까.

"얼른 들어가요. 오늘 주인공이잖아요."

"같이 가."

다현이 멈칫거리자, 재인이 크게 한숨을 내쉬었다.

"엘리베이터까지만. 파티장에서는 떨어져 있을게."

"진짜?"

"생각은 해볼게."

이재인의 답변다웠다. 다현이 '쿡' 하고 작게 웃어 보였다.

VIP를 위한 전용 엘리베이터는 곧장 28층 행사장으로 향하고 있었다.

속도가 너무 빨랐다.

뭐든 최신이나 최고가 좋은 게 아니구나. 이럴 줄 알았으면 클래식을 핑계로 오래전 엘리베이터를 그냥 두는 거였는데. 재인은 마음속으로 뒤늦은 후회를 했다.

28층.

엘리베이터가 섰고 문이 열렸지만 재인은 내릴 생각이 없어 보였다. 다시 엘리베이터 문이 닫혔다.

"저기요."

"응?"

"안 내려요?"

"내릴 거야."

그렇게 말한 재인이 다시 1층 버튼을 눌렀다. 엘리베이터가 다시 내려가고 있었다.

다현은 재인의 이해할 수 없는 행동을 아무 말 없이 바라보고 있었다. 그의 시선이 아까부터 꼼짝 안 하고 다현에게 쏟아지고 있었다.

"내 얼굴에 뭐 묻었어요? 왜요? 이상해요? 화장 잘못된 거 같아요?"

다현이 조금 걱정스럽게 재인에게 물었다. 일부러 유명한 미용실까지 들러서 머리랑 화장을 하고 왔는데 그게 에러였나? 아니면 옷이 문제일까?

다현이 입고 있는 하얀색 원피스는 재인과 함께 고른 옷이었다. 사실 이 옷 저 옷 엄청 입혀대는 재인에게 그녀가 화를 냈고, 결국 흰색 원피스를 움켜쥐고는 그 옷으로 결정 내렸다며 그에게 눈을 흘겼었다.

솔직히 재인은 다현이 입었던 모든 옷들이 마음에 들었고 입을 때마다 다른 모습의 다현이 예뻐서 계속해서 옷을 입혀댄 것이었다. 하지만 오늘 다현의 모습을 보니까 그날 그녀가 올바른 선택을 했음을 알 수 있었다.

흰색 원피스는 무릎에서 찰랑거려 예쁜 종아리가 살짝 내려다보였고, 몇 가닥 내려온 머리카락을 빼고는 위로 감아 올린 머리 덕분에 솜털이 보송보송한 귓가와 가늘고 하얀 목덜미가 탐스럽게 보이고 있었다.

"아니, 아무것도 안 묻었는데. 너무 예뻐."

재인의 마지막 말에 다현의 얼굴이 빨개졌다. 하여튼 선수 같은 남자였다.

다시 엘리베이터가 1층에 도착했고, 문이 열렸다.

재인이 천천히 문을 닫고 다시 28층을 눌렀다.

여전히 빠르다. 그래서 이번에는 이 짧은 시간을 놓칠 수가 없었다.

엘리베이터 문이 닫히자마자 재인이 다현의 허리에 팔을 둘러 잡아당겼다. 그리고 다현이 뭘 어쩌지도 못할 만큼 빠르게 그녀의 입술을 빼앗아갔다.

엘리베이터 문이 다시 열리기 바로 직전에 그의 입술이 멈추었다. 하지만 그의 시선과 그의 손길은 여전히 그녀에게 닿아 있었다. 재인이 혼이 나간 얼굴로 눈썹을 깜빡이는 다현을 사랑스럽다는 듯 바라보며 웃었다.

웃지 마요, 당신.

이건 진짜 반칙이었다.

"화장 고치고 천천히 들어와. 먼저 가 있을게."

그가 다시 그녀를 안을 듯 가까이 다가와 귓가에 속삭였다.

심장이 터질 것 같았다.

두근대는 가슴을 겨우 진정시키며 파티장에 들어서자 진작에 재인이 일러두었는지 형준이 반색을 하며 그녀에게로 급하게 다가오고 있었다.

다행이었다. 혼자 참석하겠다고는 했지만 파티장에 들어선 순간, 다현은 이곳에서 뭘 해야 할지 전혀 감이 잡히지 않았다.

"잘 오셨어요."

"잘 온 건지 잘 모르겠어요."

다현이 주변을 둘러보며 애매하게 웃어 보였다.

높은 천장, 정갈하지만 화려한 옷차림들, 다양한 사람들, 게다가 사람들의 소음 속에서 은은하게 들려오는 클래식의 현장 음까지…… 다현과는 하나도 맞지 않는 것들이었다.

"회장님은 언제 오시는 거예요?"

"좀 더 있어야 해요. 마지막 인사 말씀만 하고 가시거든요."

아……. 다현이 고개를 끄덕였다.

21. 흔들리지 않게 — 그 남자는 이미 선택했어요 | 109

파티가 언제쯤 끝나려나? 그분을 만나면 뭐라고 얘기를 해야 하는 거지? 아니, 만날 수는 있는 분인가? '저 아세요?'라고 물어보면 되는 건지.

아니면, 정말 아는 사람인 걸까? 아니, 그건 아니다.

그럼 날 전혀 모른다고 하면 그때는 또 어떻게 되는 거지?

무엇보다 재인 씨는 뭐라고 할까?

형준은 다현의 표정에 여러 가지 감정이 스치고 지나가는 걸 유심히 살펴보고 있었다.

"정말 회장님이랑 친분 없으신가 봐요. 긴장하는 거 보면."

"표 나요?"

"조금요. 근데 너무 긴장하지 말아요. 재인이가 있잖아요. 무슨 일 있으면 저쪽에서 금방 튀어올 겁니다."

형준의 말에 다현이 고개를 들자 재인의 시선이 다현을 향하고 있었다. 어쩐지 안심이 되었다. 두 사람의 오가는 시선에 형준은 조용히 미소 지었다.

서로 말할 수도 없고 들을 수도 없고 옆에 있지도 않지만 그건 그다지 중요한 게 아니었다.

조금 떨어져 있어도 마음이 서로를 향하면 되는 거다. 함께할 수 없어도 같은 생각을 하면 되는 거다. 눈빛을 전하는 것만으로도 안도하고 행복해하는 이들처럼.

재인은 그룹에서 초대한 국내외 VIP 손님들 사이에서 꼼짝도 못한 채 호스트 역할을 수행하면서 내심 쓴웃음을 지었다.

이번에는 할아버지가 이겼다. 다현과 할아버지에 대한 재인의 궁금증을 빌미로 그에게 그룹의 일을 전가해버린 거다.

실제로 재인의 참석은 다른 사람들에게 호기심과 궁금증을 불러일으켰다. 대판 싸우고 나갔다는 그 후계자가 마치 돌아온 탕아처럼 느긋하게 파티를 주도하고 있는 모습은 그동안의 성현 그룹 내의 모든 세력 다툼을 종식시킨 것처럼 보이는 것이 사실이었다. 뭐, 한 번쯤 져드리는 것도 나쁘지 않겠지. 덕분에 모처럼 아들과 함께하게 된 어머니의 얼굴에는 흐뭇한 미소가 떠올라 있었다.

잠시 사람들이 지나가자 재인은 고개를 돌려 다현을 찾았다. 아무리 많은 사람들 속에서도 그녀를 한눈에 찾을 수 있었다.

호기심이 가득한 표정으로 주변을 살펴보는 다현과 그의 눈이 다시 마주쳤다.

'괜찮아?'

'걱정 마요. 난 잘 있으니까. 당신도 잘하고 와요.'

그녀가 고운 미소를 지으며 고개를 끄덕이자, 재인도 살짝 고개를 끄덕였다. 눈빛 하나와 고개 끄덕임 하나뿐이었지만 그들은 서로가 말하는 바를 완벽하게 이해했다.

'이쪽으로 오지? 거긴 너무 멀어.'

재인이 턱 끝과 손가락으로 슬쩍 자신의 옆을 가리키자 그녀가 고개를 흔들었다.

재인은 원래부터 거기 있어서 모르겠지만 그녀가 보기엔 메인 테이블 주변은 공기조차 달라 보였다.

'그래도 옆으로 와. 거긴 너무 멀어.'

슬쩍 미간을 모은 재인의 표정을 읽어 내린 다현이 '풋' 하고 웃고는 고개를 숙여버렸다.

아마도 오지 않겠다는 대답일 것이다. 다시 재촉하는 그의 손짓과 무언으로 이루어지던 그들의 대화는 재인 앞에 다가온 손님에 의해 중단되었다.

끙. 이분이 어느 나라 분이었지? 재인은 파티가 시작되기 전에 할아버지의 비서실장이 전해준 VIP 리스트를 머릿속에서 한 장 한 장 넘겨갔다.

"미스터 헤이든, 반가워요. 호주에서 보고 처음이죠?"

재인의 상태를 눈치챈 어머니가 다가와 그를 대신해 인사를 전했다. 아, 호주 전자 회사 대표. 이름을 듣는 순간 자동적으로 재인의 머릿속에서 그 남자에 대한 페이지가 펼쳐졌다. 이후 여유를 찾은 재인의 대화는 편안하게 진행됐다.

재인을 발견한 주희의 얼굴에 미소가 지나갔다. 그녀의 의도대로 사람들은 아무리 오보라고 정정보도를 냈어도 그들의 약혼 기사에 관심을 가지고 주희에게 인사를 했다.

이걸 원했던 거다. 이재인은 어쩌면 성현 그룹의 차기 회장이 될 수도 있는 사람이고, 그렇지 않더라도 그는 적으로 돌리기에는 껄끄러운 사람이었다.

주희는 일단 시간을 기다렸다. 그녀는 일생일대 최고의 사냥감을 노리고 있었고, 그건 기다릴 가치가 있는 사람이었다. 하지만 재인의 시선은 다른 곳을 향하고 있었다. 그의 눈길 끝에 있는 사람이 김다현이라는 걸 깨닫자 주희는 입술을 깨물었다.

너무 덥고 사람들에 치인 다현은 아무 데도 가지 말라고 경고를 한 재인과 눈을 마주치느라 한참을 바라봐야 했다.

다현은 재인을 향해 나무 뒤에 숨어 있는 테라스를 가리켰고, 재인은 겨우 허락의 뜻으로 고개를 끄덕였다.

다현은 파티장을 빠져나오자마자 숨을 몰아쉬었다. 마치 정글과 미로를 한꺼번에 거쳐 온 느낌이었다.

"이제 좀 살겠네."

"다현 씨."

겨우 숨을 돌리고 있는 다현에게 누군가 다가섰다. 다현은 한숨을 쉬었다. 쉴 틈을 안 주는구나. 지금 제일 만나고 싶지 않은 사람이 바로 눈앞의 이 여자라는 걸 상대는 알려나 모르겠다.

"얘기 좀 하지요, 우리."

삼자대면으로 이야기가 끝난 줄 알았는데 아니었나 보다. 그녀의 눈빛은 그때보다 더 사납게 번득였다. 그녀가 원하는 건 잘 알고 있다. 어쩌면 여기서 머리를 붙들고 싸워야 할지도 모르겠구나.

홀 안의 답답한 공기에 기분이 썩 좋지 않던 다현은 여자의 진한 향기에 갑자기 머리가 아파왔다.

"재인이가 왜 당신 같은 여자를 만나는지 이상하다 했어요. 역시 돈 때문이라는 걸 알았어야 했는데. 그깟 유언장으로 남자 발목 잡는 거, 정말 치사하지 않아요?"

유언장 이야기에 다현이 잠시 멈칫거렸다. 이 여자는 유언장에 대해 어떻게 알고 있는 걸까? 다현은 애써 감정을 숨긴 채 입가에 미소를 지으려 노력했다.

"그러게요. 그깟 유언장 하나에 재인 씨가 저한테 매이네요."

"하여튼 이래서 없는 사람들이랑 상대하면 안 된다니까."

주희의 무례한 언사에 다현은 그야말로 머리끝까지 열 받았지만 꾹 눌러 참았다.

정말 머리채를 잡고 싸워야 하는 걸까? 그래도 학교 선생님이 주먹을 날리다 경찰에 끌려가는 건 애들 교육상 좋지 않다. 이 여자를 만나면서 지끈거리던 머리가 이제는 폭발할 지경이었다.

"재인이랑 한 계약, 이쯤에서 멈춰요. 필요한 돈은 내가 줄게요. 그러니까 이제 그만 적당히 빠져줘요."

주희의 제안에 다현이 희미하게 웃어 보였다. 아주 작게 입꼬리가 올라갔지만 주희는 그 미소를 보고 인상을 썼다.

뭐지, 이 여자? 왜 웃는 거지?

"우리가 정말 계약서 때문에 만나고 있다고 생각하세요?"

다현의 질문에 주희의 눈이 가늘어졌다.

"재인 씨 어떤 사람인지 잘 모르나 봐요. 그 남자, 하기 싫은 거 억지로 할 사람 아니에요. 할아버지 말도 안 듣는 사람이 누구 말을 들어요. 그리고 나도 보고 싶지 않은 남자 억지로 안 만나요. 그러니까 주희 씨가 돈까지 안 챙겨줘도 괜찮아요."

"당신들 계약만 해결되면 재인이와 난 결혼해요."

주희가 단언했지만 그녀는 여전히 까딱도 하지 않았다. 최소한 겉으로 보기에는 그랬다.

다현이 가볍게 어깨를 으쓱했다. 호기심도, 관심도 보이지 않고 아주 담담하게.

적어도 겉으로 보기엔 그녀는 정말 말짱했다. 눈빛조차 흔들리지 않았다.

"두 사람 결혼 얘긴 나한테 먼저 할 게 아니라 재인 씨랑 얘기해야지요."

이 여자가 어떻게 유언과 계약서에 대한 이야기를 알까?

맘속으로는 궁금했지만 다현은 전혀 내색하지 않았다. 지금은 호기심이 문제가 아니었다. 눈앞의 사람에게 휘둘리지 않고 상처받지 않는 게 중요했다.

주희는 다현의 눈치를 세심하게 살폈지만 그녀는 변한 게 없었다. 그저 다 알고 있다는 듯이 미소만 지을 뿐이었다. 이 정도로는 약발이 안 받는 모양이다. 아무래도 더 강력하게 밀어붙여야 할 것 같다. 저 촌스러운 학교 선생이 두 손을 들고 재인을 포기할 수 있도록.

"재인이랑은 벌써 합의된 얘기예요."

"아닐걸요. 재인 씨랑 얘기가 끝났다면 내게 오지 않았겠지요."

이 사람은 내가 바보인 줄 아나. 아니면 본인이 좀 모자란 건가. 이런 얘기를 하려고 했으면 지난번 삼자대면 때 했어야 옳았다. 이재인을 눈앞에 두고 말이다.

"당신, 그거 알아요? 혼전 계약서에 제일 먼저 쓰는 게 이혼 후의 일이에요. 하기는 만나는 것도 계약서 쓰면서 만나는 사이니까 이혼 얘기는 훨씬 쓰기가 쉬울 거예요."

주희는 의기양양하게 다현에게 독설을 퍼부었다.

"그럴 수도 있겠네요. 그리고 한주희 씨가 모르고 있는 것 같은데 우린 절대 이혼하지 않아요. 재인 씨가 그 얘긴 안 했나 보지요?"

갑자기 심장이 아파 오는 것 같았지만 다현은 표정을 감춘 채 담담하게 주희를 바라보았다.

우린 결혼하지도 않을 테니까, 이혼하지도 않는다구.

처음부터 그들의 만남은 이별이 전제 조건이었다.

"결혼이라니. 말도 안 되는 소리 하지도 말아요. 재인이가 왜 그쪽을 만나는지 아직도 몰라요?"

"알아요. 하지만 그건 다른 사람들이 이래라 저래라 할 문제가 아니에요."

"그렇게 해서라도 결혼하고 싶나요? 그것도 돈 때문에?"

"네."

그녀가 빙긋 웃으며 아주 당당하게 대답했다. 그녀는 이 마녀에게 절대 지고 싶지 않았다. 머리와 가슴을 오가는 의문과 혼란을 내색하지 않고 다현은 자신 있게 대꾸했다.

"그래서, 주희 씨도 재인 씨 포기 못 하잖아요. 그리고 그 남자, 돈 말고도 가지고 있는 게 많은 남자예요. 한주희 씨는 아직 모르는 것 같지만."

다현의 야무진 답변에 한순간 주희의 말문이 막혔다.

"재인이가 날 두고 당신을 선택할 것 같아요?"

다현의 빈정거림을 알아챈 주희는 약이 올라 상기된 얼굴과 우습다는 듯한 눈길로 다현을 훑어내렸다.

"재인 씨는 지난번에 이미 선택한 거 같은데, 주희 씨만 그걸 모르나 봐요."

다현의 도전에 주희의 얼굴이 밝지 않은 빛 속에서도 순식간에 달아올랐다. 아주 창피를 모르는 여자는 아닌 모양이었다.

"아, 그리고 뭔가 착각하고 있는 거 같은데 이재인 씨가 날 만나주는 게 아니라 재인 씨가 사정해서 내가 그러자고 한 거예요."

그녀는 단호하게 이야기하고 고개를 들었다. 어디 한번 해보라는 식으로. 주희의 표정에 갈등하는 빛이 보였다.

이 여자, 만만치 않은 상대라는 생각이 이제야 확실히 인지되고 있었다.

입술을 앙다문 채 눈에 불을 켜고 있는 주희를 바라보면서 다현은 정말 여기서 한주희의 머리채를 잡아야 하는 걸까 고민했지만 다행히 두 사람 사이에 형준이 나타났다.

벌써 여기저기 찾아다녔는지 다현을 발견한 형준의 얼굴에 안도의 빛이 역력했다. 다현도 그랬다.

한주희라는 여자는 절대로 물러설 생각이 없어 보였고, 다현 또한 지고 싶지 않았다. 서로 좀 더 시간을 가졌다면 아마도 내일 뉴스에 날지도 모를 일이었다. 생전 처음 파티라는 걸 참석했는데 그 결과가 경찰서 행인 건 좀 억울하지 않은가.

"다현 씨, 여기 있었네요."

"네, 좀 답답해서요. 회장님 아직 안 오셨지요?"

"좀 쉬어요. 오시면 바로 알려드릴 테니까. 너는 왜 여기 있어? 다현 씨 귀찮게."

형준이 다현을 향해 고개를 끄덕이고는 한주희의 팔을 잡아끌었다. 발코니를 나가는 한주희의 시선이 따가웠다. 어쨌거나 겨우 혼자만의 시간이 되었다.

여전히 제목도 모르는 클래식 음악이 발코니까지 은은하게 들려온다. 9센티미터 높이의 구두를 신은 다리도 아프고, 갑갑한 공기 탓에 머리도 아프고, 잔뜩 긴장한 탓에 꼿꼿한 허리도 아파왔다. 그리고 무엇보다 마음이 편치 않았다. 진작에 다르다는 건 알고 있었는데 그걸 눈으로 확인하는 느낌은 또 달랐다. 이재인이 이런 사람이었나?

형준이 알려준 대로 다현을 찾아 발코니로 나온 재인은 우두커니 앉아 있는 다현을 발견하고 잠시 멈칫거렸다.

다른 세상에 있는 느낌.

그녀는 다른 생각에 잠겨 있었다. 그리고 그 생각 안에 그가 없는 것처럼 느껴졌다. 다현의 저런 표정은 그도 처음 보는 듯했다.

재인의 인기척에 다현이 반사적으로 몸을 바로 했다. 그리고 그를 향해 희미하게 미소 지어 보였다. 마치 다행이라는 듯. 안심이 된다는 듯.

"왜 이러고 혼자 있어?"

"별로 재미가 없네요. 파티라고 해서 대단한 건 줄 알았는데."

"원래 자기들 말만 하는 게 파티거든. 뭐 좀 먹었어? 갖다줄까?"

"아뇨. 근데 재인 씨는 여기 있으면 안 되는 거잖아요."
"잠깐은 상관없어."
"가요. 안으로."
다현이 재인에게 손을 내밀었다. 그런 다현을 재인은 물끄러미 바라보았다. 그리고 얼른 내밀어진 손을 잡았다.
"싫다면서?"
"싫어요. 근데 지금은 그것보다 더 싫은 게 있어요."
그래, 더 싫은 거. 혹시라도 다른 여자가 이 남자 옆에 서 있는 것.
다현은 그날, 그 파티에서 자신의 마음을 똑똑히 확인했다.

⇢⇠

재인이 다현의 손을 잡고 파티장에 나타나자 사람들의 시선이 순식간에 그들에게로 모였다. 마치 모세의 기적처럼, 그들이 가는 곳에 길이 났고, 또 그 주위로 사람들이 다가왔다.
이재인이 공식석상에 여자를 데리고 나타났다. 그리고 감추지 않는 그의 노골적인 소유욕은 사람들을 놀라게 했다.
다현은 자신에게 쏟아지는 시선에 잠시 고개를 숙였다 다시 몸을 바로 했다. 이 사람의 옆자리를 선택했을 때부터 각오한 일이었다. 온전한 그녀의 결정이었다. 그러니까 지금은 시선을 돌리지 않고 받아내야 했다.

세희는 아들의 옆에 있는 여자를 유심히 바라보고 있었다. 아마도 저 아가씨가 시아버지인 이 회장이 소개한 여자인 모양이었다. 첫인상은 단정하고 정갈했다. 그녀는 허리를 곧게 펴고 사람을 향해 똑바로 선 채 넘치지 않는 미소를 지을 줄 알았다. 무엇보다 세희를 놀라게 한 건 재인의 표정이었다. 무뚝뚝하고 냉정한 아들이 제 여자에게 저런 표정도 지을 수 있구나. 그것만으로도 아들의 여자는 나쁘지 않았다. 하지만 성현 그룹 이재인의 여자로서 어울릴지는 그녀도 쉽게 판단을 할 수가 없었다.

세희는 아들의 여자를 좀 더 가까이 보기 위해 주변 사람들에게 양해를 구하려 몸을 돌렸다.

"이 여자분이 네 파트너니?"

세희보다 한 발 먼저 수영이 도착했다.

태하의 어머니. 이규철 회장의 외동딸. 재인의 고모.

수영의 물음에 재인은 다현의 허리를 힘을 주어 끌어안았다. 50대라고는 전혀 상상할 수 없을 정도로 싱싱한 피부와 매끄러운 몸매를 과시하고 있는 여자는 날카로운 시선으로 다현을 살살이 훑고 있었다.

"우리 고모. 수영 미술관 관장님이시지."

재인은 할 수 없이 천천히 자신의 고모를 소개했다.

다현은 재인의 서늘한 목소리에 고개를 갸웃거렸지만 아무 말 않고 예의 바르게 인사했다. 다현은 재인과 그 고모라는 사람 사이의 긴장된 분위기에 조금 당황했다. 고모랑 조카 사이가 왜 이렇게 싸늘할까?

"안녕하세요. 김다현입니다."

"못 듣던 이름이구나. 내가 아는 집 아이는 아닌 모양인데."

"고모가 제 여자에 대해서 알 필요가 없지요."

재인은 고모의 싸늘한 물음에 무표정하게 대꾸했다.

홍. 결국 아무 힘도 권력도 돈도 없는 집안이라는 얘기군.

"누가 지 아비 아들 아니랄까 봐 하는 짓이 똑같구나."

작은오빠도 똑같았다. 어디에서 굴러다녔는지 출신을 알 수 없는 여자랑 집안에서 그토록 반대하는 결혼을 강행했었다. 그리고 그 여자는······.

수영은 갑자기 다현이라는 여자에 대해 적의가 치밀어 오르는 것을 느꼈다.

"혹시 무슨 생각을 하는지는 모르겠지만, 재인이가 아가씨랑 결혼할 거라는 생각은 꿈에도 하지 말아요."

"고모!"

"그거 알아요? 애는 성현 그룹 후계자 되겠다고 저 낳아준 부모도 모른 척하는 애예요."

"그만하세요."

재인은 뜻하지 않은 독설에 굳어진 다현을 한쪽 팔로 깊숙이 끌어안으며 마음속으로 이를 갈았다.

"제 여자에 대해서, 제 결혼에 대해서는 고모한테 간섭할 권리가 전혀 없어요. 계속 이러실 거면 앞으로 이런 자리엔 나오지 마세요."

"네가 이래라저래라 할 사안이 아니야."

수영은 독이 올라 재인에게 쏘아붙였다.

주변 사람들이 메인 테이블에서 이루어지는 작은 다툼을 숨을 죽인 채 바라보고 있었다.

"고모야말로 제 일에 간섭하지 마세요. 그리고 제겐 그만한 힘이 있어요. 고모도 잘 아실 텐데요. 벌써 잊으셨어요? 이 집안의 장손이 누군지?"

전혀 표정 없는 얼굴로, 그리고 아주 낮고 냉랭한 목소리로 재인이 말했다. 그건 틀림없는 경고였다. 그리고 그의 말대로 그에겐 그럴 만한 힘이 있었다.

"그리고 고모나 고모부 처신이나 잘하시지요. 앞으로 더는 봐드리지 않겠습니다. 마지막으로 드리는 말씀입니다. 이쯤에서 그만하세요. 만에 하나, 이 여자한테 조금이라도 허튼소리를 하신다면 저도 가만히 있지는 않을 겁니다. 조심하세요."

수영은 약이 올랐지만 어쩔 수가 없었다. 어느새 그의 조카는 그녀가 어쩔 수 없을 만큼 성장해 있었다.

"아가씨! 이게 무슨. 왜 이래요. 경우 없이."

다행히 수영이 더 난리를 치고 재인이 완전히 폭발하기 전에 세희가 도착했다. 세희는 분위기를 완전히 망쳐버린 자신의 시누이를 바라보며 인상을 썼다.

겨우 재인을 이곳까지 데려온 여자였다. 그런데 이 많은 사람들 앞에서 무슨 추태인지. 도대체 고모부와의 사이가 어떻기에 수영이 이 지경까지 이르렀는지 짐작이 되지 않았다.

"보는 눈, 듣는 귀 많은 자리예요. 고모한테도 고모부한테도 절대 도움 안 돼요. 하고 싶은 말 다 한 거 같으니까 이제 그만 집으로 가는 게 좋겠어요."

세희의 나직한 충고에 수영은 재인과 다현을 다시 노려보더니 홱 하고 몸을 돌렸다. 그녀가 파티장을 빠져나가고 난 후에야 다현은 얕은 한숨을 내쉬었다.

바람처럼 나타나 강력한 모래 폭풍을 일으키고 나간 수영의 여파는 꽤나 요란했다. 무서운 분이구나. 그리고 정말로 그녀도 재인도 싫어하는구나. 재인에게 쏟아부은 분노는 거의 저주에 가까웠다.

다현은 애써 자신을 달래며 재인을 향해 웃어 보였다. 이 사람이 가족에게 상처받지 않기를.

세희는 그런 다현을 유심히 살펴보고 있었다. 이 아이, 생각보다 용감하구나. 많이 놀랐을 것이 분명함에도 상대에게 자신의 약점을 감추는 방법을 알고 있었다. 그리고 그 와중에도 재인의 감정을 배려하고 있었다.

"많이 놀랐죠?"

"괜찮습니다."

"괜찮을 리 없을 거예요. 재인이 고모가 사람들 상처 입히는

데는 일가견이 있으니까."

그녀가 씁쓸하게 웃어 보였다. 30년을 넘게 가족으로 살아 왔지만 수영의 가시는 점점 더 날카로워지고 있었다.

"미안하다. 원래 저런 분이야. 신경 쓰지 마."

다현은 정말 괜찮다는 듯 고개를 끄덕여 그를 안심시켰다.

재인은 기념식이고 뭐고 다 집어치우고 아무도 없는 곳에서 다현을 감싸 안고 다른 걱정 하지 말고 나만 믿으라고 달래주고 싶었지만, 오늘 파티의 호스트였기에 꼼짝할 수가 없었다.

"이분이 할아버지가 소개해준 그분이니?"

"네. 이쪽은 우리 어머니."

"안녕하세요. 김다현이라고 합니다."

재인의 소개에 다현이 제대로 고개를 숙이고 인사를 했다.

짙은 네이비 투피스에 진주로 장식을 한 재인의 어머니는 기품이 있었다. 말 한마디에도 절도가 있었고, 표정 하나도 흔들리지 않아 보였다.

다감하고 다정하지만 여지없이 날카로울 수 있는 카리스마도 있었다. 아마도 재인이 그의 어머니를 닮았나 보다.

"잘 놀다 가요. 여기 아는 사람은 많지 않겠지만 이제 불청객은 없을 거예요."

고개를 끄덕여 인사를 나누면서도 세희는 다현의 허리에 감긴 아들의 손을 흥미 있게 바라봤다.

별반 많은 표정을 보여주지 않는 아들이었다. 감정 표현에도 꽤나 메마른 재인이었다. 그런 이유로 지금껏 몇 번씩 여자를 만나고 다녀도 그녀에게 제대로 소개한 적은 이번이 처음이었다. 그런데 그가 이렇게 표를 내고 흔적을 만들려 하고 있었다.

때마침 외국인 몇 명이 다가와서 재인을 향해 손을 내밀었다. 다현은 조심스럽게 그에게서 몸을 빼내고 한 발 뒤로 물러섰다.

세희는 저도 모르게 이루어지고 있는 그녀의 절제된 행동에 시선을 떼지 않았다. 재인의 여자는 있을 때와 물러설 때는 알고 있었다. 문제는 그의 아들인 재인이었다. 재인의 신경이 온통 김다현이란 선생님에게 쏟아지고 있음을 느끼고 세희는 가볍게 혀를 찼다.

"재인이 너, 오늘 호스트야. 성현 그룹 후계자고. 너무 한 사람 옆에만 맴돌지 마. 김다현 선생님은 누구든 챙겨줄 수 있지만, 성현 그룹은 아니야. 성현 그룹 이재인은, 너 하나뿐이야."

세희의 지적에 재인이 잠시 미간을 모으고 다현을 바라보았다.

"가봐요. 알아서 잘 놀게요."

이재인은 그녀 옆에만 있을 수 있는 남자가 아니었다.

3년 만의 귀환.

재인에게 지금 이 순간이 중요하다는 사실을 그녀는 파티장의 분위기만으로도 완벽하게 이해하고 있었다.

기념식장의 분위기가 무르익어가자 재인은 오랜만에 참석한 행사에서 이 사람 저 사람에게 접대를 하고 인사를 받느라 바빴다. 그가 아무리 오만한 이재인이라 할지라도 그도 사업하는 사람이었고, 개중에는 할아버지의 지인 되는 사람도 많은지라 무작정 뻣뻣이 서 있을 수 있는 입장은 아니었다.

재인은 조금 떨어져 있는 다현을 흘끗 바라보았다.

어느새 메인 테이블에서 가장 떨어진 곳으로 몸을 옮긴 다현의 표정은 제대로 읽어내릴 수가 없었다. 아까처럼 눈빛이 마주치지 않았다. 완전히 동떨어져 있는 사람처럼 그녀는 사람들을 바라보고 있었다.

재인의 말이 맞았다. 파티란 건 좋은 옷을 입은 사람들이 커다란 식당에서 밥을 먹으면서 제각각의 말을 하는 것과 다르지 않았다.

영어, 불어, 중국어…… 그리고 저건 스페인어일까?

파티장에는 온갖 종류의 언어가 난무했고 희한하게도 사람들은 그걸 다 이해하는 눈치였다. 하기는 재인도 아주 어렸을 때부터 몇 개 국어를 배웠다고 하지 않았던가.

괜히 왔다.

그녀는 이 커다란 파티장에서 자신이 철저하게 이방인이라는 사실을 느끼고 있었다. 아는 사람도 없었고, 아는 내용도 없었다. 그리고 알아야 할 이유도 없는 공간에서 다현은 자신이 다른 세상 사람이란 것을 절감하고 있었다.

이게 바로 한주희가 말한 그들만의 세상인 걸까? 이게 서현 오빠가 그토록 우려하던 현실인 걸까?

다현은 냉정한 시선으로 스스로를 바라보고 있었다. 그사이 재인과 시선이 마주치자 그가 웃어 보였다. 그녀도 마주 웃었다. 저 사람은 이곳이 꽤나 자연스러웠다. 그녀와는 달리.

당연한 일이었다. 이곳이야말로 이재인의 세상이었으니까.

다현은 주변을 둘러보고 조용히 파티장을 빠져나왔다.

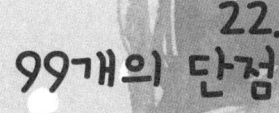

22.
99개의 단점
— 그럼에도 불구하고 끌리는 이유는?

그녀의 생애 첫 파티는 전혀 즐겁지 않았다. 다현은 너무 바쁜 재인에게는 제대로 말도 못 전하고 형준에게 먼저 간다는 얘기를 남기고 파티장을 나왔다. 재인의 대장님을 꼭 보고 싶었지만 일분일초가 힘들고 지루했다. 낯설고 부담스러웠다. 그분은 언젠가 또 인연이 되면 만날 수 있겠지. 아니, 못 만난다고 해도 이해가 될 일이었다.

재인이 저렇게 바쁜데 회장이라는 분은 또 얼마나 바쁘겠는가. 마음속의 궁금증은 그저 궁금증으로 평생 안고 가도 될 일이었다.

다현은 벗어놓은 드레스를 바라보며 생각했다.

저 드레스가 특별한 것처럼 파티는 그저 특별한 사람들의 모임일 뿐이었다. 평범한 김다현과는 일상이 다른 사람들이었다.

그래, 서로 살아가는 방법이 다른 것뿐이다. 그녀가, 혹은 이재인이 잘못된 게 아니라 그저 어울림이 다를 뿐이었다.

서로 다름에 끌렸었는데, 다르니까 힘들 수도 있구나.

깊은 한숨을 내쉰 다현은 핸드폰을 손에 들었다. 오늘 필요한 건 아무래도 좋은 친구와 알코올이다.

※

주량이 센 현진과는 달리 다현은 술에 그리 강한 편이 아니었다.

본인은 술을 엄청 잘 먹는 줄 착각하고 있지만 다현의 주량은 소주 석 잔에 맥주 한 병 정도였다. 그 이후로는 치사량이다. 그런데 벌써 맥주가 몇 병이고 소주가 몇 잔째인가.

얼굴이 빨개져서 그냥 잠이 드는 게 다현의 술버릇이었다. 그런데 지금 소주 한 병과 맥주 두 명을 마셨다. 진작에 뻗어서 자야 할 아이가 여전히 술을 고집하고 있었다.

"더 마셔야 할 거 같아."

"괜찮아?"

"응. 안 취했어. 너무 열 받아서 그런 거 같아."

현진은 다현을 자세히 바라보았다. 얼굴은 붉어졌지만 일단 정신은 챙기고 있는 듯했다. 이 정도 마셨는데 말짱한 거 보면 정말이지 열을 많이 받았나 보다.

"별로였어?"

"별로라기보다, 이재인 씨가 정말 다른 세상 사람이란 걸 깨달았어."

 다현의 답변에 현진이 그녀를 빤히 주시했다. 그랬다. 열 받았다는 표현은 정확하지 않았다.

 위축되고 불편하고 속상하고 마음 아프다. 그런데 그런 이야기를 현진에게 토해낼 수가 없었다.

 입 밖으로 내게 되면 스스로가 초라해질 이야기였다. 그래서 차라리 열 받는 쪽이 낫겠다 싶었다. 이재인이 이재인이라서 열 받는 거다. 그런 거다. 그녀가 모자라거나 부족해서가 아니라 그 사람이 사는 세상이 그녀가 사는 세상과 다른 것뿐이다.

 "그리고 또?"

 "마녀를 두 명 만났어. 이재인 씨가 대마왕이다 보니까……. 주변 사람들이 다 마녀였는데, 그걸 깜빡했어."

 다현의 대답을 제대로 해석하지 못한 현진이 눈썹을 찌푸렸다. 이재인이 대마왕이라는 건 진작에 알고 있었는데 그렇다면 마녀는 또 누구지?

 "그 동네 사람들한테는 확실히 재미있는 일이 많구나."

 현진은 다현에게서 자초지종을 듣고 웃음을 터뜨렸다. 대마왕과 마녀라니. 재미있는 조합이었다.

 "재미 하나도 없었어."

 다현이 단호하게 고개를 흔들고 맥주잔을 단번에 비워내자 현진은 살짝 미간을 모았다. 얘, 오늘 무리하고 있다.

 "여기요. 맥주 하나 더 주세요."

"두 개요."

현진의 주문을 다현이 얼른 정정했다. 맥주가 도착했고, 다현은 안주도 없이 단번에 잔을 비워냈다.

"야, 좀 천천히 마서. 취하겠다."

현진이 안주거리를 다현에게 밀어줬지만 다현은 엄한 맥주만 한 번에 들이켰다.

이러다 정말 취할 텐데.

"취하라고 마시는 거야."

"오늘 난 술은 틀렸구나."

다현의 기세를 바라보던 현진이 조그맣게 중얼거렸다.

"왜 하필 그 사람이지? 성질도 까칠하고 하는 짓도 고약한데."

"언젠가 나 좋다고 죽겠다고 쫓아다닌 남자, 기억해?"

"너 좋다고 쫓아다닌 사람이 한둘이어야지."

멀쩡한 다현의 대꾸에 현진이 피식 웃음을 터뜨렸다.

"뭐 그렇긴 하지. 내가 좀 매력적이었어야 말이지. 정확히 알고 있는 거 보니까 너 아직 안 취했구나."

남들이 들으면 재수 없을지 모르지만 사실은 사실이었다. 빼빼 말랐던 현진은 어느 순간 초절정 세기의 미인이 되어 있었다. 조그만 얼굴에 큼지막한 이목구비, 큰 키와 모델 뺨치는 몸매는 그녀를 의대뿐만 아니라 학교의 퀸으로 만들었다. 길거리를 지나가면 전화번호 몇 개 정도 따이는 건 다반사였고 연예

기획사에서조차 끈질기게 접근할 정도였다.

"잘 생각해봐. 왜 있잖아, 자기 아버지가 성형외과 의사라고 쌍꺼풀 수술한 남자. 서현 오빠 고등학교 후배."

"아, 기억난다. 근데, 그건 아니지. 아버지가 성형외과 의사라서가 아니라 네가 쌍꺼풀 없는 남자는 싫다고 해서 수술한 거잖아."

"어쨌든 말이야. 내가 왜 그 남자랑 헤어졌는지 알아?"

현진의 물음에 다현이 어깨를 으쓱하고 술잔을 비우는 걸로 답을 대신했다.

"그 사람, 나쁘지 않았거든. 집안도 좋고, 공부도 잘하고, 인물도 그만하면 빠지지 않고."

"결정적으로 몸에 칼을 댈 정도로 널 좋아했지."

"맞아. 그런데도 난 끌리지가 않더라구."

그랬다. 여러 가지 이유를 대서 사랑에 빠지지 못한 현진에게 그 남자는 과분한 남자였다. 그런데 그녀는 도무지 그에게 사랑이란 감정을 느낄 수가 없었다.

"웃을 때 목젖이 보이는 게 싫었어."

"야! 그건 너무 심한 거 아니야? 목젖은 너도 가지고 있어."

"그러니까 말이야. 그때 알았어. 99가지 장점을 가지고 있는 사람이라도 딱 한 가지 단점만 보게 되면 아무리 괜찮은 사람이라도 정을 붙일 수 없는 거고, 99가지 단점밖에 없는 사람인데 나머지 1%의 장점이 눈에 띄면, 거기에 반하는 거라는 걸.

그게 그 사람의 매력이라는 걸. 다른 사람들 눈에는 보이지 않아도 누군가에게 그런 1%의 어떤 것이 눈에 띈다면 사랑하게 되는 거야."

현진이 다현을 똑바로 주시했다. 현진을 바라보는 다현의 눈빛이 심각해졌다.

"내 생각에는 네가 아무래도 이재인 씨의 1%를 발견한 거 같아."

"응. 나도 그렇게 생각해."

다현이 현진의 눈을 피하여 작게 중얼거렸다. 마치 그것이 불만이라는 듯이.

현진의 말에 다현이 인상을 쓰고 눈앞의 맥주를 또 한 번 비워냈다. 반하면 안 되는데 자꾸만 그에게 빠져든다. 알고 있는데도 내 마음을 내 마음대로 하지 못한다.

"손 씻고 올게."

화장실로 향하는 다현의 뒷모습을 바라보며 현진은 희미하게 미소 지었다.

그녀의 친구가 드디어 연애를 하나 보다. 진짜 사랑을 시작했나 보다.

뭔가 뿌듯하고 뭔가 아쉬운 마음에 현진은 맥주를 원 샷 했다. 왜 하필 이재인인지는 모르겠지만.

현진은 다현의 핸드폰을 찾아 뒤적였다. 예상대로 한 사람에게서 부재중 통화가 잔뜩이었다. 다행히 이 두 사람의 마음은 한쪽의 일방통행은 아닌 모양이다.

※※※

재인은 호프집에 도착하자마자 한눈에 다현을 찾아냈다. 다현의 하얀 얼굴은 붉어져 있었고, 뭐가 좋은지 배시시 웃다가 금방 또 미간을 모았다.

주말 오후, 조금씩 여유 있게 풀어진 사람이 많은 술집 안에서 다현과 현진은 눈에 띄는 존재였다.

재인이 한걸음에 다현에게 다가가자 주변에서 얼쩡거리던 사내들이 못내 아쉬워하는 게 느껴졌다. 앞으로 이런 데서 술 마시는 건 무조건 막아야 할 것 같았다.

"어. 재인 씨다!"

재인이 다가오자 다현은 취한 와중에도 그를 알아보고 해죽 웃어 보였다. 이 와중에 그를 알아보는 걸 보면 그나마 기특하다고 해야 하나?

"안 오시는 줄 알았어요."

"설마요."

내심 안도하는 현진의 얼굴도 보지 않은 채 단호하게 고개를 흔든 재인은 다현을 살피며 한숨을 내쉬었다.

파티장에서 바로 달려온 그의 턱시도는 호프집과는 전혀 어울리지 않는 옷차림이었고, 두 명의 여자들과 함께 시선을 모으고 있었지만 재인은 아랑곳하지 않는 눈치였다.

"도대체 술을 얼마나 마신 거야?"

"많이요! 근데 안 취했어요."

"그게 취한 거야. 도대체 전화는 또 왜 안 받았는데?"

"당신 열 받으라구요."

재인의 질문에 다현이 씨익 웃으며 이해 못 할 대답을 했다. 그 웃음에 재인의 심장이 달아올랐다.

술은 입에 대지도 않았는데 이렇게 심장박동이 빨라질 수도 있구나.

"뭐? 알아듣게 얘기를 해야지."

"나도 재인 씨 때문에 열 왕창 받았으니까 당신도 그래야죠. 그래야 공평하죠."

재인의 질문에 다현이 고개를 빳빳이 들고 대답했다.

그녀의 뜻대로 충분히 열은 받았다. 하지만 짜증보다는 걱정이 우선이었다는 걸 이 여자가 알려나 모르겠다.

재인이 뭐라 하기도 전에 다현의 고개가 푹 숙여지며 테이블에 부딪히려 하고 있었다. 재인이 아슬아슬하게 다현을 자신의 품에 안았다.

"혹시 다현이가 무슨 얘기 했습니까?"

"성형에 대해서 얘기했어요. 특히 쌍꺼풀에 대해서요."

"네? 다현이 쌍꺼풀 있습니다."

담백한 현진의 답변에 재인이 기겁을 해서 인상을 썼다. 전공이 소화기 내과라고 알고 있었는데 성형외과였나?

전공이 뭐든 상관없이 그는 다현의 몸에 칼을 대는 건 절대 반대였다. 처음 볼 때부터 좀 특이한 여자였다.

"알아요. 그래도 지금은 딱 1% 부족하거든요."

"됐습니다. 지금도 충분하니까…… 다현이 앞에서 그런 얘기 하지 마세요."

그가 질색을 하고 다시 고개를 흔들었다. 의사라는 친구가 무슨 말도 안 되는 이야기를 하는 건지.

질겁을 한 재인의 반응에 현진은 웃음을 삼켰다.

훌륭한 외과 의사를 오빠로 두고 있는 내 친구는 굳이 수술까지는 하지 않아도 되겠구나. 남자는 충분히 콩깍지가 씌어 있었다.

"현진 씨, 혼자 가실 수 있죠? 다현이랑 할 얘기가 있으니까."

"음…… 모처럼 재미있을 거 같은데, 꼭 가야 하나요?"

"현진 씨!"

"너무 정색하지 마세요. 어차피 전 병원에 들어가야 해요. 음…… 그러니까 제 걱정 마시고 좋은 시간 되세요. 뭐, 이 상태에서 가능할지는 모르겠지만."

"현진 씨!"

장난기 가득한 현진의 대답에 재인도 어이없이 픽 웃어야 했다. 그리고 거의 눈이 풀린 다현을 바라보며 그는 고개를 저었다. 아무래도 이 상태에서 좋은 시간은 불가능할 것 같았다.

다현을 업고 옥탑방 계단을 오르자 잔뜩 취한 그녀의 숨결이 그의 목 근처를 간질이고, 가느다란 두 팔이 그의 어깨에 감겨왔다.

"얼마나 마신 거야? 술을."

"음, 몇 병이었지? 아무튼 많이요. 근데 나 안 취했어요. 말짱해요."

"그래, 안 취했다."

그의 등 뒤에서 다현이 중얼거리자 재인은 어쩔 수 없이 웃으며 대꾸했다.

말짱하다고 하는데 혀가 풀린 건 알고 있는지.

"무거워요?"

"무거워."

그녀의 질문에 그가 딱 잘라 말했다. 그의 어깨에 둘러진 팔에 힘이 가해졌다. 마치 그렇게라도 해서 무게를 줄여보겠다는 듯이. 그 행동으로 둘 사이가 더 많이 가까워지는 건 알고나 있는 건지. 평상시의 다현이라면 기겁을 해서 얼른 떨어지겠지.

"많이 무거워요?"

"많이 무거워."

사실 얼마나 무거운지는 생각나지도 않는다. 지금 중요한 건 그녀가 그의 등 뒤에 있다는 것이다. 귓가에 그녀의 호흡이 와 닿고, 온몸으로 그녀의 체온이 전해지고, 심장박동이 느껴지는 이 기분을 그녀가 알려나 모르겠다.

"그럼 나 이제 걸어갈까요?"

"됐어. 업어줄 만큼 무거우니까 그냥 있어. 넘어져서 다치면 그게 더 힘들어."

재인이 계단으로 올라서며 무뚝뚝하게 중얼거렸다.

평상시는 3층이 꽤 긴 거리였는데 오늘 보니 그렇지 않은가 보다. 어느새 몇 계단 남지 않았다.

재인은 옥탑방에 도착하자마자 마치 자기 집처럼 냉장고 문을 열어서 그녀에게 생수를 건넸다.

조그만 2인용 소파에서 조금은 풀린 눈을 깜빡이던 다현이 그를 향해 또 해죽 웃어 보였다.

왜 가슴 떨리게 자꾸 웃고 있는 건지.

다현아, 웃지 마. 이러다 정말 나쁜 놈 될 거 같으니까.

"괜찮아? 정신이 들어?"

"멀쩡하다니까요."

그녀가 딸꾹 소리와 함께 자신이 멀쩡함을 과시했다. 그녀의 빨간 볼이 더없이 탐스러웠다. 그리고 빨간 입술도 탐이 난다.

술은 그녀가 마셨는데 갈증은 그가 나고 있었다.

"도대체 화나는 일이 뭐였던 거야? 무슨 일로 이렇게 술을 마신 건데?"

"당연히, 이재인 씨 때문에 마셨죠."

그의 질문에 그녀가 그것도 모르느냐는 듯 대꾸했다. 감히 그를 가리키며 손가락질까지 하면서.

"내가 무슨 짓을 했는데?"

"음…… 재인 씨 잘생겼어요."

느닷없는 칭찬에 재인이 머쓱한 표정으로 다현을 바라보았다. 이 여자, 정말 취했구나.

"고마워. 그리고 너도 예뻐."

아까도, 그리고 술 취한 지금도.

"나도 알아요."

그녀가 다시 딸꾹질을 했다. 저러다 생수 쏟겠다 싶어 재인이 다현의 손에서 생수병을 빼앗았다. 그러자 그녀가 다시 배시시 미소 지었다.

웃지 마. 웃지 마. 당신한테 넘어갈 거 같으니까. 아니, 진작에 넘어갔으니까.

재인이 한 발 그녀에게 다가갔다. 술 냄새랑 상관없이 다현의 체취가 그의 코끝을 간질였다. 물기 적신 그녀의 입술에 자꾸 시선이 갔다.

"계약서 같은 걸로 안 만났으면 좋았을걸. 아니, 아니, 재인 씨 재벌 같은 거 아니었으면 좋았을 텐데."

입술이 아직 닿지 않았을 때 다현이 반쯤은 눈을 감고 반쯤은 혀가 풀린 목소리로 혼잣말처럼 중얼거렸다.

"응?"

"우리, 남들처럼 만났으면 좋았을 걸 그랬어요."

그 또한 다현의 고민을 알 것 같았다. 재인도 같은 고민으로 내내 생각에 잠기곤 했다.

처음부터 계약서 따위는 쓰지 말았어야 했다. 처음부터 끝을 생각하고 만나지 말았어야 했다.

"취해서 알아들을지 모르겠다."

술과 잠에 취해 눈을 깜빡거리는 다현의 얼굴을 재인이 두 손으로 감싸 안았다. 그리고 눈을 똑바로 마주쳤다. 술김인데도 다현이 그를 피해 허리를 젖혔다.

"난, 진심이야. 당신, 힘들어도 따라올래? 끝까지 가볼래?"

"그럴까요, 우리? 근데, 그러고 싶은데…… 그러니까……."

재인의 질문에 다현의 눈이 깜빡거렸다. 그리고 풍부한 긴 속눈썹이 몇 번 눈가에 그림자를 만드는가 싶더니 그대로 감겨 버렸다.

툭, 하고 떨어지는 다현의 몸을 재인이 얼른 받쳐 들었다. 가만히 다현을 바라보던 재인이 작게 한숨을 내쉬고 그녀의 어깨와 허리에 팔을 둘러 안아 올렸다.

6개월까지는 이제 겨우 몇 주가 더 남아 있었다.

재인은 6개월이라는 시간이 꽤 빠르다는 걸 확실히 느끼고 있었다.

계약의 끝.

이별의 시간이 다가오고 있었다. 그사이 다현의 오빠란 작자가 귀국했다. 그것도 아주 영구적으로.

재인은 서현의 뜻하지 않은 방문에 잠시 긴장했다. 다현의 오빠가 왜 자신을 찾았는지 짐작은 갔지만 그의 뜻대로 해주고 싶은 생각은 조금도 없었다.

"뭡니까?"

"이별만큼은 제대로 해줘요. 다현이 안 다치게. 그 정도는 해줄 수 있을 거 같은데."

"무슨 뜻입니까?"

서현이 하고 싶은 이야기를 전부 다 이해했지만 재인은 짐짓 모른 척 되물었다. 도대체 이 남자는 왜 이렇게 날 싫어하는 걸까?

맹세코 그는 김서현에게 못된 짓을 하지 않았다. 김다현과 사귀는 것을 빼고는. 하지만 그게 그렇게 심각하게 나쁜 짓은 아니지 않은가.

"두 사람은 절대 결혼 못 해요. 알고 있을 텐데요. 결혼이 둘만 좋아서 하는 게 아니란 건 이재인 씨가 더 잘 알 거고."

"우리가 알아서 할 일입니다."

재인이 입술을 꾹 눌러 닫은 채 내뱉듯 중얼거렸다. 왜 안 된다고만 하는 건지.

"다현이 입장에서 생각해달란 소리예요. 다현이가 정말 좋아하는 일, 이재인 씨가 방해하지는 말아야죠."

"내가 다현이한테 방해가 된다고 생각합니까?"

서현의 질문에 재인이 천천히 물었다.

"잘 알고 있을 텐데요. 이재인 씨가 다현이한테 뭘 해줄 수 있는지 생각해봐요. 필요한 만큼 다현이도 돈 벌어요. 그리고 자기 직장도 사랑하고 있죠. 아이돌 콘서트도 좋아하고 사람 만나는 것도 좋아해요. 그런데 이재인 씨와 결혼하면 다현이가 원하고 좋아하는 걸 다 포기해야 해요."

서현의 말은 그가 사용하는 메스만큼이나 날카로웠다.

"난 내 동생이 당신들이 사는 세상에서 상처받게 하고 싶지 않아요."

"우리도 남들처럼 삽니다. 그렇게 특별하게 다르지 않아요."

"남들은 계약서 쓰면서 여자 안 만나요. 그런 이유로 결혼하지도 않구요."

"계약서, 다현이랑 같이 쓴 겁니다."

가차 없이 몰아붙이는 서현에게 재인이 겨우 찾아낸 변명이었다.

"그러니까요. 다현이…… 그런 아이 아니거든요. 이재인 씨도 이제는 잘 알겠지만 내 동생, 바보 같을 정도로 반듯한 아이예요. 세상에 내 동생 같은 사람 또 없어요. 힘든 사람 그냥 못 넘어가고 아픈 사람한테 기꺼이 손 내밀어주는 아이예요. 난 내 동생이 당신들이 사는 세상에서 상처받게 하고 싶지 않아요."

"내가 지켜줄 자신이 있다면요."

"지금 혼자서도 씩씩한 아이를 왜 굳이 당신이 지켜야 하냐고 묻고 싶은 거예요."

서현이 재인에게 물었다. 그리고 그의 대답을 듣지도 않고 말을 이었다.

"다현이 꿈, 일상, 그리고 미래까지 송두리째 바꾸지 말아줬으면 해요. 부탁합니다."

그녀의 오빠가 처음으로 협박 아닌 부탁을 해왔다.

약아빠진. 남매 사이라고는 하지만 다현과는 전혀 다른 부류였다.

서현과의 대화는 재인의 머릿속을 복잡하게 만들었다.

23. 그녀의 부재

— 심장이 사라질 것 같은

그 여선생은 정말이지 까딱도 하지 않았다. 표정조차 변하지 않았고 숨소리조차 달라지지 않았다. 아마도 일이 어찌 되었든 재인을 포기하고 싶지 않았으리라. 아니면 누가 뭐라고 그래도 흔들리지 않는 사랑에 대한 확신이 있든지. 하지만 그건 아니리라.

형준은 사무실에서 자리를 차지하고 있는 뜻밖의 인물을 보고 잠시 얼굴을 찌푸렸다.

얘는 또 왜 여기를. 미루어 짐작되는 방문 목적에 이번엔 그의 입에서 나직한 한숨이 새어 나왔다.

"네가 여기 웬일이야?"

"재인이 진짜 마음이 궁금해서. 너, 재인이랑 친하잖아."

역시나다. 차라리 복잡한 소송을 맡는 쪽이 마음이 훨씬 편하다. 아무리 친하다고 해도 이재인은 그의 소관 밖이었다.

"재인이한테 직접 물어. 난 모르니까."

"그 여자 좋아하는 거 아니지?"

"너도 봤잖아. 두 사람 함께 있는 모습."

그거면 충분한 답이 되리라고 생각했지만 주희는 아니었나 보다.

"재인이, 사업의 귀재 소리 듣는 사람이야. 그런데 나 같은 조건을 모른 척한다는 게 말이 돼?"

"너 정도 조건, 재인이 근처에 널렸어."

자신만만한 주희의 답변에 형준이 피식 웃어 보이자 그녀는 입술을 앙다물었다.

틀린 말이 아니었다. 이재인의 주변에 여자는 많았다. 하지만 성현 그룹의 후계자가 될 이재인은 딱 한 명이었다. 그게 문제였다.

"그래도 그 여자는 아니야. 그렇게 평범한 여자가 재인이랑 어울려?"

"재인이한테는 평범하지 않은가 보지. 그러니까 맘 접어."

"집안도, 돈도, 학벌도, 주변 환경도 그 여자보다 내가 훨씬 더 나아. 그런데 내가 포기하라고?"

"우리가 모르는 뭔가가 있을 거야. 남녀 사이는 둘만 아는 거거든."

계속되는 집요한 답변에 형준이 퉁명스럽게 대꾸했다.

본인이 듣고 싶어 하는 답은 따로 있겠지만 그렇다고 왜곡된 생각을 계속 가지고 있는 것은 꽤나 위험한 일이었다. 더구나 상대가 이재인이라면 말이다.

"그 여자, 과거가 복잡하거나 사귀는 남자 없어?"

"말도 안 되는 소리. 과거까지는 모르겠고, 재인이 만나면서 다른 남자를 또 어떻게 만나? 재인이가 어떤 녀석인데 그 꼴을 두고 봐."

주희의 말에 형준이 어이없다는 듯 웃음을 터뜨렸다.

"그럼 더더욱 다른 남자만 찾으면 되는 거네."

"그런 거 없다니까. 그러니까 너도 정신 차려."

누가 재인과 같은 사람을 포기하고 싶겠는가. 더욱이 길 가던 강아지 같은 그녀가 이재인 같은 사람을 어디서 또 만날 수 있겠는가. 원래 그런 수준의 사람들은 좀 질긴 데가 있으니까 사랑 어쩌고 하면서 떨어지기 쉽지 않지.

하지만 그녀가 알고 있는 사람들은 사랑 때문에 결혼하는 부류들이 아니었다. 주희는 재인을 포기하고 싶지 않았다. 아니, 포기할 생각이 없었다.

그 촌스러운 젊은 여선생한테 자신이 그토록 갖고 싶어 하던 걸 넘겨줄 수는 없었다.

아직 방법은 있다. 이런 방법까지 사용하고 싶진 않았지만.

주희는 약이 올라 입술을 깨물었다. 그녀는 손에 쥔 무기를 어디에 사용해야 할지를 아는 여자였고, 누굴 상대로 그 무기를 팔아야 하는지도 아는 여자였다.

그녀도 정말 이렇게까지 하긴 싫었다. 하지만 할 수 없다.

그녀는 핸드폰을 꺼내 들었다.

"민태하 씨 좀 부탁합니다."

※※※

다현은 시간을 보고 한숨을 지었다. 학기가 아직 끝나지도 않았는데 정리해야 할 일들이 너무 많았다.

가을이 무르익고 시간은 세상을 어느새 깜깜하게 만들었다. 갑작스레 서늘해진 찬바람에 교무실 안에서도 몸을 자꾸 움츠리게 되었다.

"재인 씨? 오늘 못 올라가요. 내일 도안 자료 만들어야 해요."

"그럼, 내가 그쪽으로 갈게. 난 거의 정리했거든."

"그럴래요?"

"그럴래요가 뭐야. 그러자고 졸라야지."

"알았어요. 그럼 그래요."

핸드폰 너머로 재인이 버럭 하고 소리를 지르자 다현이 배시시 웃어 보였다.

몸을 잔뜩 움츠린 채 교문 밖으로 나오던 다현은 다시 머리를 저었다. 또 핸드폰을 두고 나왔다. 스스로가 못마땅해서 투덜거리며 다시 학교로 발걸음을 돌리는 순간 무언가 그녀의 입을 막았고, 그녀는 곧 의식을 잃었다. 다현은 의식을 잃는 그

잠깐 동안 재인에게 연락을 해야 한다는 생각이 들었다.

그가 보고 싶어. 엄마보다, 아빠보다, 세상의 그 어느 누구보다 더.

―――※―――

태하는 주희가 그의 앞으로 보낸 선물, 거실의 긴 의자에 누워 있는 여자를 보고 고개를 약간 저었다.

그 여자가 아니야. 내가 생각한 그 여자가 아니라구.

한주희가 실수할 리가 없다. 하지만 이 여자는 그가 원하는 여자가 아니었다. 그날 오후 강남의 바에서 본 붉은 옷의 섹시한 ― 한눈에 그를 사로잡고, 갖고 싶은 욕망에 몸을 떨게 한, 그리고 그 후로도 계속해서 그의 꿈자리를 어지럽히고 있는 ― 그 여자가 아니었다. 그날 분명히 그 여자가 만난 남자는 재인이었는데.

그는 한 번도 사촌인 재인에게 라이벌 의식을 느껴본 적이 없었다. 아니, 느낄 만한 틈도 없이 재인은 앞서 나갔다. 할아버지의 총애와 외가의 든든한 조력, 거기다 타고난 능력까지.

하지만 그녀 ― 붉은 옷의 마녀 ― 가 재인을 향해 웃음 지었을 때 생전처음 그는 사촌에게 경쟁심과 질투, 부러움을 느꼈다.

그는 재인이 여태 가지고 있던 그 어떤 것보다 그 여자가 탐이 났다. 그래서 주희가 이 일을 제안했을 때 자신도 모르게 이 위험한 일에 끼어든 것이다.

이제 와서 발을 뺄 수는 없었다. 어차피 일은 벌어졌다. 비록 그가 꿈꾸던 여자가 아니었지만, 그의 품 안에 재인의 여자가 굴러 들어온 것이다.

그래, 이 여자가 할아버지의 상속녀란 말이지? 그 영감의 어마어마한 재산이 이 여자 뒤에 있다고? 거기다 재인의 여자이기도 하고?

태하는 그의 앞에 무방비하게 누워 있는 여자의 매끄러운 볼과 탐스러운 목덜미까지 긴 손가락으로 훑어 내리고 어두운 미소를 지어 보였다. 이제 그에게도 기회가 온 것이다. 그리고 그는 굴러 들어온 기회를 놓칠 만큼 바보가 아니었다. 태하는 축 늘어져 있는 여자를 번쩍 안아 들고 그의 침실로 옮겼다.

―※※※―

재인은 학교 앞에서 30분을 기다리고 난 후에 뭔가 잘못됐다는 걸 인지했다. 미련스러울 정도로 약속과 규칙을 지키는 여자였다. 그런 그녀가 학교에도 없고 전화도 받지 않는다.

분명 무슨 일이 있는 것이다. 그의 가슴 한구석 야금야금 스며들고 있는 이 불안감과 초조함의 정체는 무엇일까? 그는 자신의 육감과 판단력을 의심해본 적이 없었다.

별일 없을 거야.

다현이 살고 있는 옥탑방으로 향하면서 그는 스스로에게 주문을 외었다. 다다의 전화에선 고객이 전화를 받을 수 없다고 말하고 있었고, 다다는 지금 집에도 없었다.

"현진 씨, 이재인입니다. 혹시 지금 다현이랑 같이 계세요? 아니…… 약속을 했는데 오지 않아서요…… 알겠습니다."

아직 9시 20분. 그리 늦은 시각은 아니었다. 다현이 그를 바람맞히는 게 아니라면 말이다.

별일 없을 거야.

하지만 본능은 알고 있었다. 더 이상 시간을 끌어서는 안 되었다. 핸드폰을 손에 든 재인은 할아버지의 오른팔이자 그룹의 실력자인 비서실장의 전화번호를 눌렀다.

두 번의 신호음이 가자 바로 장 비서의 목소리가 들려왔다.

"무슨 일이십니까? 이 시간에."

"늦은 시간에 죄송합니다. 경호팀 좀 가동해주세요. 부탁드립니다."

잠깐의 침묵. 그렇지만 장 비서는 지금 재인의 부탁이 얼마나 다급한 것인지 단번에 알아챘다.

공과 사를 확실하게 구분하는 이재인이었다. 3년 전 회사를 뛰쳐나간 이후 재인이 그에게 연락하는 일은 극히 드물었다. 지난번 약혼 소동 때도 재인은 블랙 콜을 이용했었다.

그런 이재인이 블랙 콜이 아닌 사적인 전화를 걸 만큼 중요한 일은 도대체 뭘까?

"본사 차원에서 말씀입니까?"

"네. 급히 찾을 사람이 있어서요."

느릿하지만 정확한 질문에 재인이 빠르게 대답했다. 자초지종을 듣는 장 비서의 긴장이 전화기 너머로 분명하게 느껴졌다. 그 역시 이번 일의 무게를 알고 있었다.

"알겠습니다. 알아보겠습니다."

장 비서가 전화를 끊자마자 재인은 윤후에게 전화를 걸었다. 혹시라도 다현에게 무슨 일이 생겼다면 윤후의 넓은 발을 이용해 비공식적인 부분에서만큼은 다다의 흔적을 찾아낼 수 있으리라.

10분 후 재인의 핸드폰이 울렸다. 장 비서였다.

"국토부, 경찰청에 협조가 들어갔습니다. 주변 도로랑 연결되는 CCTV, 조사 중에 있습니다. 스쿨존이라 분명히 뭔가 잡힐 겁니다."

"또…… 다른 얘기는 없습니까?"

더 무서운 이야기만 아니면 된다. 그는 머릿속에서 재생되려는 끔찍한 상상을 애써 눌러 참고는 질끈 눈을 감았다.

"너무 걱정 마시고 기다리세요. 별일 없을 겁니다."

장 비서의 위로에도 불구하고 재인은 심장이 조여드는 것 같은 불안함에 초조해졌다. 다행히 교통사고 환자도 신고된 게 없었고, 별다른 이상 징후도 보이지 않았다.

그럼 뭘까? 도대체 그녀에게 무슨 일이 일어난 걸까?

혹시라도 무슨 일이 생긴 건 아닌지 재인의 초조함이 극에

달했을 때 전화가 울렸다. 화면 창에 분명히 떠오른 이름은 그가 기대한 사람이 아니었다.

"친애하는 사촌께서는 잘 지내시는지?"

태하의 낮고 느릿한 음성에 재인의 얼굴이 굳어졌다.

"끊어. 바빠."

"그러든지. 나야 급할 게 없으니까. 하지만 사촌은 그렇지 않을 텐데. 생각보다 이 여자가 중요하지 않은가 보군."

재인은 그냥 전화를 끊으려다 태하의 입에서 나온 마지막 말에 어깨가 굳어졌다. 작지 않은 핸드폰이 꽉 잡은 그의 손에서 보이지 않았다.

재인이 무언가 말을 하려 했지만 이미 태하의 전화는 끊겨 있었다. 재인의 얼굴 표정은 차갑게 굳어졌고, 두 눈만이 맹렬하게 빛을 발하고 있었다.

―――※※※―――

재인이 태하가 살고 있는 빌라의 현관문을 두드리기도 전에 문이 벌컥 열렸다. 아마도 아래층 경비실에서 미리 연락을 했으리라.

새까만 머리에 짙은 눈동자를 지닌 태하에게는 얼핏 보기에도 위험한 냄새가 풍겼다.

"기록적인 시간인데? 신호는 전부 무시했나 보지?"

"어뒀니?"

"내 방, 내 침대에."

태하의 의도적인 답변에 재인의 눈썹이 약간 올라갔지만 여전히 무표정한 얼굴이었다.

딱딱하게 굳어서 눈빛만 번득이는 이재인의 모습은 그야말로 살벌했다. 더한 자극은 그에게도 재인에게도 위험해 보였다.

태하가 앞장서 침실로 생각되는 방문을 열자 침대 위에는 다현이 죽은 듯이 잠들어 있었다.

다현의 앞에 다가가 큰 손으로 볼을 더듬는 재인은 그제서야 어깨가 풀린 모습이었다. 나직한 한숨 소리가 선명하게 들려왔다.

이재인이 한숨을 내쉬고 있다. 선명하게 안도하는 그의 뒷모습에 태하의 눈썹이 꿈틀거렸다.

들리지 않을 듯 나직한 숨소리. 다급한 걸음걸이. 여자의 얼굴을 감싸는 커다란 손.

태하는 뭔가 보지 말아야 할 것을 본 기분이었다.

"마취 약에 좀 취한 거야. 지금은 잠든 거고."

"김 박사님한테 연락해."

재인은 다현에게서 눈을 떼지 않고 말했다. 머리카락 한 올이라도 다쳤으면 상대가 누구이건 간에 응당의 대가를 치러야 할 것 같았다.

보고 있는 것만으로도 오싹한 눈빛이었다.

"그냥 잠든 거라니까. 열한 시가 넘었어. 그 노인네도 잠들 시간이야."

"연락해."

재인의 단호한 명령에 태하는 할 수 없다는 듯 어깨를 으쓱거렸다.

재인의 얼굴은 아주 무섭게 굳어 있었다. 저런 얼굴의 남자에게 무얼 더 이야기한단 말인가. 아무래도 저 고집은 이기지 못하리라.

"그냥 잠든 거야. 별일 없이 내가 인수했어. 그러니까 그만 얼굴 좀 돌리라구."

태하가 다현에게서 눈을 떼지 못하는 재인에게 빈정거리듯 말하자 그가 겨우 몸을 일으켰다.

어느새 감정을 다잡은 얼굴. 하지만 여전히 풀어지지 않고 화가 나 있는 눈빛. 그는 포커페이스 이재인이 이렇게 쉽게 감정 표현하는 모습을 눈앞에서 볼 수 있으리란 생각은 하지 못했었다.

의사를 기다리는 그 순간에도 재인의 시선은 다현에게서 떨어지지 않았다. 의사의 입에서 괜찮다는 얘기를 듣고 난 후에야 그가 몸을 일으켰다.

23. 그녀의 부재 - 심장이 사라질 것 같은 | 159

태하는 어이없어하며 그에게 다가갔다.

"커피? 아니면 알코올도 있어."

태하는 자신의 몫으로 커피를 손에 들고 재인에게 물었다. 그제야 재인이 태하를 향해 몸을 일으켰다. 겨우 제정신이 든 남자의 모습이었다.

"찬물."

지금은 말짱한 정신을 가지고 있어야 했다. 어느 누구에게도 한 치의 틈도 보여서는 안 되는 일이었다.

"누구 짓이지?"

"왜 내 짓이라고는 생각 안 하지?"

재인은 태하에게서 얼음이 담긴 냉수를 건네받자마자 단도직입적으로 물었고, 태하는 눈썹을 치켜 올렸다.

"네 짓이었으면 나한테 전화 안 했겠지."

재인이 당연하다는 투로 말했다.

"그리고 이런 위험한 일을 저지르기엔 넌 너무 머리가 좋아."

재인의 냉정한 말투에 태하가 웃음을 터뜨렸다.

"영광인데? 사촌한테 그런 칭찬을 받다니."

"누구야?"

재인은 태하의 말에 아랑곳하지 않고 범인을 추궁했다.

"한주희."

태하의 간단한 답변에 재인의 눈에 불꽃이 일었다.

태하는 갑자기 주희가 불쌍해졌다. 특별히 동정심이 넘치는 스타일은 아니었지만 지금은 그런 마음이 들었다. 이제 주희는, 아니 한주 화학은 이로써 끝이었다. 저 남자의 아킬레스건을 건드렸다면 그에 상응하는 대가를 치러야 하리라.

"어디선가 주워들은 모양이야, 대장 속셈을."

재인의 눈빛이 더욱 진해졌을 뿐, 이렇다 저렇다 말이 없자 태하는 말을 이었다.

"나랑 협상하자더군. 난 SH를 갖고, 자기는 사촌을 갖겠다고."

지금 재인이 화가 났다고 알 수 있는 것은 그의 짙어진 눈빛과 꽉 다문 입술뿐이었다.

"아무튼 대단한 사촌이야. 수백억대 재산보다는 사촌이 더 탐났던 모양이야."

태하는 좀처럼 동요를 보이지 않는 재인의 태도에 약이 올라 빈정거렸다.

사촌은 역시 무서운 사람이었다. 열 받아 펄펄 뛰리라고는 생각하지 않았다. 워낙에 자신의 속마음을 귀신같이 감출 수 있도록 교육받았다는 것은 태하도 알고 있다. 그 역시 그렇게 교육받았으므로.

하지만 지금 재인이 뭘 생각하고 있는지조차 짐작할 수 없을 정도로 그는 표정의 변화가 없었다. 그저 얼어붙을 것 같은 눈빛과 단단하게 굳어져 있는 입매가 전부였다.

차가운 침묵이 공기 안에 떠돌았고, 태하는 재인의 결정을 기다렸다.

"빚을 졌다."

오랜 침묵 끝에 나온 재인의 목소리조차 담담했다. 아무것도 느낄 수 없을 정도로 평안했다.

"네가 원하는 게 뭐야? 내 선에서 들어줄 수 있는 건 해줄 테니 말해."

재인의 선에서 해줄 수 있는 일. 그것은 거의 모든 일을 의미한다. 신의 영역에 있는 일을 제외한 인간이 할 수 있는 모든 일. 재인도 태하도 지금 재인이 한 말의 의미를 알고 있었다.

어? 그렇게 대단한 여자였나?

태하는 뜻밖의 제의에 눈썹을 치켜 올렸다. 그는 자신의 침대에 누워 있는 여자에 대해서 강렬한 호기심을 느꼈다. 어떤 여자이기에 저 냉혹한 사촌이 이만큼 양보하는 걸까.

재인의 표정은 덤덤했다. 눈빛조차도 완전히 제어한 모습이었다. 아마도 그의 여자가 자신이 완벽하게 돌볼 수 있는 범위 안에 있다는 안도감 때문에 가능한 것이리라.

"얘기해봐. 원하는 게 있으니까 나한테 연락한 거 아니야?"

"백화점. 완전한 경영권."

이제까지 나른하고 느긋했던 태하의 표정이 바뀌었다.

"지금도 그건 네가 하고 있잖아."

비록 그의 아버지 그늘에 있긴 해도 실질적인 SH 백화점의 경영자가 그라는 것은 누구나 아는 일이었다.

"무언가 있어. 사촌도 알 텐데. 지금 백화점 주위에 뭔가 냄새가 난다는 걸."

태하의 말에 재인도 고개를 끄덕였다.

"아무래도 아버지가 무슨 일을 벌이는 것 같아. 눈치챌 수 없도록 서서히."

백화점을 둘러싸고 뭔가 있다는 건 재인도 이미 오래전에 알아차린 일이다.

아마도 태하는 재인처럼 백화점을 향한 무언가의 움직임에 대해서 온몸을 긴장시킨 채 살피고 있었던 모양이다. 하지만 어디에서 그 꼬리를 잡아야 할지 몰랐으리라.

적이 정확하게 누군지 알 수 있다면 방어도 공격도 할 수 있겠지만, 아주 조금씩 냄새를 피워가며 움직이는 세력들을 잡아내기란 쉽지가 않다.

"사촌이 호텔 일에 목맨 것처럼 나도 이 일이 맘에 들어. 처음부터 내가 한 일이라구."

"그래서? 뭘 해주면 되겠니?"

"아버지는 아직도 SH 본사에 눈길을 주고 있는 모양이지만, 난 아니야. 지금 하는 일이 좋아. 사촌 역시 아직도 백화점에서 눈길을 거두지 못하고 있지만, 이건 내 거야. 내가 하고 싶다고."

그가 맹렬한 소유욕을 내보였다.

"거기다 먹이가 제 발로 걸어왔어."

"한주희?"

"응. 주희 말로는 한주 그룹이 아버지랑 결탁한 것 같대. 화장품이나 팔아먹고 있을 것이지……."

태하가 냉정한 표정으로 설명했다.

으음, 여러 모로 한 회장이 딸을 잘못 키웠군. 재인은 고개를 끄덕거렸다. 어떻게 알았을까, 회장님의 유언장을.

그걸 아는 방법은 하나뿐이다.

다현의 집.

도둑.

재인의 머릿속이 빠르고 복잡하게 움직였다. 한참 생각을 마친 재인이 아무 말 없이 전화기를 들었다.

"윤후니? 미안하다. 다현이 찾았어. 태하네 빌라……. 자세한 얘기는 나중에 하고 몇 가지 알아봐줘. 한주 그룹 자금 사정이랑 흐름 좀 둘러봐. 응, 백화점 쪽하고……. 오케이, 내일 세 시쯤 호텔로 와라. 응, 그래. 괜찮아. 잠들었어. 한주희 짓이란다. 그래, 미안하다."

재인의 전화 통화에 태하의 눈썹이 다시 올라갔다.

"대단한데, 사촌. 이 한밤중에 황금 손이라는 사람을 전화 한 통화로 부리게."

재인은 태하의 말을 여전히 무시한 채 전화를 계속했다.

"이재인입니다. 실장님, 다현이 찾았습니다. 네, 회장님께 보고해주세요. 그리고 저 곧 회사로 들어갈 예정입니다."

재인의 말에 다시 태하의 눈썹이 올라갔다. 아마도 전화 받는 장 비서는 오늘 잠자기는 틀렸을 것이다. 이재인의 귀환 준비는 지금 이 시간부터 시작일 것이다.

"네, 회장님께 말씀드려도 상관없습니다. 아뇨, 아무래도 호텔 일 마무리하려면 두 달은 있어야……. 네, 한주 그룹에 대해서 한번 알아보세요. 뭐든지 말입니다. ……예. 그리고 민혁주 이사에 대해서도 알아보세요. 아닙니다. 개인적인 부탁이 아니라 회사 일입니다. 전부 조사해서 내일 저희 호텔로 나오세요. 밤늦게 죄송합니다."

개인적인 부탁이 아니라 회사 일…….

그 한마디는 SH에서 그의 영향력을 확실히 하는 말이다.

재인이 회사로 컴백한다면 그는 차기 회장감이었다. 그가 갖고 있는 회사 주식은 물론이고 이 회장이 그를 얼마나 욕심내는지는 누구나 알고 있는 사실이었다.

이제 그는 차기 회장으로서 첫 지시를 내렸다. 버티고 버티던 이재인이 화려하게 복귀하는 것이다.

——❦——

재인은 의사가 가고 난 후 서현에게 전화를 걸었다. 서현의 분노는 거의 그와 맞먹는 상태였다. 그는 재인에게 노골적인 불신을 내보이며 지금 당장이라도 뛰어올 기색이었지만 재인은 그대로 전화를 끊어버렸다. 안 그래도 상대해야 할 사람이 많은 밤이었다. 이 상황에 이성을 잃어버린 다현의 오빠는 전혀 도움이 되지 않는다.

"신세 지는 김에 한 가지 더 부탁하자."

"말해."

재인이 전화로 무지막지하게 공세에 몰리는 것을 흥미롭게 지켜보던 태하가 간단하게 대꾸했다.

"차 좀 대."

"사촌 차는?"

"내가 운전할 수 없어서 그래."

재인은 태하를 무시한 채 시트째로 감싼 다현을 안아 들었다.

태하는 자고 가도 된다고 얘기하고 싶었지만 새인이 절대로 그의 여자를 자신의 침대에 눕힐 사람이 아니라는 것을 알고 있었다.

태하는 졸지에 운전기사가 되어 한밤중에 차를 몰고 사촌의 집을 향해 가고 있었다.

"이것 보라고, 김 박사님이 그냥 잠든 거라잖아."

다현을 무릎에 앉힌 채 약간의 진동에도 보호하려 하는 재인의 모습에 기가 차서 태하가 내던지듯이 말했지만, 재인은 그의 말을 완전히 무시하고 아기 돌보듯 그녀를 돌보고 있었다.

의사는 마취제를 지나치게 흡입했고 지금은 잠든 상태라고 했지만 재인은 다현이 다시 깨어나지 못할까 봐 조바심 내고 있었다.

　잠든 상태라는데 왜 깨지 않는 걸까.

　재인은 다현의 하얀 얼굴을 곱게 쓰다듬고 있었고, 그런 그의 생소한 모습에 태하는 헛웃음을 켰다.

　다현은 재인의 집에 거의 다 와서야 눈을 떴다.

　"으응······."

　아주 약하게 나온 다현의 음성에 재인이 재빠르게 반응했다.

　"다다야, 정신이 들어?"

　"재인 씨."

　그녀의 목소리는 들릴 듯 말 듯 가냘팠다. 그 창백한 모습에 재인의 표정이 굳어졌다. 이 연약한 여자가 다칠 뻔했다. 난 왜 그때 옆에 있지 못했을까.

　"괜찮니? 어디 불편한 데 없어?"

　재인은 다현과 눈동자와 눈을 마주치고 혹여 그녀가 불편해하는 건 없는지 꼼꼼히 쳐다보고 있었다.

　"재인 씨, 물······."

　"편의점 앞에 차 세워."

　바짝 마른 입술을 혀로 축이며 다현이 물을 찾자 재인은 운전하고 있는 태하에게 차를 세우라고 지시했다.

　"생수 좀 사 와."

　여전히 다현의 얼굴에서 눈을 떼지 않은 채 재인이 지시하자 태하는 기가 막히다는 표정으로 안전벨트를 풀었다.

천하의 민태하가 한밤중에 기사 노릇에 물 심부름이라니.

─────※─────

재인의 아파트로 온 다현은 다시 잠이 들었다. 재인은 침대에 누워 있는 다현을 보고 그제야 안도의 한숨을 내쉬었다.
태하의 집에서 오는 내내 그는 다현이 어디로 날아가 버릴 것만 같아 조바심을 냈었다. 여전히 다현에게서 눈을 떼지 못하는 재인을 보고 태하는 살짝 고개를 저었다.
"고맙다, 오늘 일."
재인의 인사에 태하는 눈썹을 치켜 올릴 뿐이었다.
"앞으로 사촌이 내게 해줄 일에 내가 더 고마워."
"사촌이라고 하지 말고 형이라고 해. 넌 나보다 1년이나 어려."
"1년이라고? 어차피 학교는 같이 다녔어."
재인은 6월생이고 태하는 1월생이다. 하지만 재인은 태하가 사촌이라고 빈정대듯 불러대도 눈도 깜빡하지 않았다.
태하 자체를 인정하지 않았기 때문에 그가 뭐라 부르든 상관하지 않았던 것이다.
태하도 재인이 자신에게 반응하지 않는 이유를 알고 있었고 그래서 더더욱 빈정대듯 '사촌'이라고 불러댔었다. 그런 그가 이제 자신을 '형'이라 부르라 한다.

"어쨌거나 너랑 나랑은 해가 바뀌었어. 이제부터 제대로 불러. 그게 아마 너희 아버지를 상대하기에도 유리할 거야."

재인이 동생으로 인정한다면 태하에게는 어마어마한 지원군이 생긴다는 사실을 누구나 알고 있다. 재인이 그의 가족에게는 끔찍할 정도로 헌신적이라는 사실을 누구나 알고 있듯이 말이다.

그는 아무 말 없이 어깨를 으쓱거리고는 문을 나섰다.

한주희, 두고 보자고. 감히 내게 이런 짓을 저지르고도 살아갈 수 있나 어디 보자고.

태하가 떠나고 나서 재인은 입술을 앙다물었다.

감히 다현이에게, 내 사람에게 손을 대다니.

이제부터 그 대가를 치르게 될 것이다.

만약 주희가 보았다면 그 얼굴만으로도 공포에 질릴 정도로 지금 그의 얼굴은 차갑고 무시무시했다.

재인은 다현의 하얀 얼굴에 가만히 입술을 갖다 댔다.

"미안, 다다. 다시는 이런 일 없을 거야. 약속해."

그는 조금은 풀린 표정으로 다현의 옆자리에 누웠다. 다현이 눈을 뜬다면 펄펄 뛰겠지만 오늘 하루 종일 노심초사한 그에게는 그녀의 온기가 필요했다.

재인이 침대에 눕자 다현이 잠결에 그에게 다가왔다. 따뜻하고 조그마한 몸이 재인에게 안겨오자 그는 깊은 만족감과 안도감을 느꼈다.

그녀가, 그리고 그가 제자리를 찾은 듯했다.

※※※

 깊은 밤, 재인은 귓가에 들리는 작은 신음에 화들짝 잠을 깼다. 지금 그의 침실에, 그의 품 안에 다현이 있다.
 재인은 땀에 젖어 뒤척이는 다현을 얼른 끌어안았다. 악몽이라도 꾸는 걸까.
 "다현아, 다현아."
 "재인 씨?"
 긴 속눈썹이 깜빡이고 겁에 질린 다현이 그를 향하자 재인은 안쓰러움에 가슴 한구석이 꽉 막혀오는 느낌이었다. 이 여자를 제대로 지키지 못했다는 사실에 더 화가 났다.
 재인은 이를 앙다문 채 잇새로 거친 호흡을 내쉬었다.
 "괜찮아. 다 괜찮아."
 재인이 다현의 등을 토닥이며 그녀를 달랬다. 품 안에 느껴지는 그녀는 금방이라도 부서져 내릴 것만 같았다.
 "여기 어디예요?"
 "우리 집. 당신, 괜찮아?"
 다현을 그대로 품에 안은 채 재인이 다현의 머리맡에 있는 스탠드를 켜자 갑작스러운 불빛에 눈이 부셨는지 그녀가 얼굴을 찡그렸다.

불빛을 최대한 죽인 재인은 다현의 얼굴을 살폈다. 하얗게 질린 그녀의 얼굴은 땀투성이였다. 그 모습에 그는 또 한 번 가슴이 아려왔다.

"괜찮아?"

"응."

재인이 다시 물었고, 다현이 고개를 끄덕였다. 하지만 그녀의 얼굴은 여전히 창백했고 깊은 눈에는 공포가 일렁였다.

재인은 질끈 입술을 깨물었다. 그는 이 작은 여자조차 제대로 지켜주지 못했다.

"무슨 일이 있었던 거예요?"

"별일 아니야. 신경 쓸 거 없어, 다디는. 근데 몸은 괜찮아? 어디 아픈 덴 없고?"

재인이 다현의 이마에 걸려 있는 젖은 머리카락을 치워주며 다시 확인했다.

"으응. 근데, 왜……."

다현이 뭔가를 말하려고 하자 재인은 그녀를 감싸 안아 말을 멈추게 했다. 그리고 한쪽 팔로 어깨를 둘러 자신의 가슴에 바짝 당겨 안았다. 다현의 심장 소리가 그에게 전해져왔다. 그제야 얼어 있었던 그의 심장도 뛰는 것 같았다.

"자. 일단 쉬어야 해."

"당신…… 아무 일 없는 거죠?"

재인의 굳은 표정이 마음에 걸렸는지 다현이 그의 품 안에서 고개를 들고 그를 살피고 있었다. 지금 누가 누구 걱정을 하는 건지. 재인은 나직하게 한숨을 내쉬고 대답했다.

"응. 아무 일 없어. 너만 괜찮으면 난 다 괜찮아."

그가 그녀를 다시 당겨 안고 다현의 머리카락에 입술을 가져갔다.

"난 괜찮아요."

"그럼 다 괜찮은 거야. 이제 정말 아무도 다현이 못 건드리게 할게. 약속해."

재인은 자신에게 다짐하듯 조그맣게 중얼거리고는 맹세하듯 다현의 마른 입술에 부드럽게 입을 맞추었다. 그리고 키스가 깊어지고 열정이 마음을 잠식하기 전, 그는 다시 품 안에 깊이 그녀를 안았다.

아침이 오기까지 얼마 남지 않은 깊은 새벽, 겨우 그녀가 안정을 취했고, 그는 곁에 있는 그녀 덕분에 잠이 들었다.

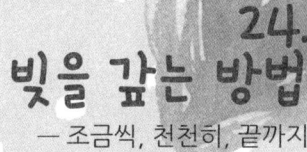

24. 빚을 갚는 방법

— 조금씩, 천천히, 끝까지

장 비서와 강 부장은 이규철 회장과의 소박한 아침 식사를 기다렸다. 회장이 또 무슨 일이 있느냐는 듯 하얀 눈썹을 움직였지만, 전직, 현직 비서 두 명은 새삼스레 그의 눈치를 살피고 있었다.

"무슨 일인가? 왜 자네 둘이 여기 와 있어? 강 부장, 자네가 이렇게 대놓고 여기로 출근할 만큼 중요한 일이야?"

"식사하시고 보고를 들으시겠습니까?"

날카로운 회장의 질문에 답하지 않는 강 부장을 그대로 세워둔 채 장 비서가 대신 물었다.

"흐음, 꼭 밥부터 먹고 들어야 할 만큼 나쁜 이야기인가?"

"좋은 소식과 나쁜 소식 두 가지가 있습니다."

장 비서는 이 회장에게 할 말을 고르고 있었다. 아마 두 가지 소식 모두 이 회장을 흥분시킬 것이다. 강 부장의 얼굴도 굳어졌다. 혹시라도 쓰러지시면 안 될 텐데. 그는 사실 의사라도 대동하고 오고 싶었지만 그의 사수가 이 정도 일은 견뎌내실 거라고 했다.

"그럼 밥 먹기 전에 듣자구. 이 나이에 얹혀서 소화까지 안 되면 밥숟가락을 놔야 할지도 모르니까. 그럼 좋은 얘기부터 들어볼까? 그래, 뭔가?"

"저희 본부장님께서 회사로 돌아가시겠답니다."

이번에는 강 부장이 대답했고, 회장의 눈썹이 다시 올라갔다.

"그 녀석이? 이제 정신을 차린 건가, 아님 다음에 들을 나쁜 소식이 그 녀석을 회사로 밀어 넣고 있는 건가?"

장 비서와 강 부장은 노회장의 예리함에 속으로 짧은 한숨을 삼켰다. 언제나 이 양반은 한 발 앞서 나간다. 그리고 틀린 적이 없다.

"그리 나쁜 소식만은 아닙니다."

"그렇지. 아무리 나빠도 재인이가 회사로 올 생각을 하게 했다면 그건 그리 나쁜 일이 아니야."

장 비서가 달래듯 말하자 이 회장이 고개를 끄덕였다.

아무도, 그 어느 것도 재인을 불러들이지 못했다. 막대한 재산도, 제 부모의 호소도, 심지어 그의 명령도 재인에게 통하지 않았다. 그런데 그 녀석이 제 발로 들어온다고 한다.

"그래, 무슨 일이야? 뭣 때문에 그 녀석이 결심을 한 거야?"

"흐음."

이번만큼은 천하의 장 비서도 말끝을 흐렸다. 이규철 회장이 다현을 예뻐하고 있다는 것을 다른 사람은 몰라도 그는 알고 있었다.

 그 역시 항상 서류 안에서 존재하는 다현이 이제 낯설지 않았고, 오랜 식구를 대하는 것같이 정이 들었다. 그래서 어젯밤 그 소식을 들었을 때 그답지 않게 흥분했었다.

 "말해보게나."

 "예. 김다현 선생님이……."

 "다현이가 왜? 혹시 재인이 녀석이……."

 이 회장의 얼굴에 노기가 서렸다. 혹시라도 그 녀석이 다현이를 아프게 했다면 절대 용서하지 않으리라, 그런 얼굴이었다.

 강 부장은 한숨을 삼켰다. 이 회장이 피붙이 손자라도 용서하지 않을 태세인데 이제 이 일을 어떻게 수습한단 말인가.

 "아닙니다. 아시지 않습니까? 저희 본부장님이 그 선생님을 얼마나 아끼시는데요."

 "그러면?"

 "문제가 묘한 곳에서 터졌습니다. 어젯밤에 큰도련님이 회사로 오신다는 얘길 듣고 SH 보안팀을 움직였습니다. 그런데……."

 장 비서의 나직한 보고를 들은 노회장의 얼굴이 분노로 붉어졌다.

 "감히, 감히 한주에서 그랬다구?"

24. 빚을 갚는 방법 - 조금씩, 천천히, 끝까지 | 177

조용한 한옥 집 거실에 노기 띤 음성이 흘러나왔다.

"한 회장이 늙어서 노망이 난 모양이군. 제 발로 호랑이 우리로 들어가는군. 백화점 문제는 재인이 언제쯤 눈치챌까 생각했어. 이제는 그 녀석도 알아차려야 할 텐데."

회장은 벌써부터 백화점의 이상 조짐을 파악하고 있었다. 그는 자신의 재산의 움직임에 대해서 누구보다 잘 알고 있는 사람이었다.

재인 역시 그런 방면에 있어서는 귀신같이 파악하고 발 빠르게 대처하는 녀석이지만 호텔에 처박혀 있느라 정보 면에서 한 발 정도 늦을 뿐이었다.

"본부장님도 이미 알고 계시는 눈치십니다. 어제 한주와 민 이사의 자금줄을 훑으라고 첫 번째 지시를 내리셨습니다. 아마 이번 일을 그냥 넘어가시지는 않을 겁니다."

"그 녀석은 내 핏줄이야. 빚을 잊다니, 천만의 말씀이지."

그냥 넘어가는 건 말도 안 된다는 이야기였다.

"설마 한주 화학을 없애실 생각은 아니시죠?"

"그걸 왜 나한테 물어봐. 이번 지시는 재인이가 했는데."

강 부장의 조심스러운 질문에 회장이 퉁명스럽게 대답했다. 차갑고 냉정한 어조였다. 하지만 그가 화가 머리끝까지 나 있다는 걸 오랜 시간을 함께한 장 비서는 알고 있었다.

분노가 이성을 장악할 수 없도록, 그래서 빚을 갚기 위한 어떠한 실수도 하지 않기 위해 자신의 흥분을 복수의 칼날 속에

담금질하고 있다는 것을 그는 알고 있었다.

물론 회장의 손자 역시 그 점에 있어서는 조금도 뒤처지지 않는다. 아니, 오히려 회장보다 더 무서운 사람이 이재인이었다.

"그래서 드리는 말씀입니다. 우리 본부장님이 절대 가만있을 분이 아니라서."

"이런 꼴을 당하고도 가만히 있으면 그게 사내야? 내가 걜 그렇게 가르친 줄 알아?"

이 회장의 날카로운 목소리에 강 부장은 움찔 뒤로 물러섰다. 그리고 그의 존경해 마지않는 사수를 바라보았다. 어떻게든 일이 커지지 않도록 막아야 했다.

"한주 화학, 중견 그룹입니다. 그렇게 도산이라도 하게 되면……."

장 비서가 말끝을 흐렸다. 그가 알고 있는 이 씨 집안의 두 남자라면 충분히 하고도 남을 일이었다.

"그게 무슨 헛소리야. 아무리 성현이라도 멀쩡한 회사를 어떻게 건드려. 재인이가 깡패야?"

비서들의 우려에 회장이 짜증스럽다는 듯 대꾸했다.

"뭐든 원칙대로 하는 거야. 회사를 상대로 도박을 했으면 회사가 날아가는 거고, 사람을 납치했으면 당연히 그에 따른 벌을 받아야지. 제 여자도 못 챙기는 놈은 결혼이고 뭐고 당장 정리를 해야 하는 거고."

"저기, 그래도 본부장님이라서 이번 일을 수습하신 겁니다."

"이게 수습이라고? 정말 그렇게 생각하나?"

이 회장이 노기 띤 눈초리로 날카롭게 바라보았다. 그의 얼굴은 아직도 딱딱하게 굳어 있었다.

"아닙니다."

장 비서실장의 눈짓에 강 부장은 한숨을 삼키며 말을 가렸다. 지금은 남 걱정할 때가 아니었다. 한주 화학이 문제가 아니라 이재인 본부장이 큰일 나게 생겼다.

이 회장의 노기는 한주 화학뿐만 아니라 손자인 이재인도 함께 겨냥하고 있었다. 이재인이 이 일을 대충 정리한다면 후계자고 뭐고 다 날아갈 판이었다.

⊹⊱⋅⋅⋅⋅⋅⋅⊰⊹

이른 아침, 그를 방문한 사람은 다름 아닌 김서현이었다. 용케 그의 주소를 알아냈다. 재인의 거주지와 연락처 등은 그룹에서 대외비 차원으로 관리하고 있음에도 불구하고 김서현이 그를 찾아온 것이다. 아무래도 보안 팀을 다시 정비해야 할 것 같았다.

서현은 재인을 차가운 눈초리로 노려보았다.

"다다는 어디 있죠?"

"방에."

서현은 재인이 나온 침실로 성큼성큼 밀고 들어갔지만 재인이 재빨리 제지했다.

"겨우 잠들었어요. 방해하지 말아요."

"깨울 생각 아닙니다. 그래도 제대로 있는지 확인해야겠어요."

서현이 여전히 재인을 노려보며 말했다. 그리고 재인을 밀치고 방 안으로 향했다.

끙! 재인은 한숨을 쉬었지만 그를 말릴 수가 없었다. 다다의 고집불통은 아마도 집안 내력인가 보다.

다현을 바라보는 서현의 시선이 날카로웠다. 아마도 동생이 아닌 환자 김다현을 확인하고 있으리라. 육안으로 보기에 다현이 그다지 큰 상처를 입지 않았다는 사실을 확인한 서현은 겨우 거실로 나왔다.

재인을 바라보는 서현의 얼굴은 얼음처럼 차갑게 굳어 있었다. 서현은 다현이 다른 남자의 침대에 누워 있는 것도 생소했고, 소중한 동생이 이 앞에 있는 남자 때문에 끔찍한 시련을 당했다는 사실도 영 기분 나빴다.

≫≫≪≪

자초지종을 다 들은 서현의 분노는 온전히 재인을 향하고 있었다. 다현과는 달리 그는 애써 욕설을 참으려 하지 않았다.

그가 중얼거리는 험한 소리가 쨍쨍하게 들려왔다. 날카로운 눈빛과 거친 숨소리만으로 그가 얼마나 화가 났는지 짐작할 수 있을 정도였다.

"이래서 두 사람은 안 된다고 한 겁니다."

"내 실수예요. 다시는 이런 일 없습니다."

재인은 감정을 담지 않은 목소리로 자신의 실수를 인정했다. 본인도 자신의 잘못이라는 걸 잘 알고 있었다. 그리고 다시는 이런 일이 발생하지 않도록 이미 손을 쓴 상태였다.

"당연하죠. 다시 이재인 씨한테 내 동생을 맡기는 일은 없을 테니까."

서현의 눈이 매섭게 빛나고 있었다.

"무슨 뜻입니까?"

"계약서에 남은 기간은 이제 2주 남았죠? 약속 지키세요."

남은 기간, 그리고 계약서. 서현의 한 마디 한 마디가 그에게 칼날처럼 다가오고 있었다.

"우리 일은 우리가 알아서 합니다."

"계약서대로 하세요. 기한 끝나면 내 동생이랑도 끝입니다. 이번 일로 충분이 느꼈을 거라고 생각합니다. 이재인 씨와 우리 다다는. 다른 세상 사람이에요."

"김서현 씨."

"다다가 그렇게 됐는데 아무도 막지 못했습니다. 혹시라도 무슨 일이 있었다면……. 맙소사."

서현은 혹시 있었을지도 모를 불상사를 상상하고는 몸서리를 쳤다. 그리고 또다시 재인을 노려보며 모질게 밀어붙였다.

재인은 그를 향한 서현의 불신에 할 말이 없었다. 그 자신도 혹시 있었을지 모를 불상사를 생각하면 몸속의 피가 다 마를 지경이었다.

"다신 이런 일 없을 겁니다. 절대로. 약속합니다."

그는 다짐하듯 말했다. 당연히 다시 이런 일은 없다. 다시 한 번 이런 일이 일어나면 다다도 다다지만 그가 견딜 수 없을 것이다.

"물론이지요. 이재인 씨와 헤어지면 이런 일, 다시 일어날 리가 없어요."

서현의 공격에 재인이 다시 멈칫거렸다.

재인은 입술을 깨물었다. 그가 태어나서 이만큼 궁지에 몰리기는 처음이었고, 이만큼 자신의 잘못을 인정하는 일도 처음이었다. 그리고 어젯밤처럼 피가 마르는 경험을 한 것도 처음이었다.

"그리고 그 여자, 어떻게 할 겁니까?"

"어떻게 하길 바랍니까?"

"제대로 빚을 갚아줬으면 좋겠습니다."

서현이 딱 부러지게 말했다. 법적 조치 따위는 입에 담지 않는다. 그런 면에서는 마음에 드는군.

어차피 납치는 범죄이다. 그것도 고발 없이도 경찰에서 조사해야 할 만큼 큰 범죄였다. 하지만 이재인의 이름과 함께 언론에 노출되는 건 다현에게는 불리한 일이었다. 이 남자는 그걸 알고 있었다. 빈틈없는 남자였다. 이 남자가 메스를 들지 않고 장사를 했다면 아주 위험한 상대가 됐을 것이다.

재인은 차가운 서현의 얼굴을 바라보며 그리 밝지 않은 웃음을 지어 보였다.

"처음으로 내 맘에 드는군요. 걱정 말아요. 천천히, 끝까지 하나도 빠지지 않고 빚을 받아낼 생각이니까."

재인의 확고한 결심이 섞인 표정에도 서현은 찡그린 얼굴을 풀지 않았다. 사실 재인을 조금이라도 알고 있는 사람이라면 재인의 고집과 결심이 어떤지, 이재인이 한 번 한 약속은 무슨 일이 있어도 지킨다는 걸 모두 다 알고 있었지만 다현의 고집불통 오빠는 꿈쩍도 하지 않았다.

본부장실에 조금 일찍 도착한 윤후는 재인의 표정을 살폈다. 아무 표정 없는 재인의 심정을 알아볼 수 있는 사람은 몇 안 되었다.

윤후는 분노로 차갑게 얼어붙은 재인의 눈동자를 확인하고는 작은 한숨을 쉬었다. 그도 예상한 일이었지만 이제 한주 그룹은 방법이 없었다.

감히 재인을 건드리다니. 어차피 이 세계에도 떠오르는 해도 있고, 지는 해도 있다. 재인은 주목받고 있는 기업가 중에서 가장 앞서 나가고 있는 인물이었다.

그는 그 존재 가치만으로도 만만히 볼 수 있는 사람이 아니었다. 더구나 가장 탄탄하고 영향력 있는, 재계에서도 현금을 가장 많이 소유하고 있다는 SH의 차기 오너인 것이다.

그런 그를 상대로 위험한 도박을 하다니. 미치지 않고서는 절대 있을 수 없는 일이었다. 재인도 그의 할아버지인 회장도 절대 빚을 잊지 않는다. 갚을 빚도, 받아내야 할 빚도.

재인이 결심을 했다면 그가 살아 있는 한 한주희를 절대 그냥 놔두진 않을 것이다.

"다현 씨는 좀 괜찮아?"

"자기가 무슨 일을 당했는지 정확하게 몰라. 알려줄 생각도 없고."

재인이 가볍게 고개를 끄덕였다. 아침 내내 하얗게 창백한 얼굴로 출근을 고집하는 다현 때문에 한참을 싸워야 했다. 그리고 결국 그가 졌다. 그래서 사실 지금도 다현이 멀쩡하게 수업을 잘하고 있을지 걱정이 앞섰다. 더 쉬어야 하는데 그 고집불통 김다현을 뭘로 이기겠는가.

"기억이 없는 거야?"

"학교 나오다 검은 차를 만난 것밖에는. 빈혈로 쓰러진 걸로 둘러대고 있어."

재인이 보기에 다현은 자신이 어떤 일을 당할 뻔했는지 대충

24. 빚을 갚는 방법 — 조금씩, 천천히, 끝까지 | 185

짐작은 하고 있었다. 하지만 워낙 보통 사람에겐 있을 수 없는 엄청난 일이라 긴가민가하고 있는 듯했다.

"어떻게 할 셈이냐?"

"정식으로 할 생각이야. 뒤에서 뒤통수를 치는 건 페어플레이가 아니거든. 반칙은 맘에 안 들어."

문득 재인이 윤후를 바라보았다.

"수고스럽더라도 네가 한주 화학 한 회장한테 전해."

"뭐?"

"이번에 당신 딸내미가 무슨 짓을 저질렀는지, 이재인이 뭘 할 건지, 앞으로 한주가 어떻게 될 건지 알리라구. 아마 열심히 막아야 할 거라고 꼭 전해."

누구에게도 빚 같은 건 남겨두지 않는 재인과 달리 윤후에게는 아직 청산되지 않은 빚이 있었다. 그건 바로 아버지의 오랜 친구였던 한주 화학의 한 회장이었다.

한 회장은 자금 압박에 몰린 윤후의 아버지가 자살하기 직전, 유일하게 손을 내밀어준 사람이었다. 그리고 그때의 빚은 지금 윤후가 대신 떠안고 있었다. 그가 한 회장이나 철없는 한주희를 옆에서 챙기는 이유도 그 때문이었다. 아마도 재인의 의지를 한 회장에게 정식으로 알리는 것만으로도 그의 빚은 청산될 것이다. 지금 그의 친구는 이 기회에 그의 빚까지 청산할 속셈이었다.

"정식으로 하면 피곤해질 거야. 그렇게까지 안 해도 돼. 내 빚은 언젠가 갚게 될 일이야."

"그 언젠가가 바로 지금이야. 내가 가만히 있을 것 같아? 아마 앞으로 빚 갚을 일이 없어질 테니까 지금 하라구."

친구는 자신의 일 때문에 어쩔 수 없는 것처럼 이야기하지만 윤후는 속지 않았다. 재인은 그의 빚을 자신의 빚처럼 떠안고 있었다. 그래서 가끔씩 도를 넘는 주희까지도 참아주고 있다는 사실을 한주희만 모르고 있었다.

"오늘 가봐. 그 노인네한테 자식 교육 잘못 시킨 죄가 어떤 건지 자세하게 일러주라고."

재인은 솔직히 이야기했다. 물론 재인으로서는 대충 넘어갈 생각도, 눈감아줄 마음도 전혀 없었다.

한참을 바라보던 윤후가 뭐라 입을 열기 전에 문이 열렸다.

강 비서, 그러니까 할아버지에게 보고를 끝낸 강 부장과 형준이 들어오고 있었다. 그리고 뒤이어 태하가 도착했다.

형준의 짧은 브리핑으로 그날의 회의가 시작됐다. 테이블에는 SH 백화점은 물론, 한주 화학과 자회사에 대한 회사 동향과 회사 지분, 몇 년간의 주식 움직임이 소상하게 적혀 있었다.

"한주 화학과 민 이사의 결탁이라. 백화점 주식이 미친 듯이 움직인 이유가 거기 있었군."

강 부장과 윤후가 동시에 고개를 끄덕였다.

"한주 화학이 SH 백화점 주식을 사 모은다? 재미있네. 한주 화학, 다른 데 한눈팔 여유가 있는 기업이었나?"

"그 돈이 어디서 나왔는지 궁금해지는데요."

"그건 내가 알아."

윤후가 나직하게 중얼거리고는 가방에서 준비한 서류를 내밀었다.

"필요한 자료야. 한주가 우리 가게에서 물을 끌어들이고 있어."

"담보는?"

"아마도, SH 백화점 정도가 되겠지?"

"고모부나 한주 화학이나 다 같이 미쳤구만. 덕분에 정리하기는 쉽겠네."

꽤나 덤덤한 중얼거림이었지만 회의실 안에 있는 사람들은 모두 숨을 죽여야 했다.

재인이 맘만 먹으면 자금에 목말라 있는 한주의 채권을 손에 넣는 것은 식은 죽 먹기였다. 이제 와서 한주가 무리하게 투자한 백화점 쪽 지분을 정리하려 든다면 백화점과 한주는 타격을 받을 것이 분명했다. 또한 한주의 자금이 회수되면 백화점의 주식가도 바닥을 칠 것이다. 그리고 아무 소득도 없이 자금만 쏟아부은 한주에게 채권단이 가만히 있을 리도 만무했다.

틀림없이 한주는 무모한 결정을 했고, 그런 무모함 뒤에는 경영의 부실이 내재하고 있다는 사실을 안에 있는 사람들 모두 인지하고 있었다. 주식이 바닥을 치기 시작하면 한 회장이 경영권을 방어하는 일은 쉽지 않으리라.

"그보다 본사 차원에서 대응하지 않아도 될까요?"

강 부장의 지적에 재인이 고개를 끄덕였다.

"당연히 해야죠. 대한민국 검찰이나 금융 감독 기관이 바보가 아닌 이상, 우리가 알 정도인데 모르고 있지 않을 겁니다. 아마 진작에 공시 검토와 주식 매매 분석이 시작됐을 겁니다. 우리 고모부 양반 때문에 잘못하면 성현 그룹이 주가 조작 덤터기를 쓸 수도 있어요."

"그럼?"

"꼬리, 잘라냅니다. 성현 그룹 차원에서 정식으로 이의 제기를 검찰에 하는 쪽으로 방향을 잡죠. 앞으로 뭐든 적극 협조하겠다고."

재인의 지시에 형준이 태하를 바라보았다. 태하도 천천히 고개를 끄덕였다. 태하에게는 가족이 연관된 일이다. 하지만 이번 문제만큼은 그도 어쩔 수 없는 일이었다.

"감당할 수 있겠어?"

검찰 조사뿐만 아니라 백화점의 주가 손실에 대한 책임도 누군가에게 물어야 할 것이다. 그리고 그 사람은 분명 민 이사가 될 것이다.

"어쩔 수 없잖아. 시작부터 정당하지 못한 게임이야. 신뢰할 수도 없고."

"그래서…… 이기지도 못해."

"알아. 그래서 이번만큼은 나도 착한 아들이 돼드릴 수가 없어. 백화점 주차 요원부터 시작했어. 내 첫 직장이고, 첫사랑이야. 사촌이 호텔 일 하는 것처럼 나도 이 일에 인생을 걸었어. 그런데 이걸 그대로 남의 손에 바치라고? 나도 지는 게임은 하지 않아."

"오케이. 이대로 진행하는 겁니다."

고해성사 같은 태하의 대답을 끝으로 재인이 마무리를 결정했다.

"민태하, 앞으로는 네가 책임져야 해. 백화점 쪽은 완전히 사수하라구."

"내 일은 내가 알아서 할 테니 친애하는 사촌 형께서나 잘하라고."

태하는 기분 나쁜 표정을 지으며 눈썹을 치켜 올렸다.

"그럼 다 됐고, 윤후 넌 아까 내가 부탁한 일 오늘 중으로 끝내. 시간 없으니까. 그리고 갈 때는 꼭 변호사 동반하고……."

재인이 다시 한 번 윤후와 형준에게 지시했다. 무슨 소리인지 이해 못 한 형준은 고개를 갸웃거렸다.

―※―

자신만의 개성을 지닌 매력적인 사내들이 본부장실에서 우루루 나오고 있었다. 강 부장님만 빠진다면 정말이지 훌륭한 그림이 될 것이다. 이런 건 사진으로 박아서 두고두고 봐야 하는 건데. 그들의 모습에 유경은 한숨을 내쉬었다. 근사한 사람들이다. 그런데 도대체 무슨 일로 저런 사람들이 저렇게 한꺼번에 모여서 회의를 하는 걸까? 지금 회의실에 모인 사람들은 외모만 근사한 사람들이 아니었다. 무슨 일이 있는 걸까?

전략실의 특성상 그곳에서 근무하는 사람들은 외부의 변화를 누구보다 민감하게 알아챈다. 지금, 분명 무언가가 일어나고 있는 게 분명했다. 다만 강 부장님이 입을 꾹 다물고 있는 걸 보면 분명 호텔 일은 아니리라.

그렇다면 모른 척해야 할 것이다. 그 또한 전략기획실에서 배운 중요한 생존 지침 중 하나였다. 모르는 일에 섣불리 개입하지 말고, 아는 일에도 함부로 나서지 말아라.

유경을 비롯한 전략기획실 직원들은 사무실을 나서는 거물들에게 애써 시선을 주지 않으려 노력했다.

어쨌거나 아주 괜찮은 눈요기를 했다. 오늘은 그래도 저 고약한 본부장 밑에서 일한 보람이 있다. 유경은 주섬주섬 회의실을 정리하면서 그렇게 생각했다.

윤후와 형준의 방문을 받은 한 회장은 꽤나 놀란 표정이었다. 그들이 전하는 이재인의 단호한 의지에 백전노장인 그조차도 표정을 감출 수 없을 정도였다.

"이게 무슨 소리야!"

"설명한 그대로입니다. 앞으로 벌어지는 모든 일은, 성현 그룹 차원에서 진행될 겁니다."

"잠깐만, 잠깐만…… 윤후야, 네가 얘기해봐. 이게 무슨 소리인지."

변호사인 형준의 설명은 평소보다 훨씬 건조했다. 감정을 빼고 말해서인지 더더욱 현실이 공포스럽게 느껴졌다. 비틀대던 한 회장이 소파에 털썩 주저앉았다.

"저한테서 듣는 게 나으실 겁니다. 변호사인 제가 같이 온 이유가 있습니다."

"뭐?"

"이윤후 씨가 회장님께 빚이 있다는 걸 이번에 알았습니다. 그 빚 때문에 이윤후 씨가 이재인과의 모든 관계를 접어두고 한 회장님 편을 드는 바람에 할 수 없이 제가 동행한 겁니다."

잠시였지만 윤후의 표정이 달라졌다. 전혀 들어본 적이 없는 내용이었지만 형준은 마치 모든 것이 진실인 양 눈도 깜빡하지 않고 설명하고 있었다.

이재인, 망할 친구. 직접 나서서 이런 식으로 그의 빚을 탕감하고 있었다. 그리고 김형준, 그 빚을 이번에 알았다고?

"두 분의 관계만 없었으면 이렇게 와서 제대로 알려드릴 일은 없었을 텐데. 회장님께서는 이윤후 씨 덕분에 경영권을 방어할 시간을 버셨습니다."

"어…… 그래. 그렇게 된 거구만. 윤후야, 고맙다."

"아닙니다."

한 회장의 인사에 윤후가 속마음을 전혀 내색하지 않고 무표정한 얼굴로 고개를 끄덕였다.

"그럼 두 분의 빚은 정리되신 겁니까? 그래야 이윤후 씨가 이 자리에 있을 수 있습니다. 아니라면…… 지금 빠지는 게 서로 간에 편할 겁니다."

수완 좋은 변호사인 형준이 계속해서 밀어붙이고 있었다. 아마도 한 회장의 입에서 윤후를 자유롭게 할 수 있는 단어가 나올 때까지 그치지 않을 생각인 모양이었다. 이것 역시 이재인의 생각이리라.

윤후는 친구의 숨은 생각에 헛웃음을 몰래 감추었다.

"물론 이걸로 자네 부친 빚은 다 갚았네. 그동안 고마웠다."

한 회장은 서둘러 대답했다. 그에게 지금 급한 건 오래된 보은 따위가 아니었다. 성현 그룹 이재인을 상대하기 위해서는 윤후가 필요했다.

윤후는 형준이 희미하게 고개를 끄덕이는 걸 본 것도 같았다. 확실히 이 녀석도 처음부터 이재인과 한패였다.

"우선 한주희 씨를 정식으로 고발할 예정입니다. 아시다시피 납치는 형법……."

"잠시만, 잠시만 기다리게. 일단 경찰에는 알리지 않은 거지?"

"네. 일단은 그렇습니다."

형준을 대신해서 윤후가 대답했다.

"그나마 다행이네. 그럼, 어떻게 돈으로 안 되겠나? 다치지 않았다면서?"

"회장님, 다치지 않은 건 운이 좋았던 거지, 그걸로 주희 잘못이 덮어지는 게 아닙니다."

형준이 건조한 목소리로 지적했다. 재인이 듣고 있었으면 회사가 동강나는 일로 끝나지 않았을 것이다.

"알아, 알아. 그래도, 세상에 돈으로 안 되는 게 어딨어."

"이재인이요."

조용한 윤후의 대답에 생각보다 여유로웠던 한 회장의 얼굴이 굳어졌다.

"재인이가 누군지 잊으신 건 아니지요? 재인이가 가족을 어떻게 생각하는지도 아실 겁니다."

"알지. 그러니까 경찰에 신고만 하지 않도록 애써주게. 그럼 내가 이 신세는 꼭 갚을 테니."

한 회장은 슬쩍 말을 흐렸다. 아무리 성현 그룹의 이재인이라도 그가 보기에는 아직은 애송이에 불과했다.

"혹시 알고 계실지 모르지만, 김다현 선생님은 이규철 회장님이 직접 고른 손주 며느릿감입니다."

형준의 첨언에 한 회장이 잠시 몸을 비틀거렸다. 성현 그룹의 변호사는 이번 일이 이재인 하나로 해결될 문제가 아니라는 걸 분명히 하고 있었다.

"성현 그룹 변호사로서 회장님 의견은 그대로 전달하겠습니다."

형준이 굳어진 얼굴로 대답했다.

경찰에 신고하는 게 더 나을 수도 있다는 걸 전혀 모르고 있었다. 지금의 이재인을 상대할 바에는 법대로 하는 일이 한 회장이나 주희에게 가장 쉬운 길일 것이다.

"회사 문제는 이사진들과 의논하시기를 권해드립니다."

"방법이 전혀 없겠나?"

형준이 주섬주섬 가방을 챙겨 들고 일어서려 하자 한 회장이 얼른 몸을 일으켰다.

"뭣 때문에 백화점을 건드리셨습니까? 그것만 아니었더라도 주희 선에서 끝낼 수 있었을 텐데."

윤후는 안타깝다는 듯 말했지만 한 회장이 왜 백화점에 뛰어들었는지 잘 알고 있었다.

현금을 손에 쥐고 싶었던 것이고, 동창인 민 이사의 강력한 꼬드김이 있었으리라. 거기다 '대 SH'를 찔러볼 수 있는 좋은 기회였고. 그는 화장품 장사만으로는 만족하지 못할 야심 있는 인물이었다. 하지만 이번엔 상대를 잘못 골랐다.

"난 백화점이 민 이사 소유라 생각했네."

물론 윤후도 한 회장도 그 말이 거짓이라는 걸 잘 알고 있었다. 그는 그리 호락호락한 사람이 아니었고, 누울 자리라고 생각했기 때문에 발을 뻗었으리라.

"그랬으면 민 이사님이 한주를 끌어들이지 않았겠지요."

형준이 냉정하게 짚고 넘어갔다. 한 회장은 등 뒤에 식은땀이 솟는 걸 느낄 수 있었다. 이들은 다 알고 있었다. 눈앞이 아득해졌다. 이 일을 어떻게 수습해야 한단 말인가.

그는 침을 꼴깍 삼켰다. 일이 걷잡을 수 없을 만큼 커졌다.

⁕⁕⁕

한 회장의 집을 나온 윤후는 어깨의 짐이 가벼워진 걸 느꼈다. 형준이 그런 윤후를 물끄러미 바라보았다. 언제나 용의주도한 이재인이었다. 자기 여자의 납치 사건을 이런 식으로 또 이용한다.

"이번에 알았어? 내가 빚이 있는 걸?"

"응. 난 진작에 다 갚은 줄 알았거든. 너, 황금 손이잖아."

형준의 대꾸에 윤후는 헛웃음을 지어야 했다. 이것들이 작당을 했구나.

"이재인, 망할 놈이라고 꼭 전해."

"진작에 얘기했어. 걱정 안 해도 돼."

간단한 대답에 윤후가 웃음을 터뜨렸다. 그런 윤후를 보며 형준도 기분 좋은 미소를 지어 보였다. 가을 햇살이 따가웠지만, 서늘한 바람은 그리 나쁘지 않았다.

한주 화학과 고모부에 대한 처분을 통보하기 위해 평창동 할아버지 집으로 향하는 길에 받은 연락에 재인의 얼굴이 잔인하게 빛났다.

"경찰에 신고만 안 하면 된다 이거지. 원하는 대로 해준다고 해."

한 회장이나 주희가 있었으면 기겁을 할 정도로 그의 표정에는 살벌한 기운이 가득했다. 무릎을 꿇고 사과해도 봐줄까 말까 하는데 결국 제 살길만 찾겠다고 경찰에 연락을 하지 말라고? 재인이 으득, 이를 갈았다.

할아버지와의 대화는 꽤 짧았다. 아마도 진작에 장 비서실장과 강 부장이 보고를 한 탓이기도 했지만 이미 결론이 나와 있기 때문이기도 했다. 다만 가족이 걸린 일에 대해서는 조금 대화가 길어졌다.

"고모부, 해외 법인으로 발령 내겠습니다."

"내 회사야. 왜 네 마음대로 해?"

"그럼 회장님이 직접 조치하시던지요."

이 회장이 버럭 소리를 지르자 재인이 퉁명스럽게 대꾸했다. 어차피 민 이사의 전출 조치는 피할 수 없는 일이었다.

"대기 발령이라고 이미 통보했어. 해외는 검찰 조사 끝나고 가야지."

"고모가 가만 안 있을 겁니다."

재인이 잠시 미간을 모았다. 언제가 됐더라도 검찰 측에서 소환할 것이 뻔한 사람을 외국으로 도피시키는 건 그다지 좋은 방법이 아니란 걸 알고 있었다. 다만 고모부만 바라보는 고모 때문에 선택한 방법이었다.

"순리대로 해야지. 남의 회사는 저 지경을 만들어놓고, 같이 손쓴 놈은 발 빼고 자면 그건 공평한 게 아니지."

이 회장이 말도 안 된다는 듯 코웃음을 쳤다. 사위가 아니라 딸이라도 용서할 수 없는 일이었다.

"알겠습니다."

재인이 몸을 일으켰다. 공평. 예상치 않은 뜻밖의 단어에 그는 다현을 떠올렸다. 그녀가 퇴근할 시간이었다. 갑자기 그의 마음이 급해졌다.

거실을 나오자 어머니가 걱정스러운 표정으로 재인을 바라보고 있었다. 어머니는 회사 일에 직접 관여하지는 않고 있지만 지금 백화점을 중심으로 벌어지고 있는 일련의 일들을 전혀 모르고 있지는 않았다.

세희는 대한 그룹 강 회장의 딸이었고, 성현 그룹의 며느리였다. 어려서 보고 배운 게 경영이고, 사람을 다루는 일이었다.

"그 선생님은 괜찮고? 어디 다치지는 않았대?"

"네. 많이 놀라기는 했어요. 당분간 집에서 쉬게 해야죠."

"누구네 집에서?"

"네?"

세희의 질문에 재인이 멈칫, 되물었다. 느닷없는 어머니의 질문 의도를 전혀 파악할 수 없었기 때문이었다.

"그 선생님이랑은 이제 끝나는 거지?"

반대의 뜻을 분명히 하는 어조에 재인의 표정이 바뀌었다. 다현을 향한 급한 발걸음을 잠시 멈추고 재인은 세희를 마주했다.

"어머니는 반대하십니까?"

"찬성은 못 하겠구나."

전혀 예상하지 못한 뜻밖의 반대였다. 다른 사람은 몰라도 어머니는 그의 편이 되어줄 거라고 믿어 의심치 않았다. 지금껏 단 한 번도 세희가 그의 편이 아닌 적이 없었으므로.

"서운하니?"

"그런 거 같습니다. 어머니는 제 편이라고 생각했거든요."

세희는 물끄러미 자신의 아들을 주시했다. 재인의 눈빛에 얼핏 당혹스러움과 함께 의문이 지나갔다.

"난 네 아버지, 아니 정확히는 네 큰아버지와는 정략결혼이었어. 사랑해서 한 결혼이 아니었다. 처음에는 말이야. 하지만 살다 보니 행복해지더라. 지금도 나쁘지 않아. 비슷해서 이해했고, 그래서 평탄하고. 하지만 캐나다의 네 어머니는······."

재인은 어머니가 하고 싶은 말을 이해했다.

재벌가 한량이었던 그의 친아버지. 그런 아버지를 사랑했던 어머니는 너무나 평범한 집안의 사람이었다. 할아버지는 두 사람의 결혼을 인정하지 않았고, 아버지 또한 다시 보지 않았다.

처음에는 사랑으로 시작했던 결혼이었지만 집안을 떠나서는 아무것도 할 수 없었던 아버지는 방황했고, 어머니는 힘들어했다. 두 사람의 마지막은 아버지의 사고와 어머니의 이민이었다. 결국은 서로의 외로움만이 남았을 뿐이었다.

"그리고 지금 고모도 그렇지 않니?"

고모는 항상 고모부의 애정에 목말라 있었다. 고모부는 뛰어난 능력 외에는 아무것도 없는 남자였다. 고모를 만나면서 사랑하는 여자와 헤어졌고 승승장구했다. 하지만 그들 사이는 언제나 냉랭했고 차가웠다. 어머니는 그 이야기를 하고 싶은 것이다.

"난 내 아들도, 내 아들이 사랑하는 그 여자도 그렇게 힘들게 사는 걸 원치 않아. 내가 반대하는 건 너희들이 힘든 거야. 난 항상 네 편이니까."

어머니의 반대에 재인은 내내 생각에 잠겼다.

그날의 파티. 낯설고 생소한 사람들 사이에서 조용히 자리를 비웠던 다현. 어려울까? 정말 힘든 걸까? 다현이라면 어쩌면 '서로 다름' 따위는 아무렇지도 않게 이겨낼 수 있을지도 모른다고 생각했다. 무리한 기대일까? 과한 그의 욕심인지도 모르겠다. 하지만 둘이라면 가능하지 않을까?

―――※―――

재인이 급하게 차를 몰아 학교에 도착했을 때는 다행히 서현이 선수를 치기 직전이었다. 그는 교문 앞에서 서현의 차에 오르는 다현을 겨우 잡을 수 있었다.

정정당당이고 뭐고 간에 이 남자, 그냥 미국에 있게 할 걸 그랬다. 재인이 뒤늦은 후회를 했다.

"뭐 하는 겁니까?"

"내가 데려갈 겁니다. 그리고 당분간 내가 다현이네 집에서 함께 지낼 겁니다."

그 당분간이라 함은 얼마 안 남은 그들의 계약 기간을 가리키는 것이리라. 재인이 이를 앙다물었다. 다현은 아직 모르고 있었지만 그녀에게는 이미 그녀를 지키는 사람이 붙어 있었다. 굳이 이 잘난 오빠까지 나서지 않아도 될 일이었다.

"미안하지만 아직 계약 기간이 남아서요."

재인이 다현을 얼른 끌어당겨 옆에 놓자 다현은 깊은 한숨을 내쉬었다. 아니, 이 남자들이 학교 앞에서 지금 뭘 하고 있는 건지. 왜 맨날 만나기만 하면 그녀를 두고 이렇게 안달을 하는지 모르겠다.

"오늘은 집에 가서 좀 쉬고 싶어요. 가서 연락할게요."

"우리 집에서 쉬어. 무슨 일 있으면 바로 의사가 확인할 수 있게."

"그 의사가 우리 집에는 두 명이나 있으니까 걱정 안 하셔도 됩니다."

서현이 잔뜩 굳어진 얼굴에 입가만 움직여 빙긋 웃어 보였다. 저 웃음은 처음 다현을 만났을 때와 꽤나 많이 닮아 있었다. 그의 속을 단번에 확 뒤집던.

"내일 봐요. 주말이라 나 하루 종일 시간 있어요."

"쉬어야 한다니까. 꼼짝 말고 집에 있어."

다현이 달래듯 얘기하자 서현이 발끈했고, 재인의 표정이 단번에 구겨졌다. 뭘 해도 두 사람을 다 만족시키지 못하는 모양이었다.

"오빠, 제발 그만하지. 재인 씨랑 계약, 아직 안 끝났어."

"그래, 2주 남았더라. 이제 2번만 만나면 되는 거잖아. 오늘은 그 숫자에서 빼야 하나?"

"안 빠져. 오늘 빼고 두 번이야."

재인이 뭐라 하기도 전에 다현이 먼저 대답했다. 그리고 똑바로 재인을 향했다.

"내일 아침에 데리러 와요. 나, 어쩌면 피곤해서 거기까지 지하철 못 타고 갈 수도 있을 거 같아요."

"몇 시에?"

"재인 씨 눈 뜨면요. 기다리고 있을게요."

다현이 그렇게 말하고 재인을 향해 웃어 보였다.

기다리고 있겠단다, 그녀가. 그가 아닌 다른 사람의 차에 오르는 걸 참을 수 있는 건 그녀의 기다리겠다는 약속과 예쁜 미소 때문이었다.

2주. 14일. 그 시간 안에 우리 둘은 뭘 할 수 있을까? 아니, 이대로 그녀와 헤어질 수 있을까?

재인의 눈빛이 생각으로 깊어졌다.

─────⊰✤⊱─────

옥탑방에 도착하자마자 서현은 동생의 얼굴을 살폈다.

"어디 아픈 데는 없지?"

"어디가 아파야 하는 건데?"

"그냥 빈혈 같은 거야. 그러니까 무리하지 마."

빈혈이라니. 서현의 진단에 다현은 미간을 모았다.

"더 궁금하면 이재인 씨한테 물어보던지. 원인은 그 사람이니까."

"도대체 재인 씨를 왜 그렇게 싫어하는데? 그 사람, 그렇게 나쁜 놈 아니야."

다현의 말에 잠시 그녀를 바라보던 서현이 천천히 입을 열었다.

"그 남자, 미국에 여자 있어."

"나도 들었어. 애도 있다면서? 그런데 전부 믿지 마. 사실 아니랬어."

"오빠가 직접 눈으로 확인한 일이야."

서현의 딱 떨어진 답변에 다현의 눈이 커졌다. 그리고 잠깐의 침묵 후에 다현은 고개를 흔들었다.

"아닐 거야. 오빠가 뭘 오해한 거야."

"김다현!"

이렇게 순진한 동생이니까 이재인 같은 녀석한테 당하는 거다.

"그 사람, 굳이 나한테 거짓말을 할 필요가 없는 사람이야. 그리고 자기 여자를 미국에 숨겨둘 만큼 부족한 남자도 아니야."

다현이 확실하게 그에 대한 신뢰를 내보이자 서현은 나직이 한숨을 내쉬었다.

그래, 어차피 얼마 남지 않은 시간이었다. 저렇게 믿는 쪽이 차라리 덜 상처받을지 모를 일이었다.

서현의 생각과 달리 다현의 표정은 진지했다. 그가 그랬다. 그의 입에서 나오지 않은 말은 믿지 말라고. 그래서 그녀는 이재인을 믿고 있었다.

12시 1분.

재인은 새벽이 오는 시간을 손목의 시계를 통해 확인했다.

분명 내일 오라고 했었다. 어제의 내일은 분명 오늘, 지금부터다.

눈 뜨면 오라고 했는데 잠이 아예 오지 않는다.

재인은 억지로 시선을 노트북으로 옮겼다. 해야 할 일이 산더미인데도 그의 머릿속은 온통 김다현뿐이었다.

그는 다시 시간을 확인했다.

이제 12시 30분.

아무리 내일이라고 해도 지금은 너무 이르다. 그녀는 지금 쉬어야 할 시간이었다. 그럼에도 불구하고 시간이 참 안 간다.

아침 8시. 다현의 핸드폰이 묵직하게 울렸다. 예상대로 재인이었다. 참 신기하게도 그의 전화 소리는 놓쳐지지가 않는다.

"재인 씨?"

"일어났어?"

그의 나직한 저음에 다현이 고개를 끄덕였다. 그리고 얼른 다시 대답을 이었다.

"진작에 일어났죠."

"그럼 나오지?"

"어딘데요."

"당신 집 앞."

'집 앞'이라는 얘기에 다현이 얼른 몸을 일으켰다. 그리고 후다닥 겉옷만 손에 들고 옥탑방을 나왔다.

"한 시간 기다렸어."

"네? 그럼 전화를 하지."

"너 쉬어야 하잖아."

이 남자가 왜 이렇게 사람을 감동시킬까.

옥탑방 건물 앞, 재인이 차에 기댄 채 핸드폰을 들고 있었다.

"나도 일찍 일어났는데."

"그런 말 하지 마. 나 억울해지니까."

재인이 '끙' 하고 나직하게 중얼거리는 소리가 들렸다. 전화기 너머로 아쉬움이 가득하다. 그의 목소리에 그녀는 배시시 웃었다.

"재인 씨!"

그녀가 너무 크지 않게 그를 불렀다. 금방 재인의 머리가 옥탑방 쪽을 향했다. 3층 건물은 생각보다 꽤 높다. 그래서 위층의 여자와 아래쪽에 있는 남자의 얼굴은 그리 또렷하게 보이지 않았다. 그럼에도 불구하고 다현은 재인의 얼굴에 미소가 스치는 걸 봤고, 재인은 그녀의 반가움을 읽었다.

"금방 갈게요."

재인이 핸드폰을 그대로 둔 채 고개를 끄덕였다. 기다리고 있겠다고, 그러니까 천천히 한눈팔지 말고 오라는 재인의 목소리가 들리는 듯했다.

―◈◈◈―

회색빛 니트 셔츠에 검은색 진 바지를 입은 재인이 현관 입구에서 그녀를 기다리고 있었다. 확실히 키가 크니까 뭘 입어도 멋있구나. 양복 차림과는 또 달랐다. 그녀는 다시금 재인의 외모에 감탄했다.

"당신 오빠는?"

"새벽에 콜 받고 출근했어요. 교통사고 환자래요."

재인의 눈썹이 꿈틀거렸다.

"현진 씨는?"

"1년 차가 집에 어떻게 들어와요."

다현의 답변에 슬쩍 찌푸려 있던 재인의 얼굴이 단번에 구겨졌다. 의사가 두 명씩이나 있으면 뭘 하나. 결국 다현이 혼자 집에 있었는데. 그러다 또 아프기라도 하면 어쩌려고.

이럴 줄 알았으면 어젯밤 순순히 다현을 집으로 보내지 않았을 것이다.

"그러니까 우리 집에 있었어야 했어."

"멀쩡해요. 그리고 어제도 멀쩡했어요."

"멀쩡하긴."

짜증을 꾹 눌러 참은 재인이 내내 툴툴거렸다. 밤새 잠 못 이루고 그녀를 두고 고민한 게 아까워졌다.

이럴 줄 알았으면 12시 1분에, 12시 30분에, 아니 조금이라도 빨리 그녀를 그의 곁에 두었을 것이다.

"어디 가요?"

"우리 집."

그가 간단하게 대답했다.

다현은 한숨을 내쉬었다. 그리고 허튼 미소를 지어 보였다. 하여튼 이 남자, 뒤끝 있다. 어제, 그의 집을 선택하지 않은 대가를 오늘 치르라고 요구하고 있었다.

"아침 먹었어?"

"아직이요."

주말에는 아침 8시부터 밥을 챙겨 먹지 않는다.

"재인 씨는요?"

"나도 안 먹었어."

"설마…… 호텔 가서 먹자는 건 아니죠?"

"왜, 그러고 싶어?"

재인의 질문에 다현이 대번에 고개를 흔들었다. 지난번 아침에 호텔에서 조식을 먹을 때도 가시방석 같았다. 재인은 아무렇지도 않았겠지만 그녀는 아니었다. 식당의 모든 종업원들의 시선이 0.0001초이긴 했지만 다현에게 머무르며 지나가는 걸 고스란히 느껴야 했다. 그런데 거길 또 가자고? 모르면 몰라도 아는 이상, 또 못 간다.

"그럼 집에 가서 먹자."

"먹고 들어가요. 어차피 냉장고도 텅텅 비었잖아요. 찾아보면 아침 되는 식당도 있을 거예요."

"집에 가서 먹어. 안 굶길게."

그가 다현을 향해 씩 웃어 보였다. 가슴이 철렁하는 웃음이었다. 오늘따라 이 남자, 너무 설레게 한다.

왜 집에서 먹자고 했는지 이유를 알 것 같았다. 간단하지만 화려한 식탁이 차려져 있었다. 신선한 샐러드, 온기가 그대로 남아 있는 야채 죽, 스크램블 에그와 소시지, 모닝빵과 달콤한 잼, 꿀, 포도와 수박, 망고…… 빨간 딸기가 올라간 생크림 케이크와 요거트에 커피까지. 누구의 센스인지는 몰라도 탐스러운 보라색 수국 한 송이까지 예쁘다.

숫자는 조금 부족해도 호텔 조식을 그대로 옮겨놓은 것 같았다. 그녀의 식성대로 섬세하게. 입맛에 맞게 정성스럽게.

"헐. 설마…… 이걸 아침부터 하고 온 거예요?"

"당연히 아니지. 호텔 주방장님한테 부탁했어."

25. 지나가다 ― 그날처럼, 그리고 오늘처럼

무슨 그런 말을 하느냐는 듯 그의 눈썹이 올라갔다.

당연히 아닌 건 알았다. 그런데 이렇게 잘 차려진 식탁도 절대 당연한 게 아니란 말이다. 호텔에 소문나는 건 한순간이리라. 이재인이 호텔에 여자를 데리고 온 것도 모자라 아예 아침 식탁까지 차려달라고 했다고.

"배고파. 먹자."

"직권 남용 아니에요? 이러다 인터넷에 떠요."

다현은 재인이 그녀를 위해 빼준 의자에 앉으며 말했다. 호텔 본부장이란 사람이 이런 짓을 해도 된단 말인가. 잘못하다 간 신문에 날지도 모를 일이었다.

"비용을 지불했으니까 난 고객이지. 우리 호텔은 고객에게 친절해."

그녀의 걱정과 상관없이 그가 당당하게 말했다.

"어서 먹어. 식기 전에."

그의 대답을 듣고 나니 갑자기 식욕이 돌았다. 생각해보니 어제 하루 종일 제대로 음식을 먹지 못했던 것 같았다. 가볍고 간단하지만 아침으로 먹기에는 딱 좋은 식사였다.

식사를 다 마치고 커피 잔을 손에 든 다현이 재인을 바라보았다.

아직 아침 10시도 되지 않은 시각이었다. 가을이 지나가는 계절의 하늘은 높았고, 햇살은 눈부셨으며, 기온은 서늘했다.

집 안의 적당한 온기는 사람을 꽤 편안하게 해주고 있었다. 아무것도 없이 썰렁한 공간이 이재인이라는 남자 한 명으로 충분히 따뜻하게 느껴지는 게 우스웠다.

"이제 얘기해봐요."

"뭘?"

"뭐긴요. 그날 밤 있었던 일을 말해야죠."

다현이 하는 말을 다 알아들었으면서도 재인은 짐짓 모른 척 되물었다.

"당신 오빠가 암말 안 해?"

"빈혈이래요. 그게 말이나 돼요?"

다현이 어이없다는 듯 투덜거렸다. 빈혈이라니. 전문의 정도 된 사람 머리에서 그 정도밖에 안 나오나? 완전 창의력 부족이었다. 뭔가가 있는 게 확실한데 재인도 그의 오빠도 입을 열려고 들지 않았다.

"의사가, 그것도 전문의가 빈혈이라면 빈혈인 거지."

정답을 찾았다는 듯 재인이 대번에 반색을 하며 고개를 끄덕였다.

이 남자들이 정말. 단 한 번도 뜻이 같지 않았던 두 사람이 처음으로 의견을 같이하고 있었다.

"내가 바보 같아요?"

"아니. 근데 이번에만 바보가 돼주면 안 될까?"

재인이 슬쩍 눈치를 보며 말을 흐렸다. 다현의 눈빛이 더 황당하게 번득였다.

"한 번 봐주려고 했는데 자꾸 이렇게 나오면……."

"그럼 끝까지 봐주던지."

그가 얼른 그녀의 말꼬리를 잡았다. 말하고 싶지 않았다. 머릿속에 남겨두고 싶지 않았다. 그런 끔찍한 기억 따위는. 그녀를 지키지 못한 그의 실수 따위는. 지금도, 그리고 앞으로도.

"말해요. 내 일인데 나도 알아야죠. 그래야 다음번에 당하더라도……."

"다음번은 절대 없어. 절대, 다시는 그런 일 안 일어나."

화들짝 놀란 그가 정색을 하고 고개를 흔들었다. 눈빛도 입매도 전부 굳어 있는 그의 표정을 바라보며 다현도 고개를 끄덕였다.

"그러니까요. 다음번에는 절대 없을 그 일이 뭐냐구요?"

무언가 그녀의 입을 막았고, 그녀는 정신을 잃었다. 그녀 또한 그 상황이 일반적인 상황은 아니란 걸 대략은 눈치 채고 있었다. 하지만 누구에 의해서, 왜 이런 일이 일어났는지는 전혀 짐작도 못 하고 있었다. 납치라는 걸 당할 만큼 그렇게 나쁜 짓은 안 하고 산 거 같은데.

그녀는 집요했다. 이렇게 고집스럽고 끈질긴 그녀가 누구보고 집요하다고 하는 건지. 알려주고 싶지 않은 재인의 속마음과는 상관없이 그녀는 진실을 알고 싶어 했다. 그리고 빌어먹게도 그녀에게는 그런 권리가 있었다.

"그럼 그 도둑도 납치도 전부 유언장 때문에 생긴 일이라구요?"

재인에게서 자초지종을 들은 다현은 살짝 미간을 모았다.

아, 그래서 한주희가 유언장에 대해서 알고 있었구나. 이제야 의문이 하나 풀렸다. 가슴속에 있던 돌이 하나 사라진 기분이었다. 그렇다고 해서 두 사람 사이의 일이 모두 해결된 건 아니지만 헤어지기 전에 알게 되어서 다행이었다.

다현이 재인을 빤히 바라보았다. 눈, 코, 입, 머리카락, 목덜미를 따라 가슴까지 그녀의 시선이 그를 훑었다. 그녀의 수상한 눈초리에 재인은 의아스럽다는 듯 시선을 돌렸다.

"왜?"

"재인 씨 내가 생각했던 것보다 훨씬 괜찮은 남자인가 봐요."

그녀가 이제야 그의 매력을 발견했다는 듯 고개를 끄덕였다. 이건 또 무슨 소리인지.

"뭐?"

"그래도 그렇지, 재인 씨가 탐나면 당신을 납치해야지, 왜 날 납치했대요?"

"내가 탐나서 너 납치한 거 아니야. 성현 그룹이 탐나서 그런 거지."

재인이 고개를 흔들었다. 재인이 다현을 만나는 과정에서 이상한 기류를 눈치챘을 것이다. 거기에 합병 건과 유언장이 결부되면서 일이 커져버린 것이다.

다현이 정체를 알 수 없는 작은 한숨을 내쉬었다.

"재인 씨 정말 이상한 동네에 살아요. 도둑에 납치에."

"네가 이상한 사람을 만나서 그래."

재인이 고개를 흔들었다. 왜 하필 그의 주변에서 가장 상대하고 싶지 않은 사람들이 다현과 함께 얽혀서 재인까지 이상한 동네 사람이 되어버렸는지. 그는 새어 나오는 욕설을 꾹 눌러 참아야 했다.

"당신도요?"

"난 아니고."

지금 누굴 누구랑 같은 선상에 두고 물어보는 건지. 재인의 눈이 억울함으로 인해 가늘어졌다.

"당신이에요?"

"난 아니라니까!"

계속되는 다현의 질문에 그가 참지 못하고 발끈해서 성질을 부렸다.

아무리 나쁜 놈이라도 사람을, 여자를 납치해가며 일을 만들지는 않는다. 그에게 이런 일이 생겼다면 그는 아마도 돌아가지 않고 정면으로 승부했을 것이다. 이렇게 아무것도 모르는 여자에게 험한 짓을 하는 건 생각조차 하지 못했다.

"천사 보육원에 기부한 사람이요. 원장 쌤이 놀라셨어요. 너무 큰 액수라……."

다현이 그의 얼굴을 살피자 재인이 슬쩍 고개를 돌렸다. 다현이 다시 그의 얼굴을 자신에게로 돌려놨다.

"웬일이에요? 그렇게 착한 일도 다 하고?"

"그냥…… 너 아무 일 없었으니까. 착한 짓 한 번은 해야 할 거 같아서."

눈을 마주치지 않는 그의 목소리가 나직했다. 이재인답지 않은 투박한 마음씨에 다현은 배시시 미소 지었다.

이 남자, 오늘 여러 모로 멋있다.

-ꕤ-

느긋하게 차를 마시고 음악을 듣고, 그리고 또 재인과 어깨를 기대고 좋은 시간을 보내는 건 잠깐이었고, 그들은 금방 툭탁거렸다.

"영화 볼까?"

"그거 말고…… 이거 같이 볼래요?"

재인의 제안에 다현이 눈을 반짝이며 노트북으로 시선을 보냈다.

"뭔데?"

"지수, 연습 동영상이요. 너무 잘하는 거 있죠. 얼굴도 더 잘생겨지구. 확실히 기획사를 바꿨더니 뭔가 달라도 달라. 가슴이 다 떨리네."

감탄하는 다현을 본 재인의 얼굴이 단번에 구겨졌다. 그리고 다현이 보고 있는 영상을 잠시 바라보다, 노트북을 '탁' 하고 덮어버렸다.

"지금 뭐 하는 거예요?"

"18살짜리 애한테 가슴 떨리면 범죄라니까. 김다현 씨가 선생님이라면서요."

눈이 동그래져서 항의하는 다현에게 재인이 느긋하게 충고했다. 그것도 존댓말까지 꼬박꼬박 사용하면서. 꼭 이럴 때는 선생님이란다.

"내가 우리 지수 오빠 팬이거든요."

"오빠 소리도 하지 말고. 본인 나이를 생각해야지."

"우씨, 그건 나보다 6살이나 많은 남자가 할 얘기가 아니거든요."

"그래서 난 애들 동영상 안 봐."

그가 씩 하고 웃어 보였다. 그러니 너도 보지 말란 의미를 담고서.

"난 지수 팬클럽 회장이라니까요."

"그럼 이번 기회에 그것도 어린 친구들한테 양보를 하던지. 왜 그걸 당신이 계속하는데."

재인이 분명하게 자신의 의사를 전했다. 진작에 관뒀어야 했다. 그녀가 그 아닌 다른 남자를 쫓아다니는 일은 처음부터 없었어야 했다.

"지수가 팬이 아직 얼마 안 돼요. 이번에 빵 뜨면 아마 팬클럽 회원들이 좀 늘 거예요."

결국 그 녀석이 얼른 떠야 하는군. 엔터테인먼트 기획사까지 챙겨야 하는 걸까?

그의 눈치를 슬쩍 보고 노트북을 다시 열려고 하는 다현을 다시 제지한 재인은 그녀의 손을 잡아끌고 다른 방으로 옮겨갔다.

"왜요?"

"영화 보자."

아까부터 영화라니. 꽤나 뜬금없었지만 그가 이끄는 대로 따라갈 수밖에.

―•›› ‹‹•―

재인이 안내한 곳은 다현이 가보지 못한 방이었다. 역시나 거실이나 다른 방처럼 휑하기는 마찬가지였지만 한눈에 봐도 디자인만큼은 남다른 방이었다.

대자로 크게 누울 수 있을 정도의 커다란 초콜릿 빛 소파와 편안해 보이는 쿠션들, 같은 디자인의 탁자와 크림색 카펫……

재인이 리모컨을 누르자 벽이 열리면서 스크린이 보여지고 어마어마한 홈시어터 장치들이 모습을 드러냈다.

"보고 싶은 거 있어?"

"뭐 있는데요?"

빌트인 되어 있는 한쪽 장식장에서 영화를 고르면서 다현은 나지막하게 한숨을 내쉬었다. 취향하고는 정말.

재인의 집에 있는 DVD는 전부 오랜 고전물과 히어로물뿐이었다. 〈슈퍼맨〉에서 〈스파이더맨〉까지. 그래서 지난번에도 그런 영화를 선택한 거였구나. 그나마 히어로물은 번역도 안 돼 있는 오리지널 판이었다. 그렇다면 결국 선택의 여지가 없었다. 자막도 없는 〈스타워즈〉나 사막에서 총싸움하는 〈황야의 7인〉을 선택하는 것보다는 그래도 익숙한 음악이 나오는 뮤지컬 영화가 낫다는 판단에서 고른 영화였다.

사운드 오브 뮤직

다행히 워낙에 오래된 뮤지컬 영화는 한국어 자막이 나오고 있었다. 요들송이 시작부터 귀를 즐겁게 한다.

"저 대령, 진짜 나쁜 놈 아니에요? 나이도 먹을 만큼 먹은 사람이 어떻게 세상 물정 모르는 수녀님을 꼬셔요?"

영화를 보다가 다현이 분개했다. 볼 때마다 느끼는 거지만 저 대령은 마리아랑 결혼할 게 아니라 저 백작 부인이랑 결혼했어야 했다.

"사랑한다잖아. 사랑에 국경도 없다는데."

느릿한 재인의 참견에 다현이 정색을 하고 영상을 바라보다 다시 그를 노려보았다.

"사랑은 무슨. 저 스무 살짜리 순진한 수녀님이 뭘 아시겠어요? 우리 반 애들이 저러면 진짜 속상할 텐데. 원장 수녀님은 얼마나 맘이 아플까."

노려보는 눈빛이 진심인지라 재인이 '쿡' 하고 웃음을 삼켰다. 영화에 너무 심취했다.

"어이, 저 마리아 선생님을 내가 꼬신 게 아니거든요."

"나도 알아요. 근데 아마 재인 씨가 저 대령이었으면 저 순진한 선생님을 더 금방 꼬셨을지도 몰라요."

"저 선생님이 나한테 더 빨리 반했겠지. 외모고 나이고 내가 더 낫잖아."

"그건 또 무슨 근거 없는 자신감인데요?"

다현이 코웃음을 치자 재인이 자신의 얼굴을 스윽 하고 다현의 코앞으로 가져갔다.

두근, 하고 심장이 펄떡 놀란다. 아직도 마취 약의 후유증이 남아 있는 건가?

"왜…… 왜 이러는데요?"

"근거가 없다고?"

코앞에 다가온 그의 얼굴은 그녀가 봐도 확실히 잘생겼다. 서현 오빠 같은 훌륭한 외모를 보고 자라서인지 어지간히 잘생긴 얼굴은 눈에 들어오지도 않았는데 재인은 오빠와는 또 다르게 잘생겼다. 뭐랄까, 훨씬 더 남자답고 선명했다.

심장이 이제는 제멋대로 뛰고 있다. 근거가 있긴 있었구나.

"잘생겼다고 여자들이 다 혹하는 건 아니거든요."

그녀가 애써 고개를 돌리고 자신을 진정시켰다.

"당연하지. 남자는 나처럼 카리스마도 좀 있어야 하거든."

그가 당연하다는 듯 고개를 끄덕였다. 이 남자가 자신만만하기는 했어도 이렇게 잘난 척하는 남자는 아니었는데 오늘따라 유독 심하다.

"저기요, 여자들도 성격 보거든요. 아무리 잘생겼어도 성격 더러운 사람, 별로 안 좋아해요."

"괜찮아. 난 너만 꼬시면 되니까."

"난 안 돼요. 재인 씨한테 반하면 안 되니까."

그녀가 고개를 돌린 채 자신에게 주문을 외우듯 중얼거리자 웃음기 가득하던 재인의 얼굴 표정도 달라졌다.

처음부터 약속한 일이었다. 서로에게 반해서는 안 된다. 다현이 일어서서 다시 DVD가 정리되어 있는 캐비닛을 뒤적거렸다. 그리고 전혀 어울리지 않는 DVD를 발견하고 다시 재인을 돌아봤다. 디즈니의 〈미녀와 야수〉, 역시나 번역도 안 되어 있는 오리지널 판이었다.

"이건 누구 취향이에요?"

"아······."

"아-아?"

분명히 여성 취향의 영화였다. 재인의 애매한 답변에 다현의 눈이 가늘어졌다.

미국에 여자가 있다는 게 정말이었나?

그가 소파에 팔을 기대고 야릇한 미소를 띤 채 그녀를 바라보았다.

뭐야, 저 웃음은.

"혹시 정말 미국에 여자 있어요?"

"아니라니까. 애도 없고. 근데……."

"근데요?"

"캐나다에는 있어."

재인이 얼른 일어나 다현의 손에서 〈미녀와 야수〉를 뺏어 들었다.

"수정이 거야."

"수정이가 누군데요? 딸 이름이에요?"

"딸은! 애 없다니까."

다현의 질문에 그가 어이가 없다는 듯 인상을 썼다. 얼른 설명하지 않으면 없는 딸이 그냥 생길 것 같았다.

"아버지가 다른 내 여동생. 어머니가…… 재혼하셨다고 얘기했었잖아."

"아."

다현이 짧게 감탄사를 내뱉었다.

캐나다에 있다는 그의 생모. 그리고 그의 여동생. 다른 이의 아들이 된 재인.

가족이면서 가족이 아니고, 그럼에도 불구하고 모른 척할 수 없는, 그렇다고 온전히 마음을 내줄 수도 없을 것이다. 그럼 서현 오빠가 미국에서 이 남자의 동생을 본 걸까? 하지만 캐나다라고 했는데.

"아-아? 그게 끝이야?"

"그럼 또 뭐요?"

"사과를 해야지. 말도 안 되는 오해를 했는데."

다현의 머릿속 생각을 모르는 재인이 그녀를 재촉했다.

무슨 사과를 하라는 건지. 한 걸음 다가오는 저 남자의 웅큼한 눈빛을 보건대, 아무래도 수상한 게 틀림없었다. 다현이 얼른 한 발짝 그에게서 떨어졌다.

위험하다. 확실히 위험했다. 그의 눈빛도, 그녀도 아슬아슬하다. 그래서 더 위험했다.

"오해 안 했거든요. 그냥 궁금한 것뿐이었어요. 디즈니가 이재인 씨 취향은 아니잖아요."

"뭐, 다현이가 원한다면 그렇다고 하자."

속셈을 들켜버린 재인이 아쉽다는 듯 혀를 찼다.

키스…… 해도 좋았을 텐데. 눈치 빠른 그녀가 멀찌감치 도망가버렸다.

그 대령은 도대체 마리아 수녀님을 어떻게 꼬신 걸까?

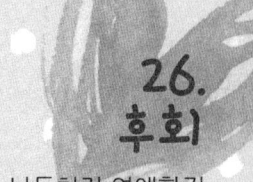

26. 후회

— 남들처럼 연애할걸

환하던 하늘이 금방 어두워지면서 툭툭, 작은 빗방울이 하나둘씩 커다란 유리창을 두들겼다. 또 비가 오려나 보다.

다현이 얼른 일어나서 창을 덮고 있는 블라인드를 걷어냈다. 빗방울이 제법 크게 부딪히고 있었다.

"소나기인가 봐요."

"그런가 보네."

재인이 식어버린 커피를 단번에 비우며 중얼거렸다.

하늘의 한쪽 끝은 여전히 환했다. 이곳에만 어두운 구름이 잔뜩 몰려온 모양이다.

커다란 스크린에서 야수가 된 왕과 벨이 춤을 추고 있었다. 수정이가 좋아하는 장면이다. 주전자가 노래 부르고 파란 하늘에 별이 쏟아지는.

수정이. 피가 반만 섞인 여동생.

그 아이를 처음 만났을 때도 소나기가 쏟아져 내렸었다. 10년

만에 들려온 어머니의 귀국 소식에 공항으로 갔을 때 처음 수정이를 만났다.

낯선 외국인 남자, 행복해 보이는 어머니, 그리고 두 사람 사이에서 해맑게 웃고 있던 피가 반만 섞여 있는 여동생.

그 모습을 먼발치에서 보면서 재인은 자신이 절대 저 가족 안에 섞이지 못할 것이라는 걸 깨달았다.

20살, 모든 걸 이해할 수 있다고 생각한 나이였음에도 불구하고 어머니의 새로운, 그리고 이제는 완벽하게 가족이 된 그들의 그 그림 같은 장면은 재인에게 상처였다.

그저 작은 변화라고 생각했었다. 하지만 20살의 그는 10살의 재인처럼 전혀 준비되지도 않았고, 여전히 쉽지 않았다.

"지난번에도 비 왔었는데, 기억 안 나요?"

다현의 질문에 재인이 얼른 20살의 소나기를 잊어버렸다. 그날의 소나기는 지나갔고, 오늘의 그에게는 소나기를 함께 맞아줄 그녀가 옆에 있었다.

"당연히 기억나. 그날 내내 후회했었잖아."

재인이 별반 좋은 기억이 아니라는 듯 인상을 쓰며 중얼거렸다.

그녀가 그의 집에 처음으로 온 날.

다현이 고백하던 시간.

내내 두근거리던 그날 밤.

언제나 소나기는 그 시간이 흐르면 지나갈 거라는 걸 알았다. 하지만 가끔은 이대로 지나가지 말았으면 하는 날도 있었다. 그날처럼. 그리고 오늘처럼.

"왜요?"

"그냥 덮칠걸 괜히 착한 척은 해서리. 난 나쁜 놈이어도 상관없었는데 말이야."

이 남자가 정말. 소나기를 기억하랬지 누가 그날 밤 야릇함을 기억하라고 했다고.

얼굴이 화끈 달아오른 다현이 슬쩍 그를 노려봤다.

"오늘 나, 환자예요. 누구 때문에 납치 같은 큰일도 당한."

"알아. 그래서 오늘은 안 건드려."

기겁을 한 다현의 큰 소리에 재인이 무뚝뚝하게 중얼거리곤 몸을 일으켜 세웠다.

"커피 더 마실래?"

그의 제안에 다현이 얼른 고개를 끄덕였다.

왜지? 뭐지? 갑자기 이렇게 서운해지는 건?

아마, 김다현 네가 미쳤나 보다.

다현은 질끈 눈을 감았다.

※※※

주희는 갑작스러운 소식에 정신을 차릴 수가 없었다. 민태하가 이런 식으로 일을 망치리란 생각은 하지도 못했다.

주희의 행동에 노발대발한 한 회장이 어떻게든 수습을 해서인지 경찰이나 뉴스에는 그날의 일이 거론되지 않고 있었다. 하지만 그건 한 회장의 힘이 아니라 그저 재인의 선택일 뿐이라는 것을 그들은 모르고 있었다.

"그 사람이 어떻게 이럴 수가 있어? 그럴 리 없어."

제정신이 아닌 이상 재인 오빠를 건드리다니. 똑똑한 줄 알았는데 아니었나 보다. 주희의 말에 윤서는 저도 모르게 고개를 흔들었다.

냉혈한으로 소문난 오빠인 윤후도 가끔씩 재인을 어려워하곤 한다. 재인이 웃는다고 해서 다 웃는 게 아니라는 건 누구보다 언니가 더 잘 알 텐데. 하지만 윤서는 굳어진 얼굴로 주희를 바라보기만 할 뿐 아무 말도 꺼내지 못했다. 오빠에게서 전후 사정을 전해 듣기는 했지만 일이 이렇게 심각해지리란 생각은 하지 못했다. 아니, 이렇게 빨리 심각해질 줄은 몰랐다.

"민태하, 어디 모자란 거 아니야. 내가 문 앞까지 데려다줬는데 굴러 들어온 떡을 안 먹는 게 말이 돼?"

주희가 갈라진 소리를 질러댔다. 그녀에게는 아닐지 모르지만 윤서가 생각하기엔 말이 되는 이야기였다.

주희가 무모한 모험을 건 사람들은 그녀의 단순한 생각대로 움직일 만한 인물들이 아니었다. 아니, 오히려 그 사람들이 주희의 뜻대로 움직인다면 그게 더 이상한 일이었다.

"민태하도 성현 그룹 사람이니까요. 그렇게 호락호락한 사람은 아니잖아요."

윤서가 담담하게 말했다. 상대를 가려가며 찔렀어야 했다. 윤서도 재인 오빠의 사촌인 민태하에 대해서는 모른다. 하지만 그 사람 역시 성현 그룹에서 후계자로 교육받은 사람이다. 아무리 욕심이 난다고 해도 감히 재인 오빠를 적으로 돌리지는 못할 것이다.

"그래도 그 사람 아버지랑 우리 아빠랑 일을 같이 하고 있단 말이야. 그리고 나하고 약속했단 말야. 자기가 알아서 처리하겠다고."

주희가 입술을 깨물면서 비명을 질렀다. 주희는 생각대로 일이 진행되지 않은 불만과 앞으로의 공포 때문에 정신을 차릴 수가 없었다.

"나한테 고맙다고 그랬단 말이야. 좋은 기회라고."

민태하라는 사람도 보통이 넘는 사람이었다. 이런 기회를 놓칠 리가 없었다. 그 사람 입장에서는 고이 여자를 돌려주고 이득을 챙기는 게 훨씬 나은 장사였으리라. 그에겐 분명 정말 좋은 기회였을 것이다.

민태하가 바보가 아닌 이상 이재인이 선택한 여자를 건드릴 이유가 없었다. 막대한 재산이 손아귀에 굴러 떨어진다고 해도 어차피 재인은 그가 가진 주식과 경영 능력만으로도 충분히 이사회를 장악할 수 있는 능력을 가진 인물이었다.

그게 아니더라도 자신의 빚을 절대 잊지 않는 재인과의 싸움은 보지 않아도 힘겨울 것이다. 물론 일이 잘 된다 해도 그의 할아버지 성격도 만만치 않은지라 유언장이라는 게 언제 바뀔지도 모르는 일이었다.

그 사실을 누구보다 잘 알고 있는 그 똑똑한 민태하가 굳이 이재인을 적으로 돌려가면서 그와 원수가 될 이유가 없었다. 우선 사촌이 선택한 여자를 아내로 삼을 만큼 태하가 상식 이하라는 생각도 들지 않는다. 왜 그런 생각을 하지 못할까. 그리고 주희는 지금 아주 중요한 사실을 잊고 있었다.

아무리 사이가 좋지 않은 사촌이라도 민태하 역시 성현 그룹 사람이었다.

"어떻게 하지? 어떻게 해, 윤서야?"

"언니, 내가 뭘 해줄 수 있는 게 없어요. 아시다시피 저 미국에서 온 지 보름도 안 됐어요."

"너, 재인이랑 친하잖아."

"윤후 오빠가 친한 거죠, 내가 아니라. 난 그냥 동생이에요."

"아냐. 이재인, 너한테도 친절해. 그러니까 네가 나 좀 도와줘. 부탁이야."

윤서는 주희네 집안에 빚이 있었다. 그렇기에 건방지고 버릇없고 제멋대로인 주희이기는 해도 지금껏 윤후나 윤서는 철없는 주희를 별말 없이 참아주고 있었다. 하지만 이번만큼은 주희를 도와줄 수 없었다. 지난밤 오빠의 얼굴은 큰 짐을 던 표정이었다.

"어떻게 하지, 어떻게 해. 윤서야?"

"차라리 재인 오빠를 찾아가서 빌어요."

윤서의 말에 주희가 하얗게 질린 얼굴로 고개를 흔들었다.

안 그래도 재인의 사무실을 들렀었지만 입구에서 끌려나왔다. 그 명백한 의도가 주희를 더 무섭게 하고 있었다.

"안 돼. 만나주지도 않아."

"나도 이 일만은 도와줄 수가 없어요."

"싫어. 도와줘, 윤서야."

그녀가 고집스럽게 윤서를 붙들고 늘어졌다. 윤서의 이마가 곤혹스러움으로 찌푸려졌다. 다른 일은 몰라도 이재인이 엮여 있는 이상, 그녀가 할 수 있는 일은 아무것도 없었다.

소나기가 지나가고 날이 훨씬 상쾌해졌다. 깊지 않은 밤임에도 불구하고 달 반 조각이 제법 청명하게 빛나고 있었다. 아마도 내일은 훨씬 더 날이 서늘해지리라.

"당신 오빠는 아직도 안 온 거야?"

저녁 8시였다. 아주 늦은 시간은 아니었지만 그렇다고 해서 이른 시간도 아니었다.

"원래 우리 집에 잘 안 와요. 병원 근처 오피스텔에서 묵지. 인천에서 병원까지 너무 멀어서요."

그녀가 서현을 대신해 변명처럼 중얼거렸지만 재인의 표정은 좀 더 고집스러워졌다. 불만이 가득한 눈빛이었다. 이러면서 무슨 다현이를 보호할 수 있다고 큰소리를 치는 건지.

옥탑방 골목길에 차를 세운 재인이 가볍게 혀를 찼다.

"이제, 우리 1주 남은 거죠? 6개월 진짜 빠르다."

"그러게……. 빠르네."

"다음 주에 뭐 할까요? 마지막인데."

'마지막'이라는 단어가 가슴에 콕 박힌다. 가시처럼 찌른다는 말이 이런 뜻이었구나. 그런데 이런 말을 이 여자는 잘도 하는구나.

"뭐 하고 싶은 거 없어?"

재인의 물음에 다현이 고개를 흔들었다. 그와 함께 하고 싶은 일들이 얼마나 많은지. 하지만 지금은 그걸 다 입에 담을 시간이 아니었다. 조금이라도 함께, 같이 있으면 그걸로 만족했다.

"그럼 여행 가자."

"여행이요?"

"안 해본 거 해봐야지. 우리…… 둘이 먼 데 나가본 적 없잖아."

다현이 금방 고개를 끄덕였다.

6개월이나 같이 있었는데 안 해본 게 너무 많았다.

괜히 이것저것 따지지 말걸.

하고 싶은 건 다 할걸.

재인과 다현이 같은 후회를 했다.

"좋아요. 일찍 기다리고 있을게요."

"들어가. 푹 쉬고."

"재인 씨도 조심해서 가구요."

재인이 미적미적 고개를 끄덕였고, 다현도 어설프게 웃어 보였다.

재인은 옥탑방의 문이 닫히고 다시 방 안에 불이 켜지는 것을 물끄러미 바라보았다.

이제 정말 한 번 남은 건가?

재인은 그녀를 만나서 회사 일을 처리한 게 후회됐다.

좀 더 남들처럼 할걸. 형준이 말을 들을걸.

남자랑 여자랑 만나서 할 수 있는 것들은 정말 많았는데. 꽃을 사주고, 놀이공원을 가고 손을 잡고 여행을 하고……. 그런 것들은 하나도 하지 못했다.

―――※―――

재인이 나가자 바로 벨이 울렸다.

다현의 얼굴에 금방 화색이 돌았다. 그녀의 서운함을 그가 눈치챘나 보다. 하지만 문을 열었을 때 기다리고 있는 사람은 다름 아닌 한주희와 두 명의 남자였다. 주희를 발견한 다현이 멈칫하고 저도 모르게 뒷걸음을 치자, 함께 온 윤후는 마음속으로 아차 싶었다.

재인이 이 모습을 보지 않아서 천만다행이었다. 혹시라도 그가 이곳에서 다현의 하얗게 질린 얼굴을 보게 되면, 그도, 그리고 한주희에게도 더 이상의 용서가 없으리라.

"저, 이윤후입니다. 지난번에 공간에서 한번 뵈었지요. 기억하세요?"

"네."

재인의 친구. 아니, 친구가 맞는 건가?

다현의 눈빛에 의심과 혼란이 가득하자 윤후는 최대한 그녀를 안정시키려고 노력했다.

"아무 일 없을 겁니다. 혹시라도 다현 씨한테 무슨 일이 생기면 제가 재인이한테 먼저 죽습니다. 그러니까 걱정 안 하셔도 돼요. 친구지만 저도 걔 무섭거든요."

진심을 담은 윤후의 가벼운 마무리에 다현의 표정에 잠시 희미하게 미소가 스쳤다.

그래, 이 사람은 이재인의 친구였다. 그의 친구인 이윤후가 왜 이곳까지 오게 되었는지는 모르지만 분명 사연이 있으리라.

다현은 긴장을 풀지 않은 채 윤후를 바라보다 다시 주희에게 시선을 보냈다. 그리고 주희 뒤에 서 있는 중년의 남자에게서도 시선을 떼지 못했다.

"다현 씨가 불편하시면, 보내겠습니다."

윤후가 그녀가 어떤 선택을 해도 괜찮다는 듯 고개를 끄덕이자 다현도 겨우 얼굴을 풀고 그를 바라보았다.

하지만 윤후는 그 와중에도 핸드폰을 꾹 눌러 잡고 있는 다현의 손가락이 하얗게 마디가 보일 정도로 긴장해 있다는 걸 눈치채고는 잠시 자신이 잘못된 선택을 한 건 아닌지 고민스러웠다.

"이쪽은 한주희 씨. 아시죠?"

"네. 재인 씨한테 자초지종은 들었어요."

다현의 시선이 다시 윤후를 향했다. 윤서에게서 이야기를 전해 들은 윤후는 주희가 다현을 만날 때 동행하기를 자청했다.

지금 한주희가 선택할 수 있는 기회는 제한적이었고, 악에 받친 한주희가 또다시 어떤 사고를 칠지 모르기 때문이었다. 누구든 나서서 이번 일을 정리해야 했다.

"그리고 이쪽은 한주희 씨 부친 되시는 한주 화학 한태호 회장입니다."

"네."

다현이 습관적으로 고개를 숙여 인사하려고 하자 그 중년의 회장님은 갑자기 그녀 앞에 무릎을 꿇었다. 이 황당스러운 일에 다현이 어쩔 줄 몰라 하자 주희도 다현 앞에 무릎을 꿇고 울기 시작했다.

갑작스럽게 벌어진 일에 다현의 눈이 놀라움으로 둥그레졌다. 어처구니없는 상황에 다현은 윤후를 바라보았다.

"이게 무슨 일이에요, 윤후 씨?"

"일단 앉으시죠, 한 회장님."

윤후는 주희는 쳐다보지도 않고 한 회장을 끌어 의자에 앉혔다. 한 회장은 생각보다 머리가 좋은 사람이었다. 윤후는 그렇게 생각했다.

주희가 다현에게 찾아간다는 이야기를 듣자마자 동행하기를 요청했을 때 어쩌면 조금은 짐작한 일이었다. 지금 이규철 회장도, 이재인도 한주 화학과는 어떤 접촉도 하지 않고 있는 상태였다. 아니, 한주 화학 입장에서는 성현 그룹과의 어떤 대화 통로도 모두 막혀 있다는 것이 더 정확할 것이다.

"한 번만, 한 번만 용서해줘요. 잘못했으니까. 한 번만 봐줘요."

"내가 왜요?"

다현의 물음에 주희의 표정이 바뀌었고, 윤후의 표정도 바뀌었다. 방금 전까지 하얗게 겁을 먹고 어쩔 줄 몰라 하던 여자가 당돌하게 묻고 있었다.

"나, 납치할 때 봐줄 생각은 없었잖아요. 정말 납치했잖아요. 그게 어떤 건지 한주희 씨도 알 텐데요."

"미안해요. 미안하게 생각하니까, 그러니까 재인이 좀 말려줘요. 네? 그냥 내가 잠깐 돌았던 거예요. 그리고 아무 일 없었잖아요."

어쩌면 당당하기조차 한 주희의 사과에 윤후는 인상을 썼다. 한주희는 사과를 제대로 할 줄 모르는구나. 잘못했을 때 고개 숙이는 방법을 전혀 모르고 있었다. 그리고 그 사실을 김다현 선생님도 눈치챈 듯했다.

"너 제대로 사과 못 해? 선생님, 죄송합니다. 죄송하게 됐습니다. 내가 자식 교육을 잘못시켜서······."

한 회장도 기겁을 해서 주희를 향해 인상을 썼다.

"당신은, 한주희 씨는 미안한 게 아니라 그냥 이 상황이 맘대로 안 된 게 싫은 거군요."

다현의 덤덤한 확인에 주희의 얼굴이 조금은 붉어졌다. 한 회장의 얼굴도 딱딱하게 굳어졌다.

그래도 수치라는 건 아는구나. 아주 모르는 건 아니었구나.

"아무 일 없지 않아요. 난 아직도 밤길 혼자 못 가요. 무서워서 자다가도 깨요. 그날 일이 생각나서. 그리고 제대로 생각도 못 해요. 그날 정말 나쁜 사람이었으면 어땠을까 싶어서. 근데 그게 전부 미안하다는 한마디로 끝나는 게 아니잖아요."

"그럼 내가, 내가 어떻게 하면 돼요? 어떻게 하면 재인이 말려 줄 거예요? 돈이라도 줘요? 그럼 돼요? 네?"

모든 문제의 해결이 돈이 아니라는 걸 이 사람은 정말 모르는 모양이었다. 하지만 주희는 그녀가 알고 있는, 그리고 해결할 수 있는 유일한 방법으로 사과하려 했다. 이재인이 무슨 짓을 할지 정말로 겁이 났다. 그녀의 무례한 사과에 다현이 나직하게 한숨을 내쉬었고, 그건 윤후도 마찬가지였다. 한주희는 생각보다 많이 멍청하다.

"이제 이윤후 씨 빚은 다 갚은 건가요?"

"네? 그게 무슨?"

갑자기 화제를 바꾼 다현의 질문에 윤후가 머뭇거렸다.

"그냥 궁금해서요. 이윤후 씨가…… 여기 이렇게 온 걸 알면 재인 씨가 가만 안 있을 텐데. 그럼에도 불구하고 윤후 씨가 여기까지 온 걸 보면 한주희 씨한테 무슨 빚 같은 게 있는 거 아니에요?"

다현을 바라보는 윤후의 시선이 달라졌다.

이 선생님, 뭔가 알고 있다. 아니, 전혀 모르고 있을 것이 분명했다. 이재인이 윤후와 얽힌 개인적인 이야기를 속속들이 말했을 리가 없다. 그럼에도 불구하고 이 선생님은 시험 문제가 나오기도 전에 해답을 향해 정확히 달려가고 있었다.

지금은 정답이 필요한 시간이 아니라, 문제를 풀어갈 수순이 필요하다는 걸 이 선생님은 눈치채고 있었다. 정답이야 이재인이 알아서 맞춰 나갈 것이다.

"아닙니다. 빚은 이제 없어요. 그저 그동안 제가 가지고 있었던 인간적인 정이라고 봐주셨으면 합니다."

"그래요? 이번 일, 재인 씨가 알게 되면 그냥 화를 내는 것만으로 끝나지 않을 거라는 거, 윤후 씨도 알 텐데요."

그녀의 계속된 지적에 윤후는 쓸쓸하게 미소 지었고, 한 회장은 당황했다.

"내가, 내가 부탁해서 오게 된 겁니다. 윤후, 정말 미안하게 됐네. 앞으로 이런 부탁은 없을 걸세. 그리고 선생님한테도 정말 미안합니다. 한 번만 용서를 해주면 이 은혜는 잊지 않겠습니다. 너, 뭐 해. 얼른 안 빌고."

"용서해줘요. 재인이 좀 한 번만 말려줘요."

"진작에 얘기했잖아요. 재인 씨, 남의 말 안 들어요. 내 말도 포함해서."

다현이 나직하게 중얼거리며 한숨을 내쉬었다. 그때 벌컥 문이 열렸다.

재인이었다. 마치 자기 이름을 불렀느냐는 듯 그가 나타났다.

"왜 문을 안 닫고……."

주희와 한 회장을 발견한 재인의 얼굴에서 표정이 싹 가셨다. 냉기가 뚝뚝 흐르는 무표정한 모습으로 재인은 윤후를 향했다. 그의 눈빛이 분노로 번득였다.

다현은 아차 싶었고, 윤후는 쓴 한숨을 삼켰으며, 한 회장의 눈빛은 순식간에 번득였다.

이규철 회장이나 이재인을 만나려고 갖은 수를 다 썼었지만 전화 연락조차 못 했었다. 그런데 이제, 이곳에서 그를 만났으니 그나마 다행이라고나 할까?

"이게 지금 뭐 하는 짓이야. 윤후, 네가 데리고 왔어?"

재인의 무시무시한 목소리에 주희는 저도 모르게 윤후의 등 뒤로 몸을 가렸다. 잘하면 한 대 맞을 것 같았다.

"아니. 아니에요. 내가 초대한 거예요."

"왜 이런 여자를. 바보야? 또 무슨 일을 당하려고."

걱정이 가득한 그의 타박에 다현은 그를 진정시키려고 애썼다. 지금껏 이렇게 화가 난 이재인은 처음 본 것 같았다.

"재인 씨!"

"당장 나가. 그리고 경고하는데 한 번만 더 내 눈에 띄면 그때는 정말 가만 안 있을 거야."

그가 다현을 향해 인상을 쓰더니 고개를 홱 돌려 주희를 향해 현관문을 가리키며 말했다.

"이 본부장, 나 좀 한번 봐주게."

"회장님하고는 할 말 없습니다. 저 말고 검찰이랑 얘기하세요. 안 그래도 지금 한주 화학 때문에 저희 성현 그룹도 비상사태인 건 아십니까? 이렇게 말 섞고 있는 것도 나중에 검찰에 가서 해명해야 할지도 모릅니다. 그럼 납치 얘기 저절로 나오게 됩니다. 그것도 감당하실 수 있겠습니까?"

퉁명스러운 재인의 대꾸에 한 회장의 얼굴이 하얗게 질렸다. 검찰이라니. 며칠이나 지났다고 일이 거기까지 번졌단 말인가.

"뭐 해, 빨리 데리고 나가라니까."

"재인 씨! 그만. 나 괜찮아요. 그러니까 소리 지르지 말아요. 주희 씨 지금 나한테 사과하고 있는 중이었어요. 그리고 난 용서하기로 했구요."

"고, 고마워요. 다현 씨."

다현의 말에 주희의 얼굴에 화색이 돌았고, 재인은 나직하게 혀를 찼다. 그는 마치 '이 순해빠진 여자를 어쩌지?' 하는 표정을 지었다.

"고마울 거 없어요. 용서하는 것뿐이지 그렇다고 해서 주희 씨가 나한테 한 일을 잊겠다는 건 아니니까."

"그럼 다 정리됐군. 여기서 나가주셨으면 하는데."

차가운 표정의 재인이 턱 끝으로 현관문을 가리켰다. 한 회장이 연신 고개를 끄덕이면서 자리를 비웠고, 윤후는 주희를 끌고 빠르게 방을 비웠다.

"순진한 건지. 모자란 건지. 그렇게 당하고도 정신을 못 차려?"

"둘 다 아니거든요!"

문이 닫히자 정색을 한 재인의 타박에 다현이 발끈해서 흘겨봤다.

"아니면?"

"어떻게든 이 관계를 끝내야 할 거 아니에요. 서현 오빠가 법원으로 소장 들고 쫓아가면 그때는 정말 일이 걷잡을 수 없이 커진단 말이에요."

"걱정 마. 그렇게는 안 되니까."

김서현은 그만큼이나 노련하고 약아빠진 남자였다. 불같이 화를 내고 냉철하게 메스를 휘두르고 마지막도 그와 똑같이 칼처럼 정리했다.

　두 사람은 '법적 조치 따위는 하지 않는다'에 진작에 동의했었다.

　일단 성현 그룹의 두 남자와 한주 화학이 거론되는 순간부터 다현은 집요한 언론과 험한 소문의 중심이 될 것이다. 다현이 그 혼란과 소란을 겪는 일은 상상도 하기 싫었다.

　그건 빚을 갚는 게 아니다. 오히려 이자가 불어나는 거지.

　빚을 갚는 방법은 여러 가지가 있다.

※※※

　"도대체 왜 아무한테나 문을 열어주는데? 보안 시스템, 괜히 해 둔 줄 알아?"

　재인은 한동안 화를 못참고 인상을 썼다. 상황으로 보아 아무래도 이윤후라는 양반은 한동안 시달릴 것 같았다.

　"재인 씨인 줄 알았어요. 바로 벨을 누르기에."

　"나 아니었잖아. 윤후 없이 주희 혼자 왔으면 어쩔 뻔했어."

　이번에는 또 무슨 일이 생겼을지. 다현 몰래 붙인 경호원이 연락을 해 와서 급하게 차를 돌렸다. 그들이 윤후 쪽 사람들인지라 바로 연락이 오지 않았다는 사실에 그는 더 열 받았다. 망할 이윤후 같으니.

　"뭘 어째요. 이번에는 정말 머리 끄댕기고 싸웠겠지."

"지금 농담이 나와?"

웃으라고 달래며 한 얘기에 재인이 버럭 하고 인상을 썼다.

이 사람, 정말 걱정을 많이 했구나.

"별일 없었잖아요. 화 풀어요."

다현이 열심히 그를 달랬지만 재인의 표정에는 여전히 불만이 가득했다. 별일 없었던 건 운이 좋은 거였다. 앞으로도 운이 좋으리란 보장은 없는 거다. 똘똘하고 야무진 줄 알았는데 이 여자, 생각보다 많이 부실했다. 그가 챙겨주지 않아도 앞으로도 내내 혼자 잘 살 수 있을는지.

"근데 왜 다시 돌아왔어요?"

"아, 이거 주려고."

그녀의 질문에 잠시 생각하던 재인이 그제야 식탁 위에 내던진 꽃다발에 눈길을 보냈다. 그의 시선을 좇던 다현의 눈에도 그제야 꽃이 들어왔다.

손으로 안지도 못할 만큼 커다란 장미 송이였다. 연한 핑크빛과 크림색을 띤 장미가 하얀색 레이스에 둘러싸여 생생하게 빛을 내고 있었다. 그리고 다현의 얼굴이 장미꽃보다 더 예쁘게 반짝반짝 빛나고 있었다.

"……이거 나 주는 거예요?"

"응."

뜻하지 않은 선물에 다현이 눈을 깜빡였다. 얼굴 가득 참을 수 없는 미소가 가득했다. 진작에 꽃을 샀어야 했나 보다.

26. 후회 - 남들처럼 연애할걸 | 245

"오늘 무슨 날이에요?"

"아니. 그냥 주고 싶어서. 왜, 마음에 안 들어?"

"아뇨. 아뇨. 마음에 들어요. 너무 이뻐요."

다현이 금방 고개를 흔들었다 다시 고개를 끄덕였다.

그 모습이 또 귀엽다. 다현이 심각한 얼굴로 재인을 바라보았다.

이번에는 또 뭐지?

"재인 씨?"

"왜?"

"어디 아픈 거 아니죠?"

그녀의 눈빛이 재인을 샅샅이 살피기 시작했다. 느닷없는 질문의 의도를 파악하지 못한 재인이 고개를 흔들었다.

"전혀."

"너무 변하지 마요. 갑자기 변하면 죽는대요."

예상치 못한 다현의 중얼거림에 재인이 '하하' 하고 웃음을 터뜨렸다. 그리고 그대로 다현을 품에 안았다. 키스를 하지 않고는 못 배길 시간이었다.

※※※

다현의 집을 나온 윤후의 머릿속은 딱 한 가지 생각으로 가득 차 있었다.

김다현 선생님. 그 여자가 왜 그 순간에 그의 빚을 완전히 종료시켰을까. 무슨 이유로.

이재인이 절대 그의 이야기를 할 리가 없었다. 아무리 사랑하는 여자라 하더라도 윤후의 일을 떠벌리고 다닐 남자가 아니었다.

그럼 뭐지? 그 여자, 대체 누구인 거야?

"이제 다 된 거지? 더 걱정 안 해도 되는 거지?"

"아니, 이제부터 시작일 거야."

주희의 목소리에 정신이 난 윤후가 고개를 흔들었다.

이들은 이재인을 아직도 모르고 있다. 그는 아직 시작도 안 했을 것이다.

"네가 납치 사주한 사람들 진술서, 의뢰비 수표 사본이야. 녹취록은 따로 보관돼 있어. 그쪽에서…… 네 전화 내용 녹음해 놨더라. 조용히 얌전히 살아. 다시 나쁜 짓 하지 말고. 다시 재인이 앞에 나타나면…… 그때는 아무도 재인이 막을 수 없어."

한 회장과 주희의 얼굴이 사색이 되었다.

"회사는 어찌 되겠나?"

"저도 모르겠습니다."

한 회장의 다급함에 그가 솔직하게 말했다. 회사 문제는 아무리 이재인이라도 혼자만의 힘으로 어쩔 수 있는 일이 아니었다. 주가 조작에 대한 조사가 시작되면 백화점도 한주 화학도 그에 상응한 대가를 치를 것이며, 특히나 한주 화학은 자금 확보가 만만치 않을 것임이 분명했다. 그를 포함한 어느 은행이 이제 침몰해가는 회사에 자금을 빌려주겠는가.

주희와 한 회장의 창백해진 얼굴과 관계없이 윤후는 다시 옥탑방을 올려다봤다. 재인이 싫어하겠지만 아무래도 재인의 그녀를 다시 만나야 할 것 같았다.

27. 변하지 마요
— 이 여자, 놓치지 마

윤후의 방문에 재인이 대놓고 인상을 썼다.

눈치 없는 녀석. 왜 하필 지금 들어오느냔 말이다. 깊어지는 키스 탓에 두 사람 다 방문자의 벨 소리를 듣지 못했다. 그리고 겨우 누군가 현관문 앞에 있다는 사실을 깨닫고는 발갛게 상기된 다현은 우왕좌왕 어쩔 줄을 몰라 했다.

뭘 그렇게 잘못했는데. 남녀의 스킨십이 어때서.

"또 뭔데?"

"다현 씨랑 잠깐 할 얘기가 있어."

"너, 내가 아까 참은 거거든."

"그럼 한 번 더 참아봐. 다현 씨, 혹시 재인이가 제 빚에 대해서 얘기했습니까?"

윤후는 재인에게는 시선도 주지 않고 직설적으로 물었다. 당연히 아니라는 걸 알고 있었지만 묻지 않을 수 없었다.

"빚이요? 아니요. 돈 필요하세요?"

27. 변하지 마요 - 이 여자, 놓치지 마

다현이 눈이 동그래져서 물었다. 윤후는 낮게 웃음을 터뜨렸다. 그리고 영문을 모르는 재인은 고개를 갸웃거렸다.

"무슨 뜻이야?"

"방금 전에 김다현 선생님이 내 빚을 완전히 종료시켰거든."

재인의 질문에 윤후가 여전히 다현에게 시선을 준 채 무표정한 얼굴로 대꾸했다.

재인이 진작에 마음속의 바위는 사라지게 해주었지만 사람의 감정이란 건 그리 쉽게 정리가 되는 것이 아니었다. 그런데 김다현 선생님이 그걸 마무리했다. 하나도 남김없이, 철저하게.

그녀는 윤후가 남겨두었던 희미한 빚의 흔적조차 사라지게 해주었다.

"네가 내 얘기를 할 리는 전혀 없고."

그건 묻지 않아도 당연한 일이었다. 윤후를 바라보는 재인의 눈빛도 짙어졌다.

"제가 뭘 했는데요?"

두 사람의 반응과 상관없이 다현이 궁금하다는 듯 되물었다. 그녀는 본인이 무슨 짓을 했는지 전혀 모르는 눈치였다.

"아까 한 회장에게 말씀하셨잖아요. 이제 빚은 다 갚은 거냐고? 한주희한테 무슨 빚 같은 거 있냐고요."

윤후가 조금 전 상황을 다시 기억시켜주었다.

"아, 그거요. 그런데 빚 없으시다면서요?"

"네. 얼마 전에 정리가 됐습니다. 그리고 방금 전에 다현 씨

덕에 남아 있던 감정의 빚도 완전히 끝을 봤지요. 그런데······ 왜 갑자기 제 빚 얘기를 했는지 궁금해서요. 혹시 뭘 알고 계십니까?"

"아뇨. 그냥 이상하다고만 생각했어요."

그녀가 고개를 저었다.

"윤후 씨, 한 회장님이랑 엄청 친한 거 아니었음 절대 이 자리에 그 사람들 데리고 나타나지 않았을 거잖아요. 그 집 딸내미 고약한 성격 보건대 절대 친할 것 같진 않고."

다현이 미소 비슷한 걸 지어 보였다. 그리고 재인을 향해 슬쩍 인상을 써 보였다. 마치 '당신도 고약해요.' 하는 듯한 눈빛으로.

"그리고 재인 씨가 알면 가만있지 않을 거라는 걸 모르지 않았을 텐데 그럼에도 불구하고 여기까지 두 사람을 데리고 온 걸 보면 주희 씨한테 뭔가 크게 신세진 게 있구나라고 생각했어요. 그리고 아마 재인 씨도 그걸 알고 있을 테고. 이 사람이 좀 음흉해야죠."

"지금 누구보고 음흉하대?"

"그럼 뭐라고 해요? 약았다고 해줘요?"

툴툴거리는 재인에게 다현이 생긋 웃어 보였다.

"뭔지는 모르지만 빚이란 건 청산할 때 이자까지 깔끔하게 다 갚아야 개운한 거거든요. 윤후 씨도 그래서 오신 거 같고, 나름 기회인 거 같아서 저도 장단을 맞춘 것뿐이에요."

27. 변하지 마요 – 이 여자, 놓치지 마

다현의 설명에 재인도, 윤후도 표정이 바뀌었다.

김다현. 순진하게 생긴 이 여자.

의외였다. 그동안 윤후가 알아왔던 서류 속의 평범한 그녀가 아니었다. 그 짧은 순간에 능구렁이 한 회장도 읽어내지 못한 숨겨진 사실들을 숨은 그림을 찾아내듯이 조각을 맞추었다. 그리고 그림이 맞춰지자마자 선언하듯이 한 회장에게 빚을 돌려버렸다.

윤후의 시선이 재인을 바라보다 다시 다현을 향했다. 그녀는 재인이, 아니, 이 회장이 선택한 여자였다.

"그럼 다현 씨한테 제가 빚을 진 셈이 되나요?"

"아니요. 재인 씨랑 윤후 씨는 가족 같은 사이잖아요. 빚이란 게 있을 수가 없지요. 그리고 이재인 씨 친구로 있으면서 힘드신 게 좀 많으시겠어요."

다현이 윤후를 바라보며 조용히 미소 지었다.

영리하고 똑똑하다는 걸로 부족한 여자였다. 누구보다 사려 깊고 현명했다. 윤후가 다시금 재인을 바라보았다.

'이 여자, 놓치지 마.'

그의 눈빛이 그렇게 말하고 있었다.

※※※

언제나 조용했던 이 회장의 평창동 본가는 그날따라 소란스러웠다. 수영이 기세등등하게 새벽부터 들이닥쳤다.

"아버지, 어떻게 이러실 수 있어요? 해임이라니…… 그게 말이 돼요?"

민 이사는 어떻게든지 버티어 보려고 했지만 한주의 자금이 철수되면서 생긴 주가 폭락에 대한 책임을 고스란히 떠안아야 했다. 물론 재인과 태하의 치밀한 계획도 계획이었지만 그룹 내막에서 지시된 회장의 무언의 압력은 그로 하여금 더 이상 버틸 수 없게 하였다.

게다가 백화점 개입 사실이 알려지면서 채권단과 금감위, 국세청 쪽에서 소환을 준비하고 있는 탓에 서서히 침몰하고 있는 한주 화학과의 관계가 알려지자 민 이사는 꼼짝도 할 수 없는 지경에 다다르고 있었다.

수영은 한주 화학이 어떻게 되든 관심도 없고 상관없었다. 한주희가 한국에 발을 못 붙이고 미국으로 다시 돌아간 것도 그녀와는 아무 관계없었다. 재인이 녀석이 마음만 먹으면 당연히 그 정도는 할 수 있는 아이니까. 하지만 자신의 남편과 자신의 집안까지 조카가 간섭한다는 것에 수영의 자존심은 여지없이 무너져 내렸다.

"이번 일은 고모부가 무리하셨어요."

"왜요? 우리가 이렇게 됐으니까, 성현 그룹이 고스란히 재인이 몫이 될 거라고 생각하니까 신이 나나 봐요."

"고모."

가시가 잔뜩 박힌 수영의 빈정거림에 세희의 눈썹이 올라갔다.

원래 수영은 그리 좋은 성격을 가진 시누이는 아니었다. 언제나 주인공이어야 했고, 스스로가 중심이야 하는 사람이었다. 그런데 결혼을 하면서 상황이 달라졌다. 남편 혁주와 아들 태하의 성공이 자신의 성공이라고 굳게 믿고 있는 듯했다.

"흥! 너무 재인이, 재인이, 하지 말아요. 언니 생각에야 개가 언니 핏줄이지. 걔, 작은오빠 아들이에요."

"아가씨, 지난번에 내가 경고했을 텐데요. 말조심하라고."

"나도 미리 경고하는 거예요. 재인이 걔, 지금 아무것도 없는 여자한테 혹해서 정신없어요. 이 난리 난 거, 다 그 여자 때문이에요. 작은오빠 핏줄, 어디 가겠어요?"

"아닐걸요. 재인이, 아무것도 없는 사람한테 혹할 만큼 어리석은 애 아니에요. 분명히 나나 고모가 모르는 뭔가가 있을 거예요. 난 내 아들 안목을 믿어요."

단호한 세희의 주장에 수영은 한참을 노려보다 거실을 나갔다. 세희는 그의 시누가 쏟고 간 작은 폭풍에 잠시 미간을 모았다.

"아버님, 그 아이 어떤 아이예요?"

"평범해. 그리고 특별하다."

며느리의 마음과 질문의 뜻을 알고 있는 이 회장의 눈썹이 슬쩍 올라갔다.

1%의 특별함이 사람을 얼마나 빛나게 하는지, 그래서 다현이라는 아이가 빛이 나는 걸 아마도 며느리는 절대 모를 것이다. 그 역시 다현을 만나기 전까지는 몰랐으니까.

"아버님."

분명 아무것도 없는 여자를 재인에게 소개한 이유가 있을 것이다. 그녀의 시아버지는 누구보다 영악하고 교활하지 않은가.

세희는 지금껏 그의 시아버지보다 지독한 사람을 본 적이 없었다. 세희가 이규철 회장을 위해 성현 그룹을 지키고 있는 건 딱 한 가지 이유였다.

재인, 내 아들.

하늘이 아니라 그의 시아버지가 그녀에게 보내준 세상에 더 없이 귀한 존재.

※

다현의 서류를 훑어보는 세희의 표정이 심각해졌다.

정말 평범한 아가씨였다. 아마도 재인도 그녀와 같은 조사서를 받았으리라. 그런데도 불구하고 이 선생님한테 빠져 있다고?

그날 창립 기념일 행사 때도 어렴풋이 느꼈었다. 낯선 생소함에 잔뜩 긴장하고 경험하지 못한 세계에 당황스러워하던 표정이 역력했었다. 그런 아가씨가 앞으로 내내 재인의 옆에서 힘이 되어줄 수 있을까.

"그렇게 궁금하면 당신이 가봐요."

"제가요?"

남편의 목소리에 깜짝 놀라 정신을 차린 세희는 남편을 바라보았다.

논문을 훑어보던 남편의 시선이 한참 동안 그녀에게 향했지만 그조차도 모를 정도로 생각에 잠겨 있었나 보다.

"누가 알아? 당신이 직접 보고 나면 진짜 며느리가 될지."

"한 번 본 적이 있어요."

"알아. 창립 파티 때 봤다면서. 나도 들었어. 그렇게 말고 제대로 한번 봐봐. 우리 아버지가 골랐으면 분명 뭔가가 있을 수 있어."

이 교수는 조용히 자신의 아내를 바라보았다. 아내와는 애정 없는 결혼이었고, 결혼은 그가 그의 아버지의 아들로 태어나 유일하게 이 회장을 만족시킨 일이었다.

하지만 살아가면서 크게 문제가 없었고 서로 맞춰나가는 일이 불편하지 않았다. 이제는 세월이 쌓아준 친근함이 애정이 되어가고 있었다.

"재인이한테 평범한 여자가 도움이 될까요?"

"힘들겠지."

남편의 눈빛은 더없이 냉정하고 극히 이성적이었다. 사업적인 수완은 제로였지만 냉철할 정도로 이성적인 부분만큼은 이 회장을 그대로 닮아 있었다.

"난 싫어요. 당신은요?"

"당신이 싫으면 나도 내키지 않아. 밖에 사람들 들어와서 집 안 시끄러운 건 좋지 않으니까. 그런데 재인이도 그래?"

"여보!"

다시 정곡을 찌른 남편의 예리한 질문에 세희의 목소리가 약간 올라갔다.

"재인이 당신 아들이잖아. 모자라지 않아. 그러니까 한번 믿어봐."

사실 세희는 남편에게는 이야기하지 못했지만 진작에 다현을 만났다. 지난주, 김다현이란 선생님이 근무하고 있는 학교에 들른 건 다분히 충동적이었다. 마음의 결정을 하지 못하고 교문 앞에서 고민하는 세희를 먼저 알아본 것은 김다현 선생이었다.

그리고 얼굴을 마주한 후에도 많은 말이 필요하지 않았다. 그녀는 영특하고 예의 발랐으며 당당했다. 그리고 아들 재인을 누구보다 이해하고 있었다. 심지어는 세희조차도.

아들이 마음을 준 그녀는 혹여나 있을지도 모를 다른 사람의 시선을 생각해서 학교의 상담실로 세희를 안내할 정도로 사려 깊었다. 그리고 차분하게 그녀를 바라보며 미소 지었다. 마치 '당신이 왜 이곳에 왔는지 알고 있어요.' 하는 얼굴로.

파티에서 보던, 아무것도 모른 채 그저 낯설고 수줍어만 하던 아가씨가 아니었다.

"혹시 아는지 모르지만 재인이, 내 뱃속으로 낳은 아이 아니에요. 그래도…… 피 한 방울 안 섞였지만 단 한 번도 재인이가 내 아들이 아니라고 생각한 적 없어요. 재인이가 이제 겨우 그룹으로 들어왔어요. 난 내 아들이, 이재인이, 성현 그룹의 주인이 되었으면 좋겠어요."

"결혼 생각 안 하고 있습니다. 걱정 마세요."

빙 돌아가는 세희의 설명에 비해 어린 그녀는 생각보다 직설적이었다. 피하지도, 도망가지도 않고 단단하게 그녀와 눈빛을 마주했다.

"내가 왜 걱정한다고 생각하지요?"

"재인 씨 아끼시니까 여기까지 오셔서 이런 말씀 하시는 거잖아요. 그리고 절 배려하셔서 교문 앞에서 고민하셨잖아요."

다현이 그녀를 향해 웃어 보이자 세희는 잠시 당혹스러웠다. 다 알고 있다는 듯, 쓸데없는 죄책감은 갖지 말라고 오히려 세희를 위로하고 있었다.

"재인 씨가 어머니, 진짜 좋은 분이라고 했어요. 그 사람, 돈 되는 거 아니면 거짓말할 사람이 아니거든요."

세희가 보기에는 젊다 못해 한참 어린 그녀는 나이에 비해 훨씬 어른스러웠고, 더없이 점잖았으며, 누구보다 위엄 있었다.

"걱정 마세요. 저희, 얼마 안 남았어요."

사실 물어보고 싶었다. 헤어져도 괜찮겠느냐고. 정말 이대로 끝을 낼 수 있겠느냐고.

　세희는 사랑을 알지 못했다. 그녀의 결혼 생활은 사랑보다는 동지애가 우선이었고, 무너지지 않는 파트너십이 중요했다. 남편도 그녀도 서로의 선을 지켜가며 가족이 되었다. 그리고 무엇보다 그건 재인이 있어서 가능한 일이었다.

"아까워요."

"응? 뭐가?"

　생각에 잠긴 세희의 혼잣말에 남편이 고개를 들었다.

"아니에요."

　남편의 질문에 세희는 고개를 흔들었다. 왜 자신의 시아버지가 그녀를 재인에게 소개해줬는지 알 것 같았다. 상대를 이해하고 남에게 베풀 줄 아는 여자였다.

　세희가 알고 있는 한, 그런 사람은 그리 흔치 않았다. 어쩌면 재인에게 가장 필요한 상대가 될지도 모를 일이었다.

　하지만.

　그래도.

　그녀는 선뜻 아들의 선택을 지지할 수가 없었다. 수없이 보아오지 않았던가. 서로 다른 이들이 만나 얼마나 서로에게 상처를 입히고 그 상처에 아파하는지.

　그럼에도.

　역시나.

　아까운 건 아까운 거였다.

달력을 바라보는 다현의 눈빛이 흔들렸다.

이제 딱 하루. 계약의 끝이었다. 6개월이 언제 지나가나 생각했을 때가 어제 같은데 벌써 마지막 시간이 왔다.

다현은 언젠가의 그날을 떠올렸다.

―나도. 나도 그래. 그런데 난 진심이야. 당신, 힘들어도 따라올래? 끝까지 가볼래?

그때, 그러자고 할걸. 함께 끝까지 간다고 해볼걸. 그랬으면 후회도 덜했을 텐데.

아니라는 걸 너무나 잘 알고 있기 때문에 그의 질문에 차마 고개를 끄덕이지 못했다.

"그럴까요, 우리? 근데 그러고 싶은데, 안 되는 거잖아요. 그럼, 그러니까 우리 안 되는 거잖아요."

다현의 눈에서 눈물이 툭, 떨어졌다.

최대한 씩씩하게 이별을 맞이할 것이라고 굳게 결심했다.

좋은 사람이지만 내 인연이 아닌 것뿐이다. 좋았던 시간이 그렇게 많았는데 눈물 같은 걸로 질척거리게 하고 싶지 않았다. 붙들고 매달리는 건 마음속에서만 해야 한다.

처음부터 그게 계약이었고, 그게 조건이었다.

서로 반하지 말 것.

'어떻게 해요. 난 재인 씨한테 반해버린 거 같은데. 이거 반칙이에요. 그러니까 난 이길 자격이 없어요.'

사귀는 동안 내내 주문을 외우고 누누이 다짐을 했건만 얼마나 가벼운 주문이고 얼마나 오만한 다짐이었나.

사람의 마음을 너무 가볍게 생각했다.

심장 말고 가슴을 우습게 알았다.

※ ※

다다는 흰색, 아니면 베이지색일지도 모를 풀오버에 카디건, 그리고 청바지 차림으로 문 앞에서 기다리고 있었다. 전체적으로는 상큼한 표정이었지만 눈에는 잠이 걸려 있었고 연신 하품을 하고 있었다.

"왜 나와서 기다려. 위험하게."

"걱정 마요. 이상한 일, 또 안 당하니까."

주변을 둘러보는 그의 걱정 어린 기색에 다현이 웃어 보였다. 그녀는 납치의 후유증에서 회복된 모양이었지만 그는 아니었다. 여전히 노심초사였다.

"그렇게 졸려?"

차 안에 타서도 하품을 하느라 입에서 손을 못 떼고 있는 다현에게 재인이 킥킥거리며 물었다. 이 여자는 뭘 해도 귀엽다.

작은 손으로 입을 다 가리지 못하고 고개를 돌려가며 하품하는 모습은 어린 소녀 같았다.

"당연하죠. 지금은 자야 할 시간이지 이렇게 움직일 시간이 아니거든요. 세상에, 이렇게 일찍 일어난 게 대체 얼마만이야."

사실 어젯밤 그와의 이별을 생각하느라 거의 잠을 자지 못했다. 수십 번 지난 일을 떠올렸고, 또 수백 번 앞으로의 일을 생각했었다. 재인이 오기 직전에 겨우 눈을 붙였고, 화들짝 눈을 뜨고 그를 기다렸다.

"의자 빼고 좀 자."

"관둬요. 재인 씨는 나보다 한 시간이나 먼저 일어나서, 거기다 운전까지 하는데 옆에서 졸면 미안하지요."

다현이 고개를 흔들었다.

일분일초, 그와의 시간이 아까웠다. 여기서 잠으로 남은 시간을 그냥 보내기 싫었다.

"난 상관없는데. 그럼 음악이라도 틀까?"

"뭐 신나는 거 없어요?"

다현의 요구에 차 안에는 누구 곡인지도 모를 클래식이 웅장하게 울려 퍼졌다.

"아이구, 안 그래도 졸려 죽겠는데 나 재워서 뭐 할라구요?"

"그러게. 뭐 할까?"

장난 섞인 다현의 항의에 재인이 피식 하고 웃음을 터뜨렸다.

"좀 신나는 클래식은 없어요? 잠이 확 깰 만한."

"이 음악은 안 신나?"

"이게 뭔데요?"

그녀가 얼굴을 찌푸리며 물었다. 내가 클래식이 뭔지 알 게 뭐람.

"바흐의 브란덴부르크 협주곡."

"혀가 돌아가겠군요."

간단하고 냉정한 평가를 마친 다현이 핸드폰을 켰다. 어둡던 차 안이 푸른빛으로 금방 환해지고 시끄러운 음악 소리가 들려 나오자 이번에는 재인이 미간을 모았다.

"지수 거예요. 괜찮죠?"

"정신 사나워."

그의 평가 역시 간단하고 냉정했다.

아니, 그 어린 녀석이 수시로 전화해대는 것도 마땅치 않은데 아예 핸드폰 속에 음악을 담고 다니다니. 이참에 가수는 관두고 배우나 탤런트를 해보라고 할까? 아니다. 그럼 아마도 동영상에 얼굴을 담고 다닐 여자였다.

"우리, 참 취향 다르다."

다현이 툴툴거리면서 핸드폰의 음악을 중지시켰다. 운전하는 사람을 정신 사납게 하는 건 아무래도 위험한 일 같았다.

"괜찮아. 음악 취향 같은 거 달라도, 여태 서로 잘해왔으니까."

나직하게 중얼거린 그가 손을 뻗어 무릎 위에 올려진 다현의 손을 잡았다.

"잠 깨는 방법이에요, 이거?"

그녀는 특별히 거부 반응을 보이지는 않았으나 재인의 손을 얌전히 핸들 위로 다시 올려놨다.

"운전이나 하시라구요, 아저씨."

"고속도로 들어가기 전까지는 괜찮아."

재인은 다시 그녀의 손을 꼭 잡았다.

"항상 이렇게 부지런해요?"

"오늘은 좀 서두른 거지. 보통은 5시에서 6시쯤 일어나."

재인의 답변에 다현이 끙끙거렸다.

"보통 몇 시에 자는데요?"

"2시쯤."

"잠도 없군요. 늙으면 잠 없다는 얘기가 맞나 봐."

"난 원래 그랬어."

다현의 장난스러운 반격에 재인이 발끈해서 항의했다. 문득 처음 만났을 때가 생각났다. 그때도 늙었다는 소리에는 질색을 했었다.

"그리고 상관없어. 어차피 같이 늙어가는 사이니까."

아마도 재인도 같은 생각을 하고 있었나 보다. 그가 그날과 똑같이 말로 대꾸했다.

두 사람이 마주 보고 웃음을 터뜨렸다.

28.
이별
— 좋은 여자 만나지 마요

가을이 지나가는 바닷가는 생각보다 쓸쓸하지도 않았고, 바람이 많이 차지도 않았다. 그리고 제법 많은 사람들이 겨울이 오는 바다를 맞이하고 있었다.

하지만 정작 다현은 바닷가 쪽으로는 눈길도 주지 않고, 등을 돌린 채 안개가 걷히고 있는 가을 산을 향해 고개를 갸우뚱거리고 있었다.

"바다 싫어해?"

재인이 아차 싶은 얼굴로 다현을 바라보았다. 대부분 여자들은 바닷가를 좋아할 거라고 생각했는데 다현은 아니었나 보다. 산에 올라갔어야 했나? 그는 다현이 바라보고 있는 제법 높은 산을 향해 시선을 주었다.

"아뇨. 재인 씨 생각 대신해주고 있는 중이에요."

"내가 무슨 생각을 하고 있는데?"

난 네 생각만 하고 있는데. 그럼 넌 내 생각만 하고 있어야 공평한데. 이건 뭔가 반칙 같다.

재인이 고개를 갸웃거리자 그녀가 그제야 고개를 돌리며 재인을 향해 진지하게 웃어 보였다.

"저 산을 다 깎아내야 뷰가 잘 나올 거 같은데. 리조트 짓기에는 땅이 애매하지 않아요?"

"학교 그만두고 우리 회사 들어올래?"

"됐거든요."

예상치 못한, 정말이지 진지한 답변에 재인이 피식 웃음을 삼켰다. 다현의 시선이 쏟아지는 햇살에 파도가 하얗게 부서지는 푸른 바닷가에 머물렀다.

모처럼 따뜻하고 좋은 날씨였다. 그래서인지 이른 시간이었음에도 철 늦은 바닷가는 제법 사람들로 붐볐다. 가족, 연인, 친구…… 각각의 사람들이 기분 좋은 표정으로 바닷가를 즐기고 있었다.

"바다, 정말 오래간만에 와봐요."

"나도. 6개월을 만났는데 그래도 같이 못 해본 게 많네."

"그러니까 우리도 한번 해봐요."

재인은 '뭘?' 하는 얼굴로 다현을 바라보았다. 그러자 그녀가 그의 손을 의지한 채 신발을 벗어 들었다. 그러고는 멀뚱히 바라보는 재인을 재촉했다.

"뭐 해요? 신발 안 벗고."

"왜 벗어야 하는데."

물론 지금 다현이 뭘 하고 싶어 하는지는 알겠다. 저 하얗게 보이는 백사장을 맨발로 걷겠다는 거지만 왜 그걸 굳이 해야 하는 걸까. 이 날씨에, 이 시간에 말이다.

"신발에 물 들어가니까요. 그걸 몰라서 물어요?"

"그냥 보는 걸로 만족하지? 바닷물이라 끈적할 텐데. 모래도 축축하고."

다현이 답답하다는 듯 설명하자 재인이 인상을 썼다.

"정말 사람이 꽉 막혀서. 저 사람들은 그걸 몰라서 저러고 있겠어요?"

다현이 턱 끝으로 바닷가를 가리켰다. 몇 명의 연인들이 맨발로 파도를 즐기고 있었다. 그중에 몇 명은 아예 바닷가에 몸을 담그고 있는 수준이었다. 다들 제정신이 아닌 것 같았다. 갈아입을 옷들은 가지고 온 건가.

"그러니까. 왜 저러냐고?"

"바다, 추억, 로맨틱. 이걸 꼭 집어줘야 아는 거예요?"

다현은 강경했다.

투덜투덜 작은 한숨을 내쉰 재인은 일단 자신의 겉옷을 벗어 다현의 몸에 입혀주었다. 아무리 날이 좋아도 10월의 한 자락이다. 이 계절에 맨발에 바닷물은 참 어울리지 않는 조합이다. 도대체 이게 왜 로맨틱하냐고.

값비싼 가죽 구두와 양말을 벗은 재인이 피부에 와 닿는 차가운 느낌에 인상을 쓰자 다현이 손을 내밀었다.

"왜?"

"손 안 잡아요?"

"잡아야지."

재인은 다현이 내민 손을 냉큼 잡았다. 따뜻한 손가락이 그의 손가락에 얽혀들었다. 어라? 이건 좀 마음에 든다. 로맨틱이 뭔지는 모르겠지만, 손끝에 닿는 그녀의 온기가 좋았고, 그를 바라보는 그녀의 미소가 좋았다.

그녀의 따뜻한 체온이 팔꿈치에서 심장까지 전해져왔다. 가슴 한구석이 행복해지는 느낌이었다.

행복? 재인은 잠시 멈칫했다.

생각해보면 이 작은 여자와 함께 있는 내내 행복했다. 처음에는 머리가 돌아버릴 정도로 싸우고 또 휘둘렸고, 또 사이사이 그녀로 인해 가슴 설레게 웃었다. 그리고 지금 이 순간, 일분일초가 지나가는 게 아까울 정도로 행복했다.

―――※―――

해가 길어지고 있었다. 이렇게 저 해가 바다 너머로 넘어가면 어둠이 올 것이고, 그리고 그렇게 마지막 하루가 갈 것이다. 해는 내일 또 떠오르겠지만 아마도 내일의 태양은 지금 이 순간 두 사람을 환히 빛나게 하는 저 햇살과는 분명 다르리라.

"우리, 사진 찍어요."

다현이 핸드폰을 들어 올리자, 재인이 다가와 그녀의 어깨에 손을 둘러 그녀를 끌어당겼다. 어느새 그의 품에 안겨버린 다현이 화들짝 놀라 그를 바라보았다.

"사진 찍자면서. 둘이 와서 독사진 찍게?"

굳이 독사진을 찍을 건 아니었지만 그렇다고 이 남자의 이런 친밀한 접촉을 생각한 것도 아니었다. 그녀의 어깨와 등 뒤에 남자의 온기와 심장 소리가 고스란히 전해진다.

"재인 씨 안 그래도 얼굴 작은데, 자꾸 내 뒤로 가면 안 되죠. 셀카 안 찍어봤어요?"

그녀의 항의에 재인이 다현의 손에서 핸드폰을 들어 멀찌감치 들어 올렸다.

키 크니까 좋구나.

작은 화면에 두 사람의 얼굴이 고스란히 담겼다.

핸드폰에 찍힌 영상을 확인하는 다현의 옆으로 그의 머리가 다가왔다.

"잘 나왔죠?"

"응…… 그보다……."

그가 그녀를 돌려세웠다. 그리고 누구보다 섹시한 눈빛으로 그녀를 향했다.

머리를 감싸 안는 그의 손길이 수상했다.

왜, 왜 이러는데, 이 남자가.

"뭐, 뭐 해요?"

"로맨틱하자면서? 저 사람들 안 보여?"

재인이 턱 끝으로 가리킨 저 멀리에 한 커플이 보였다. 분명 연애를 시작한 지 얼마 안 된 것 같았다.

키스라니. 이 훤히 다 뚫린 데서? 아니, 우리나라가 언제부터 이렇게 개방적이었던 거지? 아냐. 저 사람들은 분명히 신혼부부일 거야. 하지만 그러기엔 너무 어렸다.

점점 더 진해지고 스스럼없는 스킨십에 다현은 고개를 돌렸다. 저렇게 대놓고 딥 키스를 하자고? 어림없다.

"저건 풍기 문란이고 경범죄예요."

"걱정하지 마. 내가 우연히 비싼 변호사를 몇 명 알고 있거든."

재인이 다시 확 손목을 잡아당겼다. 그의 얼굴이 코앞까지 다가오자 심장이 미친 듯이 뛰기 시작했다.

"처음부터 죄를 짓지 말아야지요. 난 선생님이라니까요."

"그래? 근데 어쩌지? 내가 나쁜 놈이라서."

그의 입술이 순식간에 다가왔다.

새파란 하늘과 신선한 바람, 햇빛에 반짝이는 인디고블루의 바다.

흰색 풀오버에 청바지를 입은 다현과 흰색 폴로 티에 블랙 진 바지, 같은 계열의 점퍼로 다현을 감싸 안은 재인의 옷차림은 그들은 느끼지 못하고 있었지만 얼핏 보면 서로 챙겨 입힌 커플룩같이 보였다. 그리고 그들은 누가 보아도 아주 잘 어울리는, 그리고 눈에 띄는 한 쌍의 연인이었다.

※※※

 아마도 다시 누군가와 사랑에 빠지더라도 두고두고 기억 속에 남을 시간이 천천히 흘러가고 있었다.
 이제 가을이 시작되는 10월이 오면, 바다에 오게 되면 언제나 이 시간을, 이 남자를 생각할 것이다. 오늘의 순간이 어쩌면 영원이 될 수 있음을 다현은 그날 깨달았다.
 어느덧 뉘엿뉘엿 해가 지고 있었다.
 하얗게 푸르렀던 바다가 순식간에 불타오르고 있었다. 다현을 단단히 감싸 안은 재인의 온기가 그녀의 등 뒤에서 온몸으로 전해지고 있었지만 마음 한구석만큼은 밤을 알리는 바람처럼 차가워졌다.
 오늘이…… 지금이 이제는 끝이구나.
 이제 해는 거의 바다에 삼켜졌고, 푸른 어둠이 조금씩 내려앉았다. 일몰을 구경하던 사람들도 이제 각각 가야 할 곳으로 발걸음을 옮기고 있었다.
 "오늘 하루, 같이 있을래?"
 재인이 그녀의 귓가에 나직하게 속삭였다. 파도 소리에 묻히지 않을 만큼의 낮은 음성.
 두근두근. 그의 제안에 심장이 미친 듯이 뛰기 시작했다. 그에게 이 심장 소리가 들리지 말아야 할 텐데.

"우리, 오늘 헤어지는 건데요?"

"그러니까."

무심한 목소리. 그런데 더없이 진지하게 들려온다. 그리고 그녀의 허리를 잡은 그의 손에 힘이 들어간다.

"그러니까 재인 씨 좀 나쁜 놈 같은데요."

"아마 생각하는 것보다 더 나쁜 놈일걸. 미리 말하는데, 다현이가 오케이하면 그냥 손만 잡고 자지는 않을 거야."

그가 다현을 돌려세웠다. 남자의 눈빛이 뜨거웠다.

뭐라고 얘기해야 할까? 이 순간을 돌아선다면 내내 후회할지도 모른다. 하지만 그를 선택하는 게 옳은 일인 걸까?

그가 그녀의 결정을 묵묵히 기다리고 있었다.

하지만 재인의 핸드폰은 다현이 대답할 기회를 주지 않았다.

분위기도 모르고 요란하게 울려대는 핸드폰을 그냥 꺼버리려던 재인의 얼굴이 굳어졌다. 아마도 중요한 전화인가 보다.

"어째 조용하다 했어요. 마지막 날까지, 당신 핸드폰은 정말……"

다현은 한 발짝 떨어져 재인의 핸드폰을 향해 나직하게 고개를 흔들었다.

"네, 어머니…… 할아버지가요? 알겠습니다. 금방 갈게요."

"무슨 일 있어요?"

왠지 급해 보이는 재인을 바라보며 다현도 걱정을 담아 물었다. 감정을 잘 드러내지 않는 재인의 이런 표정은 그리 흔치 않았다.

"우리 할아버지가 또 연기하시는 거 같아."
"연기?"

다현이 눈을 깜빡였다. 그녀의 입장에서는 처음 겪는 일이었지만 가끔 할아버지는 중요할 때 꾀병을 앓곤 했다. 3년 전 재인의 결혼을 밀어붙일 때라든지, 그가 회사에 돌아오기를 거부할 때라든지.

"우리 계약 기간도 끝났으니 당신 입장에서는 뭘 해도 해야 하니까. 병원에 입원하기로 하셨나 봐. 도와주질 않으시네."
"그래도 진짜 아프신 거면 어떡해요. 가봐요, 얼른."

재인이 고개를 끄덕였다. 강 부장이 아니라 어머니가 직접 전화를 건 데는 분명 이유가 있을 것이다. 쉽게 그가 무시할 수 있는 일은 아니라는 의미였다.

―♦♦♦―

운전을 하는 재인의 얼굴이 굳어 있었다. 그녀에게는 아무렇지도 않게 말했지만 내심은 아닌 모양이었다. 하기는 연세가 있으신 분이니 걱정이 되는 게 당연했다.

"그동안 고마웠어요. 덕분에 우리 지수도 잘됐고. 보육원 운영비도 당분간 걱정 없고. 내가 횡재한 거 같아요."

"그게 다야?"

그가 무뚝뚝하게 물었다.

아니, 그보다 훨씬 더 많았다.

그로 인해서 가슴이 떨렸고, 그로 인해서 밤잠을 설쳤다.

사람이 사람으로 인해서 행복해질 수 있는 일들.

이재인으로 인해서 알게 된 것은 더없이 많았다. 하지만 지금은 그걸 입에 담아서는 안 될 시간이었다.

"더 있으면 안 되잖아요."

"하긴. 우리 사이에 그게 다인 거지?"

재인의 표정이 굳어 있었지만 다현은 애써 모른 척했다.

지금은 감정 같은 건 모른 척해야 했다. 진짜 마음과는 달라야 했다. 다현은 그러기로 마음먹었다.

"좀 서운하긴 한데 정리하려구요. 어차피 우리 서로 절대 반하지 않기로 했잖아요."

"그러니까 당신은 나한테 반하지 않았다? 요만큼도?"

"그럼 당신은 나한테 반했나요?"

"반하려고 했었어."

재인의 솔직한 답변에 다현이 고개를 숙였다.

끝까지 공평하고 싶은데 참 공평치 못하다. 난 벌써 진작에 반한 것 같은데, 그는 아직 시작 중이었단다.

재인은 애써 미소 짓는 다현을 한참 바라보았다.

"후회하지 않을 자신 있어? 나 같은 남자, 다시 만나지 못할 텐데."

"그럼요. 재인 씨처럼 고약한 남자를 어디서 또 만나요."

또 한 번 웃어 보이는 다현의 손목을 잡아끌어 품에 안았다.

그래, 이 여자에게는 참 고약했다.

지나간 시간의 기억에 재인은 희미하게 미소 지었다.

"너, 좋은 여자야."

"나도 알아요. 당신은 별로 좋은 남자는 아니에요."

순순히 그의 품에 안긴 다현이 중얼거렸다.

"알아. 그래서 여기서 다현이 놔주는 거야."

"말은 바로 해요. 내가 당신 차는 거예요. 재인 씨가 놔주는 게 아니라. 너무 고약하게 굴지 말아요. 그러다 밤중에 칼 맞아요."

"그래서 경호원 많이 두려고."

정직한 그의 답변에 다현이 또 한 번 작게 웃어 보였다. 아니, 웃으려고 노력했다.

오늘이, 그리고 지금이 마지막이다. 다시 볼 수 없을지도 모른다. 이제는 정말이지 헤어져야 할 시간이었다.

재인이 다현의 손목을 잡아 다시 끌어안았다.

지금 이 순간, 서로에게 전해지는 서로의 심장 소리는 두고두고 잊지 못할 것이다.

"너무 좋은 여자 만나지 마요. 그럼 그 여자 불쌍하잖아요."

"넌 좋은 남자 만나. 그래야 내가 좀 덜 미안할 테니까."

그렇게 한참을 안고 있었다. 아니, 어쩌면 짧은 시간일지도 모르겠다. 시간 따위, 생각할 틈이 없었다. 서로의 가슴에 안겨 있는, 서로의 마음에 남겨두고 가는 그들 때문에.

⸻

그녀와 헤어지고 병원으로 향하는 재인의 발걸음은 무거웠지만 머릿속은 복잡했다. 지금은 오직 할아버지만 걱정해야 하는데 머릿속은 온통 김다현으로만 가득 차 있다.

다시 돌아가서 다현의 손목을 붙잡아 세우고 계약서나 유언장 따위는 상관없이 다시 시작하자고 말하고 싶었다.

하지만 과연 그게 옳은 일일까? 자신의 꿈을 향해 똑바로 걸어가고 있는 다현의 인생을 그의 뜻대로 휘저을 자격이 과연 그에게 있는 걸까?

할아버지의 상태는 심각했다.

뇌졸중 초기 증세.

다행히 쓰러지기 직전에 강 부장이 상태가 이상함을 느끼고 바로 병원에 연락하는 바람에 아주 위험한 상황은 피한 것이 다행이면 다행이라고나 할까?

"괜찮으실 겁니다. 다행히…… 금방 발견해서…… 운이 좋으신 거예요. 지난번에도, 이번에도."

"지난번이요?"

"네. 그동안 혈전용해제를 계속 처방받으셨습니다. 그리고 MRI에도 흔적이 남아 있구요. 모르셨습니까?"

의사의 질문에 재인의 눈썹이 모아졌다. 전혀 몰랐다. 할아버지가 위험한 고비를 또 한 번 넘긴 적이 있다는 사실은 가족뿐만 아니라 그룹의 누구도 알지 못했었다.

"보안 확실하게 유지하세요. 언론에 한 줄이라도 나가면 내일 감당하기 어려울 겁니다."

"알고 있습니다…… 그럼…… 다른 가족분들에게는……."

"고모한테도 일절 함구하세요. 할아버지, 지금 한국에 안 계신 거예요. 모든 보고는 제가 받습니다. 경영 수업이든 차기 후계자 구도든…… 적당히 둘러대세요."

강 부장이 고개를 끄덕였다. 지금 재인이 하는 말의 심각성을 누구보다 잘 이해하고 있는 동석이었다.

이규철 회장의 입원 소식이 알려지면 각종 추측이 난무할 것이고, 나중에는 재계 판도까지 흔들릴 것이다. 더구나 아직 확실하게 경영권 승계 작업이 마무리되지 않은 상태에서 이 회장의 부재가 성현 그룹에 미칠 타격은 매우 심각했다.

"강 비서님."

"네. 또 뭐 다른 지시라도……."

"잘 부탁드립니다."

재인이 어느 때보다 가장 정중하게 고개를 숙이자 동석은 당황스러운 눈길로 그의 상사를 바라보았다.

"지금, 제가 믿을 사람이 별로 없어서요."

재인의 신뢰에 동석이 고개를 끄덕여 보였다.

한 배를 타고 함께 폭풍우를 헤치고 간다는 건, 서로에 대한 믿음이 없으면 안 되는 일이었다. 지금, 그 성미 고약한 이재인이 그에게 신뢰를 보여주고 있었다.

29. 거짓말
— 시간이 약이 될까요?

아침 6시 30분. 늦가을 햇살이 눈부시다.

차 안에서 강 부장이 불러대는 스케줄은 살인적이었다.

강 부장의 얼굴에는 안쓰러움이 지나갔지만 재인은 정신없이 바쁜 게 차라리 나았다. 생각나지 않게. 생각날 틈도 없이. 하지만 숨도 못 쉬게 바쁜 일상 속에서도 어디든 그녀가 보이는 게 문제였다. 차를 타도, 밥을 먹어도, 길을 걸어도, 몇 천만 달러짜리 계약을 해도, 심지어 아무것도 하지 않아도 그녀는 어디에나 있었다.

젠장 맞을. 김다현 선생님, 나 욕했어. 근데 왜 내 옆에 없는 거지? 왜 뭐라 안 하느냐구.

재인은 읽고 있던 서류를 덮고 눈을 감았다 금방 다시 떴다. 역시나 눈을 감는 건 좋은 선택이 아니었다. 머릿속에서도 또 렷하게 그녀가 보이니.

다현이 생각나지 않는 일상은 언제쯤 오게 될까.

그런데 과연 그게 행복할까?

그나마 불행 중 다행은 할아버지가 의식을 차린 것이다. 천만다행으로 약간 말투가 어눌해진 것 말고는 큰 타격은 받지 않은 듯했다.

"왜들 다 모여 있어?"

"사람 좀 그만 놀래키세요. 할아버지 때문에 제가 얼마나 바쁜지 아세요?"

여전히 퉁명스러운 어조였다. 아마도 이제는 멀쩡하게 돌아왔다는 뜻일 것이다. 재인은 할아버지와 똑같이 퉁명스러운 어조에 걱정을 담아 투덜거렸다.

"아버님, 저희 큰일 치르는 줄 알았어요."

"흥. 미안하지만, 아직 안 죽어. 그러니까 내 재산 날로 먹을 생각은 하지 마."

"미안하실 거 없으세요. 날로 먹을 생각도 없고. 그러니까 제발 오래오래 사세요."

이제야 완전히 할아버지가 되돌아왔다. 하지만 이제 그도, 다현도 다시 처음의 자리로 되돌아가는 일은 어려울 것이다.

어쨌거나 그녀 없이 살아갈 수 있을 거라고 자신했던 스스로의 오만함에 재인은 쓴웃음을 삼켜야 했다.

차가 성현 그룹 본사에 도착한 듯했다. 수행 비서가 조심스럽게 문을 열어주자 재인은 애써 표정을 관리하며 차에서 내렸다. 재인의 차 뒤로 그를 경호하는 차량이 서고 날렵하게 덩치 좋은 경호원들이 줄줄이 따라나서는 모습이 보였다.

이제 한 달 반쯤, 아니, 정확히는 43일째. 그들의 존재가 익숙해졌다. 어느새 일상이 되어버린 모양이다.

오늘도 그녀가 없는 하루가 이렇게 시작되고 있었다.

───※※※───

"내 친구지만. 참 독해."

형준의 뜬금없는 대화의 시작이 의미하는 뜻을 알고 있지만 대꾸할 여지도 없었다. 대화의 주제가 애써 꾹꾹 눌러 참고 있는 다현이 얘기라면 더 피하고 싶었다. 그래서 재인은 더더욱 서류 속의 숫자에 집중했다. 아니, 집중하려고 했다.

"난 너라면 다현 씨 안 놓칠 줄 알았어. 결혼해서 이겨낼 수 있을 거라고 생각했거든."

"이 숫자들 더블 체크한 거야?"

"그건 회계팀에서 했겠지. 너, 정말 괜찮아?"

젠장할. 괜찮을 리가 없었다. 어떻게 그녀 없는 지금 이 순간이 괜찮을 수 있을까.

형준이 주제를 바꿀 생각이 없자, 재인이 천천히 고개를 들었다.

"괜찮지 않아. 참고 있어. 그러니까 너도 참아봐."

감정이라고는 한 톨도 느낄 수 없는 건조한 목소리에 형준은 더 이상 아무 말도 할 수 없었다.

 이재인이 스스로 이별을 선택했다는 것이 놀라웠다. 사람이건 물건이건 자기 것에 대한 소유욕만큼은 둘째가라면 서러운 게 이재인이었다. 그런데 그가 누구보다 원하는 걸 포기한 것이다.

 "시간이 약이야. 조금 지나면 괜찮아질 거야."

 그저 시간이 어서 지나가 선명하게 드러나는 재인의 상처가 아물기를. 그래서 다른 사랑을 찾을 수 있도록. 부디 그러기를.

 "그런가? 그럼 다행이구."

 덤덤한 재인의 어조는 여전히 메말라 있었다. 하지만 그 안에 담긴 안타까움에 형준은 차마 더 이상 말을 잇지 못했다.

 형준이 나가고 난 후, 재인은 저도 모르게 눈을 감았다.

 잠깐의 틈.

 또다시 그녀가 머릿속에서 그를 향해 웃고 있다.

 잘한 선택일까? 이렇게 헤어진 게 정말 그녀를 위한 게 맞는 것일까? 하루에도 수십 번씩, 눈을 뜨고 있을 때마다 생각하고, 눈을 감을 때마다 또 생각하는 질문이고 답이었다.

 그녀의 삶이 그로 인해 흐트러지게 할 수는 없었다. 그녀가 그로 인해 망가지는 모습을 볼 수는 없었다. 재인에게는 헤어지는 게 그녀를 위해 해줄 수 있는, 어쩌면 유일한 일이었다.

 빌어먹을. 납치 따위는 없어야 했다.

한주희가 한 짓은 분명히 있을 수 없는 범죄였고, 미친 짓이었다. 하지만 납치가 다시 일어나지 말라는 보장도 없었다.

어둠 속에서 하얗게 질린 얼굴로 그를 바라보던 다현의 시선이 아직도 그의 머리에 남아 있었다.

매 순간 그를 쫓아다니는 경호원이 몇 명인지. 다현도 그와 같이 살아야 한다. 남의 눈 속에서, 남의 눈을 피하면서. 남에게 보여주면서.

다현이 과연 그걸 버텨낼 수 있을는지. 참고 버티라고 할 권리가 그에게 있는지. 그리고 버티지 못 했을 때 상처 입은 다현에게 과연 그가 해줄 수 있는 일이 무엇인지.

노크 소리에 재인이 다시 정신을 차리고 시간을 바라보았다.

다음 일정이 또 그를 기다리고 있었다.

※※※

만찬은 생각보다 화기애애하게 진행됐다. 아직도 최종 계약까지는 몇 번의 고비가 더 남아 있었지만 일단 지금 분위기만큼은 나쁘지 않았다.

아일랜드 억양이 남아 있는 영어를 사용하는 벨기에 출신의 남자는 재인보다 20년 먼저 그와 같은 학교를 졸업하고, 보스턴의 같은 식당을 알고 있었다.

그는 기술 협상 따위는 다 잊어버린 얼굴로 귀 기울이지 않으면 제대로 전달이 안 되는 억양이 센 사투리로 식사 내내 떠들어댔다. 그리고 함께 자리를 한 히스패닉계임이 분명한 와이프 역시 꽤나 기분 좋은 표정으로 SH 전자 사장의 부인과 격의 없는 대화를 이끌어가고 있었다.

"우리 회사 팀장이 여자가 아닌 게 정말 다행이에요. 그랬으면 이재인 씨 미소에 홀려서 무조건 사인했을 테니까."

부부가 아직 싱글이라 파트너가 없는 재인을 향해 유쾌하게 웃어 보였다.

"다음에는 우리 꼭 미국에서 봐요. 우리 딸이랑."

"여보. 줄리아는 이제 16살이라니까."

"그게 아쉬워요. 이재인 씨가 좀 더 기다려줄 수 없나요? 여보, 사인을 좀 천천히 하면 안 될까요?"

"제가 기다리는 걸로 하죠. 그러니까 사인은 지금 하는 걸로 하시죠."

두 부부의 농담에 재인이 맞장구쳤고 만찬장은 다시 한 번 웃음으로 가득해졌다.

어쨌거나 나쁘지 않은 분위기였다. 내일의 협상장은 두 회사 간에 몇 번인가 밀고 당기기가 계속되겠지만 아마도 훨씬 더 부드러워질 것이다.

SH 전자 사장의 얼굴에도 화색이 돌았고, 부사장도 꽤나 들떠 있는 표정이었다. 사업에는 전혀 관심이 없지만 남편과 동반해 잔뜩 긴장한 채 테이블의 대화에 참여하고 있는 부인들 역시 조금은 여유를 찾아가고 있었다.

부부 동반 모임. 긴장하고, 예의 차려야 하는 공식 행사. 일 년에 수십 번이 있을지 모른다. 부부 동반으로 수시로 외국도 방문해야 할 것이다.

문득 파티장에서 덩그러니 혼자 있던 다현의 표정이 떠올랐다. 표정 없던, 내내 다른 생각에 잠겨 있던 그녀가 생전 처음 본 사람들과 마치 몇십 년을 안 것처럼 얼굴만으로 미소 짓고 친절한 척 애쓰는 걸 할 수 있을까?

아니, 다른 무엇보다 그러기 위해서는 그녀는 학교부터 그만두어야 할 것이다. 다현이 얼마나 아이들을 사랑하고 자신의 직장을 아끼는지 재인이 더 잘 알고 있었다.

결국…… 그러니까, 헤어진 건 잘한 일이었다. 그런데 왜 이렇게 전혀 잘했다는 생각이 들지 않는 건지.

왜 이렇게 이 자리에는 없는 김다현만 자꾸 생각하는 건지.

왜 이렇게 가슴이 미치도록 답답한 건지.

겨우 입가에 미소만 남긴 채 재인의 표정이 점점 텅 비어가자 그를 바라보는 동석의 표정도 굳어져갔다.

지금 재인은 전혀 이재인 같지 않았다.

※

만찬장을 나오자마자 기자들이 카메라를 들고 따라붙었다.

재인은 다시 애써 웃어 보였다. 참석한 모든 사람들이 습관처럼 미소 짓고 카메라를 향해 여유 있게 눈을 돌렸다. 갑자기 머리가 지끈거렸다. 겨우 손님들을 호텔로 보낸 재인은 나직한 한숨을 내쉬었다.

"어디 불편하십니까?"

"머리가 좀 아파서요."

"잠을 좀 주무셔야……."

그의 상관은 요즘 잠을 전혀 자지 못하고 있었다. 산적해 있는 일도 많았고, 참석해야 할 행사도 많아서 몸이 둘이라도 바쁜 그는 하루에 세 시간도 제대로 수면을 취하지 못하고 있었다.

"됐습니다. 우선 병원으로 가지요."

"큰 사모님께서 오늘은 오시지 않는 게 좋을 것 같다고 하십니다. 기자들이 뭔가 눈치를 챘는지 집요해져서……."

기자들.

재인이 슬쩍 미간을 모았다.

또 기자들이다. 하지만 아무리 꽁꽁 싸매고 살아도 그는 남의 눈을 피하고 살 수 없는 신분이었다.

"그럼 회사로 갑니다."

"상무님."

오늘은 그만 쉬라는 동석의 무언의 압박에 재인이 물끄러미 그를 바라봤다.

강 비서는 모른다. 어차피 눈을 감아도 쉴 수가 없다는 것을. 눈을 감으면, 오롯이 혼자가 되면 머릿속은 온통 김다현으로 가득 차버린다.

다시 그녀를 볼 수 없다는 것만으로도 마음에 구멍이 뚫린 것 같다. 그러다 잠이 들어도 꿈에도 그녀를 본다. 반가워서 달려가다 그게 꿈이란 걸 알고 다시 실망한다.

그런 감정을 다시 느끼지 않으려면 차라리 처음부터 잠이 들지 않는 게 훨씬 나은 선택이라는 걸 그는 다현과 헤어진 다음 날부터 뼈저리게 느끼고 있었다.

성현 그룹의 22층 경영전략실. 이재인의 사무실에 환하게 불이 켜져 있었다.

혼자 남은 재인은 일에 열중했다. 지금은 한눈을 팔 때가 아니었다. 하지만 자꾸만 핸드폰으로 시선이 가는 건 무슨 이유일까.

부재중 0.

당연하다. 헤어졌으니까. 다시 만날 일이 없으니까. 어쩌면 그녀는 진작에 잊고 살고 있을지 모른다. 그런데 왜 이렇게 마음이 아픈 걸까.

핸드폰 속에는 여전히 그녀의 웃음이 저장되어 있었다. 지워야지 하면서도 차마 없애지 못하는 사진들이었다.

"시간이 약이라고? 믿지 마. 그거 거짓말이니까."

재인은 그렇게 중얼거리고 질끈 눈을 감았다. 그리고 목 끝까지 치밀어 오르는 갑갑함에 몸을 일으켰다.

숨이 막힐 것 같다. 이러다 정말이지 죽을 것 같았다.

―⋙・⋘―

새벽 1시. 차를 몰고 재인이 도착한 곳은 다현의 집 앞이었다. 다현이 머무르고 있는 옥탑방의 창은 캄캄했다. 아마도 잠들었겠지. 잠들었을 시간이니까.

당신은 잠이 오니? 나는 온통 네 생각으로 잠 따위는 잊은 지 오래인데.

당신, 잘 살고 있는 거구나. 그럼 이제 나만 잊으면 되는 건데, 난 그게 쉽지가 않아.

시간이 약이었으면 좋겠다.

하지만 이재인에게는 절대 그렇지 못할 것이다.

누구 맘대로 그녀가 잊혀진단 말인가.

한참을 그녀의 집 앞에 머물던 그의 차가 조용히 떠나간 후, 하늘에는 어설프게 큰 달이 푸르게 떠올랐다.

새벽 2시, 늦은 밤. 옥탑방 마당에서 다현이 창백하게 하얀 얼굴로 가로등이 희미한 거리를 하염없이 바라보고 있었다.

잠이 오지 않는다.

당신, 잘 살고 있는지요. 나는 안 그래요. 난 여전히 힘들고, 언제나 당신이 보고 싶어요.

다현이 이제 아무도 없는 거리를 바라보며 그렇게 혼자 중얼거렸다.

⋙ ⋘

학교는 여전히 활기차고 바쁘다. 아이들의 해맑은 웃음소리가 반짝이는 햇살만큼이나 쨍쨍하게 들려왔다. 겨우 수업을 끝낸 것 같았다.

빈 교실, 혼자가 된 다현은 질끈 눈을 감았다.

미처 깨닫지 못했었다. 헤어지고, 아니 더 정확히는 그와의 계약이 끝난 처음에는 몰랐었다. 이별이란 게 생각보다 훨씬 간단하고 또 생각보다 훨씬 더 힘들 수 있다는 것을.

한 통의 전화도, 한 줄의 문자도 당연히 없다. 그 너무나 당연한 일에 가슴이 무너져 내릴 수 있다는 것을.

이별이란 건 그저 두 사람의 만남이 끝나는 게 아니었다. 이제 다시는 그 사람을 만날 수 없다는 뜻이고, 그와의 추억만이 오롯이 남아서 시간이 지나면 지날수록 자꾸만 되살아나 결국에는 그녀의 가슴속을 후벼 파는 일임을 이별이란 걸 하고 나서야 깨달았다.

"보고 싶어."

"나 미쳤나 봐."

다현은 저도 모르게 뚝뚝 떨어지는 눈물을 닦으며 중얼거렸다. 얼마나 대단한 연애를 했다고. 얼마만큼 사랑에 미쳤었다고.

오빠의 충고 때문에 헤어진 것은 아니었다. 주희의 납치 사건도 문제는 아니었다. 그 사람의 발목을 잡을 것이 두려웠다.

그리고 계약서.

다현은 눈을 찔끔 감았다. 괜히 썼다, 그 계약서.

그건 교제 계약서가 아니라 이별 계약서였다.

─6개월만 진지한 교제를 한다. 그 이후로는 서로 아무 조건 없이 깔끔하게 헤어진다.

다현의 머릿속이 복잡해졌다. 깔끔해야 하는데 왜 자꾸 이렇게 구질구질해지는 걸까.

오빠는 그랬다. 세상에는 사랑 하나로 해결할 수 있는 일보다 훨씬 더 복잡한 많은 일이 있다고. 하지만 이번에는 오빠가 틀렸다. 세상에는 사랑이 없으면 아무것도 안 되는 것도 있다.

사랑. 그 남자를 사랑하니, 김다현?

그 남자는 널 사랑할까?

모든 연애의 이유는 사랑이어야 하는데, 그들은 시작부터 잘못되었다.

집으로 가는 길은 꽤 멀었다. 얼른 학교 근처로 이사를 가야 할 듯했다. 아니, 이참에 진주로 전근 신청을 낼까? 그럼 엄마가 진짜로 좋아할 텐데. 이참에 효도나 한번 해볼까?

그럼 그 사람을 우연이라도 보는 일은 절대 없을 테지.

어쩌면, 한 번쯤 지나치게 되지 않을까 하는 기대 같은 건 품을 일이 없을 것이다.

'이재인'이라는 말소리에 다현은 걸음을 멈추었다. 큰 빌딩 광고 탑에 재인의 모습이 비쳤다. 불공평하다. 재인은 어디에나 있었다. 그는 대통령과 무어라 이야기를 나누며 행사장 안으로 들어서고 있었다.

정말 다른 나라의 사람이구나. 대통령이라니. 그녀와는 정말 다른 사람이었다.

한주희는 미국으로 출국했다고 하고 한주 화학의 회장은 검찰에 소환되었다고 한다.

다현은 화면에서 눈을 떼지 못한 채 재인을 바라봤다.

> **성현 그룹, 이재인 이사 체제로 경영권 승계 가속화**

선명하게 떠오르는 자막을 읽어 내리고 다시 화면을 향했다. 재인의 눈빛이 잠깐이지만 카메라를 똑바로 바라봤다. 마치 그녀를 바라보는 것처럼.

　웃고 있기는 하지만 단호하고, 단정해 보이지만 살벌했다.

　쏟아지는 초겨울 햇살에 다현은 눈을 깜빡였다. 아무래도 몸살이 나려나 보다. 얼굴이 발갛게 달아오르고 있었다. 열이 올라서 눈 속까지 뜨거워졌다. 몸 전체가 뜨끈뜨끈 달아오르는 느낌인데, 또 심장 한끝은 오슬오슬 떨려온다.

※》》《《※

　그 시간 이후로 다현은 3일 밤낮을 끙끙 앓았다. 사랑의 열병을 제대로 혹독하게 겪고 있는 친구를 보면서 현진은 속이 상했다. 잊게 될 거라고, 다들 한 번쯤 그렇게 미친 듯 좋아하다가 시간이 지나가면 희미해진다고 얘기해주고 싶었다.

　"땀이니? 눈물이니? 왜 이렇게 정신을 못 차리는 거야. 힘들긴 힘들었나 보다."

　링거를 꽂은 다현을 바라보는 서현의 시선에 안쓰러움이 스쳐 지나갔다. 다행히 해열제가 효과를 발휘해서 열은 정상 범위 내로 돌아왔지만 여전히 몸은 늘어진 채였다.

　"이재인, 그 인간도 웃겨. 그럴 거면 연애를 하질 말든지. 납치됐다고 그렇게 난리를 피운 지가 언제라고 헤어져, 헤어지길."

　"헤어지는 게 당연하지. 그 사람들은 아무하고나 결혼 안 해."

"그럼 누구랑 결혼하는데?"

"고르고 고른 사람들. 비슷한 조건을 가진 사람들."

그걸 모르고 있었느냐는 듯 서현이 무뚝뚝한 목소리로 간단하게 대답했다.

"그럼 사랑은?"

"바보니? 그렇게 결혼하면서 사랑까지 찾는 건 욕심이지. 감정은 빼야지."

현진의 질문에 서현이 나직한 한숨을 내쉬었다. 그래도 현진이는 똑똑한 줄 알았는데 다현과 똑같은 바보였다. 얘도 단단히 주의를 줘야 하는구나.

"사랑이 많은 걸 해결해줄 수 있다고 믿는 건 사람들의 착각이야. 그러니까 너무 힘들지 않은 상대를 만나. 그래서 네가 컨트롤할 수 있는 사랑을 해."

서현의 충고에 현진은 입술을 깨물었다. 현진도 그렇게 생각한다. 진작부터 알았다. 사랑 따위는 세상에 별반 중요한 게 아니라는 걸 아주 어린 시절부터 보고 자랐다. 사랑의 이름으로 행해지는 폭력들에 진저리가 났었다.

하지만, 재인과 다현은 달랐다. 아니, 이재인은 몰라도 최소한 다현의 사랑은 그렇지 않았다.

"아무리 그래도 이번 일은 오빠가 잘못한 거 같아요."

나직한 현진의 어조에는 서현에 대한 항의와 원망이 담겨져 있었다.

"둘이 정말 좋아하는 것 같았단 말이에요."

"좋아한다는 건 오만 가지 감정 중에 하나일 뿐이야."

말은 무뚝뚝하게 했지만 아픈 동생을 보는 서현의 마음도 편치 않았다.

언제나 밝기만 하던 다현의 눈빛에 담긴 상처.

현진의 못다 한 항의.

작고 어린 동생들이 어느새 커서 연애를 하고, 또 실연을 하고, 또…… 이러다 결혼을 하겠지. 어떤 녀석들인지 생각만 해도 심술이 났다.

"오빠?"

"왜?"

"나야 그렇다 치고, 오빠 혹시 미국에서 실연 같은 거 당했어요? 안 그래도 오빠 찬바람 났었는데 이제는 완전 시니컬해진 거 알아요?"

"너, 나 없는 동안 많이 컸다. 이제 덤비는 거야? 난 집에서는 네 오빠고 병원에서는 스태프인데."

서현의 눈썹이 이마까지 올라가자 현진은 입을 다물었다. 서현은 다현과 현진에게 둘도 없는 오빠였고 우상이었다. 하지만 아무리 그래도 이번 일은 너무했다.

"어쨌거나 이번 일은 오빠가 잘못했어."

"그래서 어떻게 할까? 이재인, 오빠가 해치울까?"

"그러든지. 아직 살아 있으면."

서현의 살벌한 질문에 현진이 혼잣말처럼 대꾸했다.

서현 오빠가 두 사람의 연애를 못 봐서 그런 것이다. 분명 두 사람은 연애라는 걸 했고, 그랬다면 그 남자도 아마 지금쯤 죽어가고 있을 것이다. 사이보그가 아닌 감정이 있는 이상, 그래야 옳았다.

여전히 전공의 생활은 빡세다. 쏟아지는 졸음을 꾹 눌러 참는 현진의 얼굴이 복잡해졌다. 분명 무언가 할 수 있는 일이 있을 것 같았는데, 그게 뭔지 딱 잡히지가 않는다.

태하라는 남자는 생각보다 꽤 큰 덩치의 소유자였다. 170센티의 현진이 하이힐을 신었음에도 불구하고 남자는 한 뼘쯤 더 컸고 넓은 어깨를 가지고 있었다. 남자의 눈빛은 사나워 보였다. 뭐랄까, 군복을 입으면 딱 잘 어울리겠군. 거기다 한 손에는 총도 들고 한쪽 팔에는 여자를 안고. 그럼 군인이 아니라 제임스 본드인가?

"잠시만요."

태하는 임원진과 경호원을 모조리 물리치고 길을 막고 선 여자를 보고 잠시 멈칫거렸다. 그녀다. 재인의 그녀라고 생각했던 그 여자. 꿈속까지 어지럽혔던 그녀. 그는 애써 목소리와 표정을 가다듬고 그녀를 제지하기 위해 한 걸음 앞으로 나선 주변 사람들을 눈빛으로 진정시켰다.

"뭡니까?"

이런, 젠장. 이게 아니었다. 저 여자 발밑에 사정을 해도 모자랄 판에 이 시비조는 웬 말이란 말인가. 하지만 다행히 여자는 그에게서 위협을 느끼지는 않은 모양이었다. 오히려 한 발 더 가까이 그의 코앞으로 다가왔다.

"유현진이에요. 당신 사촌, 헤어진 여자 친구의 친구요."

복잡한 설명에 태하가 잠시 미간을 모았다. 태하가 미처 그녀의 정체를 파악하기도 전에 그녀는 단도직입적으로 본론을 꺼냈다.

"이재인 씨와 김다현 씨 일로 의논 드릴 게 있어서요."

이재인은 분명 그의 존경하는 사촌, 지금은 형이었다. 그런데 왜 이 여자 입에서 '이재인'이라는 이름이 튀어나오는 것일까. 살짝 불쾌해지고 있었지만 이대로 그녀를 돌아가게 할 수는 없었다. 이재인과 또 누구라고 했지?

"김다현 씨요? 그 사람이 누구입니까?"

"당신이 납치한 여자 말이에요."

'납치'라는 단어에 잘 훈련된 경호원들의 눈동자가 잠시 흔들렸다. 태하는 작게 한숨을 내쉬었다. 누군지 정확히 알 것 같았다.

"납치는 내가 한 게 아니고, 난 그 여자분을 구했죠."

"그러고 싶어서 그런 거 아니잖아요. 당신 잘난 사촌 때문에 그렇지."

 도대체 이 여자는 자신을 뭘로 알고 있는 건지. 태하는 슬쩍 손목의 시계로 시선을 향했다. 지금 출발해야 회의 시간을 빠듯하게 맞출 수 있을 것이다.

 태하는 자신의 핸드폰을 꺼내 내밀었다.

"번호 찍어요."

"뭐 하게요?"

"하고 싶은 말이 많은 모양인데, 내가 지금 좀 바쁩니다. 두 시간 후에 연락하겠습니다."

 간단하게 명함을 건네주면 될 일이지만 혹시라도 그녀가 연락을 안 하면 곤란하다. 태하는 그녀가 전화번호를 찍는 걸 조마조마한 마음으로 지켜봤다. 그리고 핸드폰을 받자마자 바로 통화 버튼을 눌렀다.

 신호음이 울리는 그 짧은 시간, 태하는 잔뜩 긴장해서 그녀의 핸드폰을 노려보았다. 다행히 그녀의 핸드폰이 울린다.

―――※―――

 그 남자는 생각보다 꽤나 정확했다. 정확하게 2시간 뒤에 전화를 건 그 남자는 15분 뒤에 병원에 나타났다.

"하고 싶은 말이 뭔가요?"

"내 친구랑 이재인 씨랑 헤어진 거 아시죠?"

"대충 들은 거 같습니다만."

"두 사람 진짜 잘 어울렸어요."

"그래서요?"

"우리, 좋은 일 한번 해볼래요?"

반짝반짝 환하게 빛나는 눈동자를 바라보면 뭐든지 다해주고 싶었지만 상대가 이재인이라면 그로서는 꽤나 곤란한 일이었다. 아쉬웠다.

"미안하지만 나는 좋은 사람이 아니라서. 그리고 남의 연애에는 관심 없습니다."

어쩌면 저렇게 싸가지니. 현진은 눈앞의 남자를 노려봤다.

아니 이럴 거면 뭐하러 전화는 하라고 한 건지. 그래, 좋아. 이렇게 된 이상, 내가 진짜 괜찮은 남자 찾아준다. 대한민국에 남자가 이재인 하나야?

태하는 눈앞의 여자가 미간을 모으고 맹렬하게 머리 굴리는 모습을 가만히 지켜봤다. 처음 인상보다 훨씬 더 여린 듯한 얼굴이었다.

30.
기다리는

— 참 거지 같은 일이에요

서현 오빠가 주선한 맞선 상대는 아이러니하게도 한의사였다. 양심이 있는 건지, 아니면 동생을 대신 밀어 넣는 건지는 몰라도 어쨌거나 꽤 유명한 한방 병원의 원장이란다.
 서현 오빠보다 한 살 많은 남자는 꽤 매끈한 얼굴과 편안한 성격을 가지고 있었다. 좋은 조건, 잘생긴 얼굴. 그럼에도 불구하고 자꾸만 이재인이 머릿속에서 떠나지 않는 이유는 뭐란 말인가. 식사를 하는 내내 저도 모르게 생각나는 이재인으로 인해 다현은 이름도 기억나지 않는 눈앞의 한의사에게 집중할 수가 없었다.
 "다현 씨?"
 "죄송합니다. 제가…… 오늘 나오면 안 되는 거였는데……."
 "괜찮아요. 그런 줄 알고 나왔으니까. 실연한 지 얼마 안 됐다면서요."
 "실연한 거 아니에요. 그냥 헤어진 거지."

속삭이는 듯한 다현의 대답에 남자는 피식하고 웃어 보였다.

"그런 건가? 그럼 기분이 좀 나아요?"

저의를 알 수 없는 남자의 질문에 다현은 눈을 깜빡였다.

이 사람이 지금 시비를 거는 건가, 아니면 놀리는 건가? 뭐든 둘 다 기분이 썩 좋지는 않았다. 서현 오빠가 도대체 이 남자에게 어디까지 상황 설명을 했는지 모르겠다.

"헤어진다는 거, 참 거지 같죠?"

"네? 무슨······."

담담한 혼잣말 같은 남자의 질문에 다현의 눈이 둥그레졌다.

"다현 씨는 헤어졌다고 생각하지만 나는 기다린다고 생각하고 있는 중이에요. 채송화 가득한 집을 사면, 같이 살아준다고 했거든요."

간단하게 대답한 유쾌한 남자의 얼굴에는 분명한 그리움과 기다리는 자의 슬픔이 지나갔다.

"아."

좋겠다. 그런 약속이라도 할 수 있어서. 기다릴 수 있어서.

다현의 표정에 옅은 부러움이 지나가자 남자는 재미있다는 듯 다시 웃어 보였다. 이번에는 좀 더 밝은 미소였다.

"그런데 오늘 왜 나오신 거예요?"

"다현 씨랑 똑같은 이유로요. 내가 선을 보면 우리 어머니가 기대하시거든요. 그래서 나왔어요."

또 한 번······ 아. 남자의 답변에 다현이 이번에는 확실히 웃어 보였다. 우리는 닮았구나.

"그러니까 많이 먹어요. 결혼하자고 안 할 테니까."

"서현 오빠랑은 어떻게 아세요?"

"친구의 후배 정도. 다현 씨 오빠는 흥분하면 메스 들고 덤비는 무서운 놈이라 별로 안 친하고 싶어요."

상엽이 다현의 컵에 물을 따라주며 고개를 흔들었다.

우리들의 연애는 실패한 게 아니었다. 그저 기다리고 있는 거고, 그저 보내준 것뿐이다. 마음 한구석 아픔과 상처는 가득하지만 그래도 사랑하는 사람이 해줄 수 있는 최선의 선택을 한 것뿐이었다.

"혹시라도 그 남자가 다시 와서 사귀자고 하면 그냥 모른 척 넘어가줘요. 너무 따지지 말고."

"다시 안 오면요?"

그녀가 침을 꿀꺽 삼키고 물었다. 그런 다현을 보는 남자의 얼굴에 미소가 스쳤다.

"다시 안 오면…… 다현 씨가 찾아가면 되겠네요."

"근데 상엽 씨는 왜 안 찾아가요?"

"난…… 내가 찾아가면 반칙이거든요."

상엽이 희미하게 웃어 보였고, 다현은 이해했다. 그녀 역시 그랬다. 기다리거나 다시 찾아가거나, 그런 건 계약에 없는 조항이었다.

반칙. 이재인, 당신도 반칙은 싫어하는 거죠?

재인은 눈앞의 장면에 멈칫했다. 태하도 같이 걸음을 멈추고 사촌 형을 멈춰 세운 이유를 찾아 재인의 시선을 좇았다.

그녀였다. 사촌이 처음으로 흔들렸던, 지금도 이재인을 송두리째 흔들고 있는 여자.

김다현이라는 선생이 누군가와 만나고 있었다.

멀쩡하게, 아니 멀쩡하다는 표현보다는 훨씬 잘생긴 남자와 김다현이라는 여자. 단정한 머리와 차려입은 정장, 어색함과 예의 바름이 뒤섞여 있는 분위기는 딱 봐도 선보는 자리였다. 그리고 무엇보다 두 사람은 좋아 보였다. 형의 여자가 웃고 있었고, 남자는 그 웃음을 기쁜 눈빛으로 바라보고 있었다.

이런, 망할. 왜 하필 저런 순간에, 저런 모습을 이재인이 봐야 하는지. 저 여자는 정말 우리 형을 다 잊은 건가?

여자의 미소에 사촌의 얼굴이 잠시 굳어졌지만 그들은 바로 호텔 레스토랑을 빠져나왔다. 아마도 눈앞의 남자에게 미소 짓고 있는 그 여자는 형의 모습을 보지 못했을 것이다.

"왜?"

로비를 걸어가던 재인이 자신을 계속해서 바라보고 있는 태하에게 인상을 쓰며 물었다.

"사촌이……."

"형!"

재인이 습관적으로 호칭을 정정하고 나섰다. 몇 개월밖에 안 빠르면서 지난 시간 동안은 손톱만큼도 관심이 없었던 그가 꽤나 형 노릇을 하려 하고 있었다.

"그래, 형. 형이 누구 봐주는 거 처음 봐서."

"저 여자한테는 갚을 빚이 있거든."

담담하게 중얼거린 재인의 얼굴에는 별반 다른 표정이 없었다. 하지만 한 걸음 먼저 빠른 걸음으로 걸어가는 사촌 형의 어깨는 잔뜩 굳어져 있었다.

그런 이유로 태하는 차마 괜찮은지 물어보지 못했다. 이재인은 전혀 괜찮아 보이지 않았으니까.

태하는 문득, 유현진이라는 여자를 떠올렸다.

처음 재인과 함께 있는 걸 보아왔을 때부터 욕심났었다. 그 여자의 첫 부탁인데 오히려 일이 더 나빠지고 있었다.

※※※

태하는 씩씩거리고 있는 현진을 물끄러미 바라보았다. 화가 나서인지 이번에도 눈이 또 반짝거렸다.

"난 할 만큼 한 겁니다."

"독한 놈."

현진이 혼잣말처럼 내뱉었다. 현진의 노여운 중얼거림에 태하가 기침을 쿨럭거렸다. 잔뜩 열이 난 여자의 얼굴을 보니 그가 잘못 들은 게 아닌 듯했다. 이렇게 대놓고 욕이라니.

"뭐라구요?"

"아뇨. 그쪽한테 한 게 아니라 그쪽 사촌이요. 그래서 돈을 버나 봐요. 사람이 그렇게 독해야 하는데 말이지."

"많이 참은 거예요, 우리 형."

태하는 재인을 위해 변명을 하면서도 어이가 없었다.

세상에 이재인을 변명해야 할 일이 생기다니. 이 여자는 이재인을 몰라도 정말 모른다.

"그럼 모자란 건가?"

"우리 사촌, 아니, 형, 서울대에 하버드 출신입니다. 모자라다는 소리, 태어나서 단 한 번도 들어본 적이 없어요. 오히려 넘치면 넘쳤었지."

항상 그의 앞에 있었고, 그래서 항상 경쟁심에 불타올라야 했다.

"그럼 정말 마음이 없는 건가? 생각보다 다현이를 사랑하지 않았나 봐요. 내가 착각한 거지. 그럼 오히려 더 깔끔해요. 더 괜찮은 남자 만나면 되는 거니까."

"내가 할 일은 다한 겁니다. 그러니까 언론에 조금이라도 계약이나 납치 얘기가 나오면 그때는 다 유현진 씨가 책임져야 할 겁니다. 우리 사촌, 무서워요."

"나도 알아요. 그리고 그런 소문 나봤자 우리 다현이한테 좋을 일도 없고. 그래서 처음부터 인터넷에 깔 생각은 없었어요.

암튼 고마웠어요."

태하는 일어서는 여자의 손목을 붙들어 잡아 세웠다.

"그럼 날 속인 겁니까? 감히? 협박한 것도 모자라서."

그날 저녁, 그녀는 태하에게 전화를 걸어 조금의 양보도 없는 어조로 말했었다.

―이번 일, 도와주지 않으면 두 사람의 계약서를 가장 핫한 언론사에 뿌릴 거예요.
―지금 협박하는 겁니까?
―아뇨. 아까 얘기했잖아요. 좋은 일 좀 해보자고.

달래는 듯한 여자의 웃음소리가 핸드폰 안에서 새어 나왔다. 예기치 않았던 통화에 설레었던 그의 미소를 단번에 사라지게 한, 그야말로 어이없는 협박이었다.

절대 그렇게는 못 할 거라고 생각했지만 여자는 워낙에 단호했고, 그녀를 다시 보고 싶은 욕심에 태하는 일단 그녀의 제안을 받아들였다.

그런데 이제는 그런 일은 처음부터 없었단다. 무언가 농락당한 듯한 기분에 태하의 눈썹이 움찔거렸다.

"협박은 무슨. 그냥 절실했다고 해두죠."

그녀가 씩 웃으며 잡힌 손목을 빼내서 그의 어깨를 툭툭 치고는 자리에서 빠져나갔다. 뭐지, 저 여자?

회의실에서는 앞으로의 계획에 대해서 열띤 토론이 벌어지고 있었다. 마케팅 부서에서 현안을 보고하고 새로운 성장 동력에 대해서 떠들어대고 있었다.

문제점, 대책, 그리고 향후 계획…… 그 모든 중심에서 이재인은 언제나처럼 냉정했고 이성적이었으며 치열했다. 아니, 최소한 남들 눈에는 그렇게 보였다. 하지만 동석에게는 아니었다. 무언가 다르다. 도대체 무슨 일이 있는 걸까? 재인은 전혀 회의에 집중하지 못하고 있었다.

뭘까? 뭐가 문제인 걸까? 그의 걱정과는 달리 재인은 누구보다 지금의 문제를 정확하게 파악하고 있었다. 2시간 전 기억이 사라지지 않고 머릿속에 남아 있었다.

그녀와 낯선 남자.

다현은 웃고 있었다. 그 남자가 마음에 드는 걸까?

이제 자신 따위는 잊은 걸까? 그렇다면 그건 참 공평하지 않은 일이었다. 헤어진 지 이제 겨우 두 달인데. 정확히 58일. 그는 내내 김다현만 생각하고 있었는데, 그녀는 저 혼자 까맣게 잊어버렸으니.

"김 본부장님."

재인의 부름에 프로젝트의 책임자인 김대영 본부장이 얼른 고개를 들고 그와 시선을 마주했다.

"죄송합니다만……."

처음부터 시작된 재인의 사과에 마지막 말은 짐작도 하지 못한 채 김 본부장은 침을 꿀꺽 삼켰다. 혹여나 뭔가 잘못된 보고가 있는 걸까? 저 젊은 후계자는 생각보다 훨씬 영민했고, 상상 이상으로 예리했다.

"개인적으로 급한 일이 생겼습니다. 오늘 회의는 김 본부장님이 맡아주셨으면 합니다."

재인이 그렇게 말하고 몸을 일으키자, 회의실의 모든 사람들이 믿을 수 없다는 얼굴로 서로를 마주 봤다. 개인적인 급한 일 때문에 오늘 프로젝트를 다른 사람에게 맡긴다고?

단체로 잘못 들을 리는 없을 것이다. 물론 저렇게 급한 걸음으로 회의실을 박차고 나가는 이재인의 모습을 다 같이 잘못 봤을 리도 없을 것이다. 그렇다면 회의실 밖에서 도대체 무슨 일이 벌어지고 있는 것일까.

※※※

다현은 가끔은 TV에도 출연하고, 자신의 여자를 기다리며 얼른 늙어가기를 소망한다는, 꽤 유명한 한의사의 유쾌한 대화에 예의를 갖춰 웃어 보였다.

준수한 외모와 더불어 그는 사람을 편하게 할 줄 아는 재주를 가진 남자였다. 선하고 좋은 남자였다. 같은 아픔을 가진 그는 집중하지 못하는 다현을 이해해주고 지나간 사랑에 공감해주었다.

"애프터 해야 하나요?"

"하시려구요?"

집 앞까지 그녀를 바래다준 남자의 질문에 다현이 눈을 깜빡였다. 지금까지 절절한 사랑 이야기는 다 어쩌고 엄한 그녀에게 애프터 신청이란 말인가.

"자존심에 도움이 된다면요."

"별로 도움이 안 될 거 같은데요. 기다리는 분이 아시면 화낼 거예요."

"그랬으면 좋겠네."

다현의 지적에 상엽이 쓸쓸하게 웃어 보였다. 유쾌하던 남자의 얼굴에 또 한 번 그리움이 지나간다. 내 얼굴도 저 사람과 같을까?

"난 기다린다고 약속했으니까 어쩔 수 없지만 다현 씨는 좋은 남자 만나요."

"그게 맘대로 되는 게 아니거든요."

"뭐 그전까지는 나 이용해도 되구요. 아무리 다현 씨가 꼬셔도 안 넘어갈 자신 있으니까."

진지함과 더불어 자신만만한 남자의 대답에 다현은 푹 하고 웃음을 터뜨렸다. 왜 서현 오빠가 절대 넘어가지 않을 이 남자를 자신에게 소개해줬는지 이유를 알 것 같았다.

아픔을 잔뜩 안고 있는 그는 사람을 유쾌하게 할 줄 아는 남자였다. 그녀가 그 남자를 잊을 수 있다면 말이다.

"힘내요."

"상엽 씨도요."

"난 기다리기만 하면 되는 거니까. 그런데 다현 씨는 움직여야 해요. 새로운 상대를 찾든지, 그 사람한테 가든지."

상엽의 충고는 현실적이었다. 하지만 그녀가 할 수 없는 것들이었다. 다시 눈물이 그렁그렁해지는 다현을 보며 상엽은 쓴 한숨을 삼켰다.

사랑이 참 이렇다. 아무리 잊으려고 해도, 아무리 모른 척하려고 해도, 스위치 하나만 잘못 누르면 자꾸만 생각나는 게 사랑이었다. 말 한마디에도, 낯익은 간판 하나에도, 철 지난 노래 한 구절에도 미치게 마음 아픈 게 추억이고 그리움이고, 바로 잊지 못할 그 사람이었다.

아마 그의 그녀도 그럴 것이다. 젠장 맞을 사랑. 빌어먹게 잔인한 지금, 아무것도 해줄 수 없고, 아무것도 할 수 없는 게 현실이었다. 상엽은 다현의 어깨를 토닥이고 뒤돌아섰다.

―――※※※―――

남자를 보내고 올라온 다현은 옥상에서 자신을 기다리고 있는 재인을 발견하고 걸음을 멈추었다.

30. 기다리는 ― 참 거지 같은 일이에요 | 317

언제부터 여기 있었던 것일까. 설마 다 본 건 아니겠지? 얼마만이더라……. 머릿속에서 정확한 숫자가 떠올랐다. 사실 시간 따위가 문제가 아니었다. 그가 없이 혼자 겪어야 했던 모든 순간들이 힘들었고, 너무 길었다.

"그 남자, 마음에 들어?"

"뭐 그런 걸 물어봐요."

봤구나. 다현은 살짝 고개를 돌렸다. 헤어졌다고 해서 보란 듯이 보여주고 싶은 모습은 아니었다.

"그래서 애프터에 오케이한 거야?"

"좋은 사람이에요. 집에서도 좋아하구요. 이제 나도 제대로 된 사람 만나야죠. 그래야 결혼도……."

하지만 다현은 하고 싶은 말을 다 하지 못했다. 그 전에 재인이 홱 하고 끌어안았다.

"이게 무슨."

"다른 남자 얘기하지 마."

"재인 씨가 간섭할……."

그가 간섭할 일이 아니라고 말하고 싶었지만 이번에도 마지막까지 말을 끝내지 못했다. 재인이 순식간에 머리를 내려 그녀에게 키스했다. 커다란 손이 얼굴을 감싸 쥐고 그의 차가운 입술이 그녀의 입술을 급하게 찾았다.

다현은 미친 듯이 뜨겁고 꼼짝할 수 없을 정도로 깊은 키스를 고스란히 받아내야 했다. 한참이 지난 후에야 그가 겨우 입술을 떼고 다현을 바라보았다.

"사랑해서 헤어지는 거, 개나 줘버리라고 해. 난 그런 거 못 하겠어. 내가 언제부터 착한 놈이었다고 남의 사정을 봐줘. 그러니까 당신이 참아."

"재인 씨."

"학교 그만둬야 해. 항상 경호원 붙을 거고, 기자들이 수시로 귀찮게 할 거야. 나 너무 바빠서 다른 남자들처럼 매일 같이 있어줄 수 없어. 어머니는 내 편이지만, 그래도 당신한테는 야박하게 굴지도 몰라. 대신, 다른 사람은 그냥 무시해도 돼. 나, 다다한테 아무것도 못해줄 수도 있어. 괜찮겠어?"

괜찮겠느냐는 물음은 그저 형식적인 물음일 뿐이었다. 그는 무섭도록 진지하고 잔인할 만큼 단호했다. 마치 다현에게 처음부터 다른 선택 따위는 없는 것처럼.

"괜찮을 리가 없잖아요."

잠시 혼란스러워하던 다현이 나직하게 대답했다.

"그래도 참아봐. 다다가 나 한 번만 봐줘. 나중에 늙어서 내가 잘해줄게."

"우리 아무것도 바뀐 게 없어요. 그런데 다시 시작할 수 있을까요?"

"정말 아무것도 바뀐 게 없는 거지? 그럼 다행이고. 너랑 결혼하고 싶어."

처음처럼. 하나도 변하지 않고 그 영민한 눈초리로 그만을 바라본다면 더 바랄 것이 없었다.

"재인 씨, 난 자신 없어요."

오랜 침묵 끝에 나온 다현의 대답에 재인의 얼굴이 굳어졌다.

"그래도 할 수 없어. 난 결심했거든. 당신, 못 보내겠어."

그는 3시간 전에 결심했고, 이제는 누구에게도 다현을 양보할 생각이 없었다. 그녀 없이 더는 참을 수도 없었고, 견딜 자신도 없었다.

─❧─

방과 후 동아리 수업까지 끝낸 다현은 아이들을 귀가시키고 가방을 들고 나섰다. 어젯밤 한숨도 자지 못했다. 머릿속은 내내 복잡했다. 가슴이 설레었다 또 불안해졌다. 현실적인 생각에 무서워졌고, 어쩌면 다시 그를 만나지 못할지 모른다는 생각에 이르러서는 눈물을 쏟아야 했다.

"여기는 웬일이에요?"

학교 앞에서 기다리고 있는 재인을 발견한 다현의 눈이 커졌다. 왠지 만나서는 안 될 사람을 만난 기분이었다.

너무 길었던 두 달. 그사이에 그가 낯설어진 걸까? 아직도 마음은 내내 그로 인하여 찢어질 것 같고, 머리는 여전히 그만을 기억하고 있는데, 이 낯설음의 시작은 어디서 나온 걸까?

"사람 서운하게 왜 그렇게 놀라?"

"미안해요. 여기서 볼 거라는 생각은 못했어요."

재인의 눈썹이 홱 하고 올라가자 다현이 저도 모르게 사과했다. 정말이지 오래간만이다. 저렇게 툴툴대는 목소리도, 저렇게 올라가는 눈썹도.

"웬일이에요? 안 바빠요?"

항상 바쁜 사람이었다. 어떤 이유에서든지 헤어지는 그 순간까지 핸드폰 소리에 달려가던 사람이었으니까.

"산이 꼼짝도 안 하는데 어쩌겠어. 내가 움직여야지."

그가 차 문을 열고 기다렸다. 다현이 멈칫거리자 재인은 낮게 한숨을 내쉬었다.

"안아서 태울까? 뭐, 누가 봐도 난 상관없기는 한데."

그가 전혀 양보할 생각이 없는 표정으로 물었다. 그리고 다현이 바라보고만 있자 한 걸음 더 다가왔다. 당장이라도 안아서 옮길 태세로.

"타요!"

하여튼 저 성격하고는.

바뀌지 않아서 반갑고 하나도 안 바뀌어서 고약하다.

재인이 차를 운전해 간 곳은 따뜻한 찻집이었다. 늦지 않은 시간이어서인지 찻집은 한가로웠다. 재인은 다현의 손을 끌고 찻집 가장 구석진 곳으로 그녀를 안내했다.

대추차 두 잔을 두고 간 종업원이 조용히 미닫이문을 닫아주자, 안 그래도 몇 명 없는 사람들 사이에서 완전히 차단된 둘만의 공간이 마련되었다.

"여기는 조용하네요."

"어. 강 비서님이 소개해주셨어."

"우리 얘기를 했어요?"

"모를 리가 없잖아. 내 시간을 초 단위로 관리하고 있는 마당에."

조심스러운 질문에 재인이 조금은 건조한 목소리로 중얼거렸다. 오늘 이 시간을 빼내기 위해 얼마나 고생을 했는지 다현이 알러나 모르겠다.

"생각해봤어?"

생각이야 그와 헤어지기 전에도 수십 번, 수백 번 해봤다. 그런데 아무것도 달라진 게 없는 지금, 다시 생각을 해도 결론은 언제나 같았다.

"상관없어. 난 누가 뭐래도 다다랑 결혼할 거거든."

재인의 고집스러운 선언에 다현이 나직이 한숨을 내쉬었다.

"결혼은 둘만 좋다고 하는 게 아니거든요."

"안 가르쳐줘도 알거든. 누가 학교 선생 아니랄까 봐."

그의 중얼거림에 다현이 한숨을 내뱉었다.

"선생님! 가르쳐줘도 모르면서."

"네. 선생님!"

다현의 지적에 재인이 씩 하고 웃으며 고쳐 불렀다.

오랜만에 듣는 그녀의 잔소리가 반가웠다. 꽤나 그리웠었다. 이 조곤조곤한 목소리가.

"혹시 다른 남자 있는 거 아니지?"

"재인 씨는 혹시 다른 여자 있는 건 아니구요?"

다현은 서현 오빠가 말한 여자를 떠올렸다. 누군지도 모르는 그녀에게 내내 질투를 느끼고 이재인을 원망했다는 걸 이 남자는 절대 모를 것이다.

"난 누구처럼 선보고 다니지 않았거든."

"여자가 따로 있으면 굳이 선까지 볼 필요가 없잖아요."

"그게 무슨!"

버럭하고 소리를 지르려다 진지한 다현의 표정을 보고 재인이 말을 멈췄다. 다현이 이렇게까지 얘기할 정도면 분명 무슨 이유가 있는 것이다.

"알아듣게 얘기해. 인터넷에서 여자 있대?"

"인터넷에도 떴어요?"

"아니. 그리고 인터넷에 돌아다니는 얘기, 1%도 믿지 마."

처음에는 열 중에 하나만 믿으라고 했으니까 이제는 좀 더 나아진 건가? 다현이 고개를 갸웃하며 재인을 바라봤다.

"나는 결백해. 당신이 걱정할 만한 일, 한 번도 없었어."

그가 당당하게 말했다. 다현을 만난 이후, 정말이지 아무 짓도 안 했다. 오해를 불러일으킬 만한 누구도 안 만났다. 그럴 시간도 없었지만 머릿속에는 내내 김다현뿐이었는데 누굴 만나서 오해라는 걸 만든단 말인가.
"서현 오빠가 직접 봤다는데요."
다현의 망할…… 그리고 정말 마음 안 가는 오빠라는 인간은 그가 없는 데서 없는 얘기까지 만들어내고 있었나 보다. 아무리 여동생을 세뇌시켜도 그렇지, 여자라니.
"믿지 마."
정색을 한 그가 굳은 얼굴로 고개를 흔들었다.
"김다현 한 명만으로도 힘들어 죽을 뻔했어."
그가 이를 앙다문 채 중얼거렸다. 정말이지 죽을 뻔한 얼굴을 하고.
"도대체 당신 오빠가 무슨 생각으로 그런 말을 했는지는 모르겠지만, 절대 아니야. 그런 짓 안 해. 맹세할 수 있어."
"미국에서 봤다는데요."
"그럼 지금쯤 미국에 가 있겠지. 여기서 다현이랑 얼굴 보고 있을 게 아니라."
그가 답답하다는 듯 인상을 썼다. 여자라니. 어디 그런 말도 안 되는 얘기로 두 사람 사이를 갈라놓으려고 한단 말인가.
"그래서 신경 쓰였어?"
"네."

"그건 다행이고. 마음은 편했고?"

"그럴 리가 없잖아요."

한참을 힘들었고, 한참을 아팠다. 그리고 지금도 여전히 편치 않았다. 눈앞의 이 남자를 생각하는 것만으로도 눈물이 터져 나오는 시간이 겨우 지났을 뿐이었다.

"그래도 밤에 잠은 잘 자던데?"

그가 불퉁하게 중얼거렸다. 마치 그녀가 푹 자서 불만이라는 듯.

"어떻게 알아요?"

"몇 번 갔었거든, 새벽에. 너 보고 싶어 미칠 거 같을 때."

아무렇지도 않은 대답에 다현의 눈이 커졌다. 이 사람이 우리 집에 왔었다고?

"나는……."

"괜찮아. 내 쪽이 좀 더 절실했다고 해줄게."

"나, 아팠어요. 엄청 아파서 학교도 못 갔어요. 재인 씨도 그랬어요?"

쓰게 미소 짓는 그에게 다현이 불쑥 말했다.

어리광도 아니고, 엄살도 아니었다. 그럼에도 불구하고 그냥 이 사람이 알아줬으면 했다. 당신 때문에 내내 아팠다는 걸. 당신이 그리워서 힘들었다는걸.

어느새 눈물이 그렁그렁한 다현을 재인이 멈칫해서 바라봤다. 그는 그녀의 얼굴을 샅샅이 살폈다.

30. 기다리는 - 참 거지 같은 일이에요

야위었다. 그저 말랐다고 생각했는데 아팠었단다. 그가 모르는 시간에, 그가 없는 사이에. 이런, 젠장.

그의 얼굴이 단숨에 굳어졌다.

"그동안 우리가 무슨 짓을 한 거니."

그가 혼잣말처럼 중얼거렸다. 그리고 다현의 눈을 똑바로 바라본 채 말을 이었다.

"나도 그랬어. 쉽지 않았어. 제일 힘들었던 건, 네가 내 옆에 없다는 거. 당신 곁에 내가 없다는 거. 다다는 어떨지 몰라도 난 하나도 안 괜찮았어."

"나도 안 괜찮았어요."

"그럼 내 옆에 있어. 같이 있자. 남들은 사랑하지 않아서 헤어진다는데, 사랑하는데 헤어져야 하는 이유를 모르겠어."

잠시도 다현을 자신의 눈빛에서 벗어나지 못하게 했던 재인이 마지막에 가서는 혼잣말처럼 중얼거리며 미간을 모았다.

"뭐라구요?"

"사랑해, 다현아."

그의 사랑 고백에 다현의 눈이 커졌다. 그리고 아까부터 그렁그렁 차올랐던 눈물이 왈칵 쏟아져 내렸다. 처음에는 훌쩍거리고 울기 시작하더니 끝내는 펑펑 울음을 쏟아냈다.

재인은 처음 보는 다현의 눈물에 당황했다. 이별하던 그 순간조차 씩씩하던 그녀였다.

뭐지? 어디 아픈 건가? 내가 뭘 잘못한 건가? 아니면 사랑 고백 따위는 듣기 싫었던 걸까?

머릿속에서 온갖 생각이 굴러다녔지만 재인은 애써 자신을 진정시키고 몸을 일으켜 자리를 옮겨 앉았다. 그리고 찬찬히 다현부터 살펴보기 시작했다.

"왜, 어디 아파?"

"이 나쁜 놈아. 그걸 왜 이제 얘기해."

"아까도 얘기했잖아. 사랑해서 헤어지는 거 못 한다고."

"그게 그 말이 아니었잖아요."

그게 그 말이 아니라니. 그에게는 분명 같은 고백이었는데 다현에게는 아니었나 보다. 재인은 잠시 인상을 찌푸렸지만 일단 그녀가 그의 고백 때문에 화가 나서 우는 건 아니라는 사실에 안도했다.

"학교 못 그만둬요. 그리고 가족들 허락 받아와요."

"뭐?"

한참을 울던 다현이 그의 가슴팍에서 웅얼거렸다.

"재인 씨가 말한 거 다 참아보겠는데, 아무리 생각해도 그 두 가지는 안 될 거 같아요. 나, 선생님 되려고 10년 노력했어요. 그러니까 앞으로 10년은 더 다닌 다음에 생각해볼게요."

"좋아. 난 상관없으니까. 너 힘들까 봐 걱정이지."

"지난 몇 달이 더 힘들었어요. 그리고 아무리 당신이 좋아도 내 가족이 될 사람한테 미움받을 용기는 없어요. 그러니까 허락 받아와요."

30. 기다리는 – 참 거지 같은 일이에요

"그럼 결혼할래?"

재인의 물음에 그녀가 고개를 끄덕여 대답했다.

"정말이지? 아니, 한다고 했으니까 무르는 거 없어."

행여라도 그녀가 다른 말을 입에 담을까 싶어 재인은 더 이상의 질문 없이 그녀의 입술을 막아버렸다.

달콤한, 오랜만에 느껴보는 따뜻함. 안도와 설렘이 한꺼번에 그의 가슴속으로 밀려들어왔다. 그리고 그의 심장이 겨우 제자리에서 제 속도로 뛰기 시작했다.

─※─

집으로 가는 길, 다현은 재인의 차에 유독 관심을 가지고 바라보고 있었다. 얼마 만에 만났는데 운전하는 그의 모습에만 집중을 하는 건지.

"왜?"

"나는 언제 운전해보나 싶어서요."

"무슨 말도 안 되는."

재인이 인상을 썼다. 다현은 길치는 관두고라도 간단한 기계 작동에도 소질이 없었다. 혼자 나와서 살고 있는 게 신기할 지경이었다.

도대체 전등은 누가 갈아주고 전기 장치는 누가 손봐주는 건지. 바빠서 죽을 틈도 없다는 현진 씨가 자주 드나드는 것도 아마도 그런 이유 때문이리라.

"왜 말이 안 돼요? 나, 운전 배우고 있는데."

"뭘 해? 운전을 배워?"

"그렇다니까요."

다현이 운전을 하다니. 그야말로 눈앞이 아득해지는 얘기였다.

재인은 있는 대로 미간을 모았다.

"그럴 리는 없겠지만…… 설마 면허는 땄어?"

"아직 도로 주행 남았어요."

그럴 리가 없다는 말에 다현이 잔뜩 인상을 쓰고 재인을 흘겨보며 당당하게 대꾸했지만 재인은 여전히 어이없다는 표정이었다.

"그 차 굴러는 가니?"

재인이 진지하게 물었다. 도로 주행이 남았다는 건 다른 코스는 이미 지나왔다는 얘기였는데, 그게 현실적으로 가능한 얘기일까?

"당연하죠! 근데……."

"근데 뭐? 혹시 어디 사고라도 난 거 아니야?"

그녀가 말끝을 흐리자 재인의 안색이 변했다. 그리고 혹시라도 어디 다친 구석이라도 있는지 다현을 바라보는 그의 눈빛이 집요해졌다.

"아직 안 났어요. 대신 강사 선생님이 진지하게 그냥 지하철 타고 다니면 안 되겠냐고 해요."

좌절감이 가득한 다현의 중얼거림에 재인이 웃음을 터뜨렸다.

"좋은 운전 학원에서 배웠네. 내 생각도 그런데. 뭐 어차피 이제는 내 차 타고 다니면 돼."

"그래도 내가 운전하는 차랑 다르잖아요."

"당연히 다르지. 똑같으면 큰일 나게."

재인이 단호하게 말했다. 다현이 입을 비죽이거나 눈을 흘기거나 상관없이 안 되는 건 안 되는 거였다. 운전이라니, 무슨 말도 안 되는.

재인은 옥탑방에 도착한 다현이 지문과 보조 키로 문을 여는 모습을 유심히 지켜봤다. 그리고 꿈쩍하지 않은 채 다현을 바라보았다.

"안 가요?"

"자고 가면 안 돼?"

"안 되거든요."

의도가 분명한 재인의 질문에 다현의 얼굴이 금방 새빨개졌다.

"왜? 어차피 결혼하면 같이 살 거잖아."

"앞일을 누가 알아요. 해야 하는 거지."

"그래서 결혼 안 하겠다고?"

한 걸음 다가선 재인이 한쪽 손으로 벽을 짚고 다현의 시선을 똑바로 바라보았다. 짙은 욕망과 열정으로 가득한 눈빛이 쏟아져 내리고 있었다.

두근두근. 심장이 터지겠다.

"대답 안 해?"

"해……해요. 한다구요. 일단 허락부터 받구요."

"그건 내가 알아서 할 일이고."

재인이 다현의 허리를 안은 채로 그녀의 어깨에 머리를 기댔다. 지친 남자의 하루가 느껴지는 동작이었다. 다현은 저도 모르게 그의 등을 토닥거렸다.

"나 그동안 한숨도 못 잤는데. 재워주면 안 되는 거야?"

"하여튼 그 회사, 이상해. 사람 잠도 안 재우고. 집에 가서 얼른 자요."

"이번에는 너 때문에 못 잔 거거든. 그냥 옆에만 있어. 그래야 잘 수 있을 거 같아."

건조한 재인의 대꾸에 다현이 저도 모르게 고개를 끄덕였다. 아마 그도 그녀처럼 잠을 자지 못했나 보다. 내내 그리움으로 밤을 새운 그녀처럼.

───※※※───

다현의 침대 위에 누운 재인은 재킷을 벗어놓고 넥타이를 느슨하게 한 채 깊이 잠들었다. 울어서 엉망이 된 얼굴을 씻고 옷을 갈아입은 다현은 재인이 잠드는 모습을 한참 동안 바라보았다.

못 본 사이 그의 얼굴은 꽤나 상해 있었다. 볼은 야위었고, 눈 밑에는 그늘이 그득했다. 얼마나 잠을 못 자고 일에 시달렸으면 이 지경이 되었을까. 잠든 것도 안쓰러운데 때마침 핸드폰이 울렸다.

저 핸드폰, 언제나 시도 때도 없이 울려댄다.

핸드폰 소리를 죽이고 싶었지만 다현이 어쩔 줄 모르고 있는 동안 재인이 어느새 기척을 느꼈는지 눈을 떴다.

"내 거야?"

"깼어요?"

핸드폰이 원망스럽다.

가만, 설마 또 할아버지가 아프거나 하신 건 아니겠지?

다현이 얼른 핸드폰을 그에게 건네주었지만, 그는 핸드폰이 아닌 다현의 손을 잡아끌었다. 그리고 다른 손으로 핸드폰을 받아 침대에 던져버렸다.

다현이 재인의 손에 당겨져 얼결에 침대에 앉혀질 무렵, 핸드폰의 진동 소리도 멈추었다.

"안 받아요? 중요한 전화일지 모르는데."

"지금 너보다 중요한 건 없어. 당신…… 맞구나."

"네?"

"너 아닌 줄 알았어."

"뭐예요? 이 남자가 정말."

"꿈인 줄 알았어. 이번에도."

나직한 고백. '이번에도'라는 말이 화살처럼 와서 박혔다. 그녀 역시 그랬다. 밤마다 그의 꿈을 꿨고, 꿈속에서 행복했다. 그리고 꿈이어서 힘들었다.

"꿈, 아니에요."

다현이 그와 시선을 마주하고 그의 얼굴에 손을 뻗었다.

짙은 눈썹, 잘 뻗은 콧날, 그리고 입술.

긴 시간이 아니었는데 어느새 그가 내 곁에 있었다. 그의 옆자리에 내가 있었다.

"그래, 꿈은 아닌 거 같다. 다행이야."

재인이 그대로 손을 잡아당겨 다현을 자신의 품 안으로 끌어들였다. 그리고 그녀를 품에 안은 채 그녀의 목덜미에 얼굴을 묻었다.

달콤하고 포근한 느낌. 김다현이 겨우 그의 품 안에 있다. 이제 더는 바랄 게 없었다.

"보고 싶었어. 너 없이 미치는 줄 알았어, 김다현."

"나도 보고 싶었어요."

두근, 두근. 그녀와 그의 심장 소리가 공명한다.

그의 따뜻한 입술이 이마에, 눈썹에, 감은 눈가에, 그리고 입술에 천천히 와 닿았다. 느릿하게 재인의 손길이 가슴에 와 닿자 다현이 본능적으로 멈칫거렸다. 그러자 재인의 손길도 멈추었다.

"싫어?"

"아니. 싫은 것보다 이상해요."

낯설고 어색하고 조금은 두렵고. 그와 이렇게 함께하는 것이 이상했다.

"안 돼?"

진지한 눈빛으로 그렇게 간절하게 바라보면 안 된다고 고개를 흔들 수가 없다. 이 남자는 여전히 약았구나.

"안 된다고 하면 안 할 거예요?"

다현의 물음에 재인은 모든 움직임을 멈추었다. 그러고는 '끙' 하고 나지막한 신음을 내뱉으며 다현의 목덜미에 얼굴을 묻었다. 그가 내뱉는 뜨거운 숨결이 낙인처럼 찍히는 듯했다.

"할 수 없잖아. 근데 다시 생각해볼 수는 없어?"

"음…… 안 된다고 하진 않을 거였는데. 그럼 다시 생각해볼까요?"

"진심인 거야?"

희미한 미소와 함께 중얼거리는 듯한 다현의 질문에 재인이 얼른 머리를 들고 고개를 갸웃거렸다. 마치 제대로 들은 게 맞는지 확인이라도 하는 것처럼 재인의 눈빛이 다현의 얼굴에 쏟아져 내렸다.

"사랑해요, 재인 씨."

다현이 재인의 목에 팔을 감고 그를 끌어당겼다. 다현의 고백에 재인의 눈빛이 순식간에 타오르는 불꽃처럼 뜨거워졌다.

정중하게 손끝에 키스하던 입술은 쇄골을 지나 어깨의 둥근

선에 느껴지고, 어느새 가슴 언저리에 와 닿았다.

　깊은 키스가 다시 시작되고 짙은 입맞춤이 계속됐다.

　손끝, 혀끝이 예민한 가슴의 정점을 간질이고 욕심껏 가져간다. 드러나는 다현의 피부에 키스를 퍼붓는 그의 입술은 뜨거웠고, 어느새 맞닿은 맨살이 뜨거웠다.

　낯선 경험과 더 낯선 쾌감에 어찌할 바를 모르는 다현을 배려하듯 재인이 커다란 손으로 그녀의 얼굴을 감싸 쥐고 시선을 맞추었다.

　"사랑해, 김다현."

　그의 목소리가 귓가에 와 닿는다. 지금 이 순간 가장 잘 어울리는 연인의 밀어였다. 다현이 그의 어깨에 팔을 올리고 나직하게 화답했다.

　"사랑해요, 재인 씨."

　"천천히 하고 싶은데 너 때문에 정신을 차릴 수가 없어."

　다현의 머리카락을 걷어 올리며 재인이 신음 비슷하게 중얼거렸다. 그녀가 이렇게 온전히 나의 품 안에 있다. 그는 그 사실이 행복하다.

　"다행이네요. 나도 재인 씨 때문에 정신을 못 차리겠어요."

　"그럼 오랜만에 공평하네."

　정말이지 오랜만에 너무나 공평한 감정에 두 사람이 피식 하고 웃음을 나누는 것도 잠깐이었다. 부드러운 손길과 친밀한 호흡은 다현을 안심시키고 흥분시켰으며 재인에게 더 가까이

다가가게 했다.

　섬세하고 작은 다현의 손이 단단한 재인의 근육 위에서 움직이자 재인은 낮게 신음을 내뱉었다.

　심장이 미칠 것처럼 쿵쿵거렸고, 격렬한 흥분이 온몸을 타고 다닌다. 그의 입술이 손가락부터 시작해서 머리카락, 이마, 볼, 그리고 그녀의 입 안 깊은 곳까지 섬세하게 지나간다. 거칠면서도 숨김없이 욕망을 드러내는 그런 키스가 이어졌다.

　"재인 씨."

　노골적인 손길에 다현이 숨을 들이켰다. 그녀의 작은 신음도, 달콤한 숨결도 더 이상 견딜 수 없는 유혹이었다.

　재인은 마음속으로 '천천히'를 외쳤지만 앞서가는 본능은 이미 자제할 수 없을 정도로 흥분해버렸다.

　절실하게, 격렬하게 그가 그녀를 탐하고 있었다.

　"사랑해, 다현아."

　"나도 사랑해요."

　모든 다급함을 애써 멈춘, 그의 작지만 단호한 속삭임과 사랑의 약속에 다현이 조그맣게 웃으며 고개를 끄덕였다.

　"힘들어도…… 우리 함께 있자. 앞으로도 내내. 언제나."

　다현이 그러마 고개를 끄덕였다.

　언제나, 영원히.

　조금씩 그녀의 몸에서 긴장이 물러가고, 재인이 그 자리를 조심스럽게 차지했다. 세상에서 가장 친밀하게, 누구보다 더욱 다정하게, 그가 그렇게 그녀에게 다가서고 있었다.

미친 듯 성급했던 시작과는 달리 천천히 하나가 되어갔다.

다현은 자신의 몸 안에 있는 재인의 몸에 겨우 적응하고 있었다.

아주 낯선 느낌.

조금은 불편하고 조금은 어색한. 하지만 세상 그 어느 때보다 이재인이라는 사람을 가깝게 느낄 수 있고, 아주 친밀하게 다가오는 그를 향한 사랑의 모습을 확인할 수 있었다.

손과 손이 부딪히고, 가슴과 가슴이 닿고, 호흡과 호흡이 함께하는 사랑. 재인과 지금 그 사랑을 하고 있다.

"괜찮아?"

또 다른 질문이고 또 다른 부탁이었다. 그리고 다현은 알아들었다.

그녀가 작게 고개를 끄덕이자 재인이 깊은 안도의 한숨을 내뱉었다. 그녀가 괜찮아서 다행이고, 그의 한계치가 허락을 받아서 다행이었다.

재인의 자제력은 거기까지였다.

다다와 재인, 두 사람의 눈이 마주쳤다.

일체감, 함께함, 깊은 나눔.

아무 말 하지 않아도 눈빛만으로 충분했다. 천천히 부드럽게, 빠르고 힘차게, 온전한 그들만의 달콤하고 친밀한 시간이 흘렀다.

─❋─

 새벽녘이었다. 아직 아침이 오려면 멀었는데 얼핏 잠에서 깬 재인은 그의 품 안에 얌전히 잠들어 있는 다현을 보고 미소 지었다.
 내 여자. 다다. 나의 다다.
 그녀가 어디 가지 않고 그의 옆에 있다. 온전히 그의 옆자리를 채우고 있는 다현의 존재에 재인은 안도감에 나직한 한숨을 내쉬었다.
 그에게 밤새 시달린 탓인지 다현은 꼼짝 않고 잠들어 있었다. 너무했다 싶으면서도 더 큰 욕구가 자꾸만 그를 자극한다. 내 여자라는 소유욕이 언제나 냉철했던 그의 이성을 장악했다.
 아직 4시. 겨울의 밤은 깊었고, 다행히 아직 길었다. 웅크리고 자던 다현이 무언가 불편한지 몸을 뒤척이다 긴 눈썹을 깜빡거렸다. 아마도 그의 손길에 잠을 깬 듯했다. 미안하기도 하고 반갑기도 하다.
 "깼어?"
 그의 목소리에 다현의 눈꺼풀이 열렸다. 그리고 잠시 휘둥그레진 눈으로 재인을 바라보다 기겁을 해서 시트 자락을 끌어올렸다. 하기는 손만 잡고 자지는 않았으니 놀랄 만했다.
 그가 허리에 두른 손에 힘을 주어 끌어당기자 그녀는 다시 기겁을 했다.

"좀 떨어져요."

"안 돼. 침대가 좁아."

다시 한 번 다현을 품에 안은 재인이 빙긋이 미소 지었다. 싱글 침대는 둘이 함께 눕기에는 확실히 좁았다. 그래서 더 좋았다.

"다현아, 사랑해."

"나도요."

그의 품에 폭 안긴 다현이 대답했다.

갑자기 이 세상에 더 바랄 게 없어진 기분이었다.

다다, 그녀 하나면 그의 세상은 충분했다.

―※―

다현은 여전히 깊은 잠에 빠져 있었다. 그의 조용한 움직임에 옅은 신음을 내며 몸을 더 웅크렸다.

옷을 다 차려입은 재인은 다현의 이마에 조용히 입을 맞추고 몸을 일으켰다. 생각 같아서는 아침부터 저녁까지 내내 이 침대를 벗어나고 싶지 않았지만 해야 할 일이 많은 날이었다.

"가게요?"

조심스럽게 움직였음에도 어느새 잠이 깬 모양이었다. 다현이 겨우 눈썹을 들어 올리고 그를 바라보고 있었다.

하얀 얼굴이 핼쑥해진 채 눈 밑에 푸른 그림자가 선명했다. 또 한 번 반성.

"응. 근데 정말 가기 싫다."

진심이었다. 도무지 다현이 있는 이 공간에서 나가고 싶은 마음이 들지 않았다.

"몇 시예요?"

겨울 해가 가득하지는 않지만 커튼 너머로 스며드는 걸 보면 이미 새벽은 지나간 모양이었다.

"더 자. 아직 일러."

재인이 그녀를 토닥였지만 그녀는 힘겹게 몸을 일으켰다. '끙' 소리가 절로 나왔다. 온몸이 내 몸 같지 않은 느낌에 다현은 재인을 슬쩍 노려봤다.

"미안."

그가 언젠가처럼 짧게 반성한다. 하지만 얼굴에는 미소가 가득했다. 이래서야 정말 미안한 건지 알 수가 없었다.

"이따 올게."

그가 그녀의 귓가에 속삭였다. 다현이 고개를 끄덕였다.

그가 다시 온단다. 그녀에게.

그것만으로 충분히 행복했다. 얼마든지 기다릴 수 있었다. 그녀에게 다시 오는 그를.

───※※※───

해외 클라이언트와 영상 회의를 마친 재인은 그대로 어머니의 사무실로 향했다. 급해 보이는 그의 뒤통수에 이제는 비서실장이 된 강 부장의 시선이 따라붙었지만 이번만큼은 무시했다.

누구보다 재인의 스케줄을 잘 알고 있는 강 비서의 입장에서 재인의 느닷없는 외출은 이상했다. 숨 쉬는 것조차 계획적이라고 할 만큼 바쁜 스케줄 속에서 사적인 약속이라니. 그가 놀랄 만도 하다.

재인의 등장에 세희의 얼굴에 환하게 미소가 번졌다.

"아침은 먹었고?"

"아뇨…… 그보다 더 급한 일이 있어서요."

식사를 걸렀다는 얘기에 세희의 미간이 잠시 모아졌지만 아들의 절실한 표정에 다시 재인에게로 향했다.

"아들 부탁 하나만 들어주세요."

"뭔데 우리 아들이 이렇게 정색하고 말해. 다음 달 주주총회가 걱정되니? 걱정 마. 안 그래도 네 외할아버지랑……."

"그 사람, 다현이 포기 못 하겠습니다."

"그 아이, 다시 만나니?"

찻잔을 입으로 가져가던 세희가 멈칫하고 재인을 바라봤다.

"아뇨. 아직은요. 일단 어머니 허락부터 받고 시작하려구요."

"내가 허락 안 하면?"

아들의 절실한 시선을 모른 체하고 그녀가 무심하게 물었다.

"저도 그냥 늙고 그 여자도 그냥 늙어야죠."

"그 아이가 그러재?"

"무조건 그래야 해요. 그 여자가 다른 남자랑 결혼하는 꼴은 두고 볼 수 없을 것 같으니까. 어림없어요."

선택의 여지 따위는 없었다. 김다현의 선택은 무조건 그여야 했고, 그의 선택도 김다현 하나뿐이었다.

"하긴, 네가 그 꼴을 보고 있을 리가 없지."

세희는 이번만큼은 허락의 유무와 상관없이 고개를 끄덕였다. 아들은 절대 자신의 것을 남에게 빼앗기지 않을 것이다. 그녀의 아들 아닌가.

"아들 소원이니까 허락해주세요. 부탁드려요."

"힘들지 않을 거 같아?"

"저도 그래서 헤어져봤는데, 그 여자가 옆에 없는 게 백배는 더 힘들었어요. 죽을 것 같았어요, 어머니."

재인의 고백에 세희는 저도 모르게 고개를 끄덕였다. 그녀의 아들이 간절한 눈빛으로 죽을 것 같았다고 고백한다. 생각한 것보다 훨씬 더 힘들었던 모양이다. 그리고 이제 자신의 여자를 다시 찾겠다고 허락을 구하고 있었다.

SH 에메랄드 호텔 다이아몬드 룸, 재인의 식구들이 홍미롭게 자리를 차지하고 있었다. 재인과의 식사를 기다리던 다현은 갑

자기 들이닥친 재인의 식구들 때문에 무척 당황했지만 그래도 그의 할아버지를 본 기억은 없었다. 하지만 그는 그녀를 너무 잘 알고 있다는 듯이 반가운 눈빛으로 다현을 바라보았다.

"우린 한 번 만난 적이 있는데 기억 안 나요?"

다현은 고개를 흔들었다. 아무리 머리를 쥐어짜도 이 할아버지는 처음 본 분이었다.

"생각 안 날지도 모르겠네. 벌써 오래된 일이니까. 작년, 아니 재작년 가을쯤 인천에서 봤어."

아무리 생각해도 나지 않는 기억을 되살려주려는 듯 할아버지는 강인한 눈매와 쟁쟁한 몸놀림으로 그녀를 주시했다.

"이래도 몰라?"

재인이 장난기 어린 어조로 되물었다.

하여튼 저 집요함이란. 어른들 앞에서 노려볼 수도 없고. 다현이 애매하게 고개를 흔들었다.

"정말 제가 회장님을 뵈었어요?"

"회장님이라니? 할아버지라고 불러."

"네, 전 할아버지를 뵌 기억이 없는데요."

직업 때문에 사람 이름과 얼굴은 제법 기억을 하곤 했다. 그런데 아무리 생각해도 눈앞의 할아버지는 처음 보는 얼굴이었다. 이런 강인한 인상의 남자를 그리 쉽게 잊을 리가 없는데. 정말로 기억이 없었다.

"난 널 알아. 너도 물론 나를 봤고."

규철이 인자하게 웃었다. 다현의 눈동자가 깊어지고 이마에 살짝 주름이 갔다. 가족들은 흥미롭게 그들을 지켜봤다.

재인 역시 궁금했다. 할아버지가 어떻게 다현을 찾아냈을까.

지금은 그 역시 할아버지의 선택이 탁월하다고 생각하고 감사하고 있었지만 다현과 할아버지는 생활 공간 자체가 완전히 다른 사람들이었다.

수많은 보통 사람 중에서 어떻게 진짜 보석을 감별해낼 수 있었을까. 그의 궁금함과 호기심에도 불구하고 다현은 아무래도 할아버지가 생각이 안 나는 모양이었다.

"다현이랑은 네 할미 생일에 봤다."

재인의 궁금증에 규철이 나직하게 이야기했다.

11월의 화창한 날 생일을 앞두고 돌아가신 할머니.

할아버지는 할머니의 묘를 선산에 모시지 않았다. 할머니의 가족들이 잠들어 있는 인천의 작은 묘지에서 이장하지 않았다. 그렇다면 재작년 11월에 두 사람이 처음 만난 걸까? 하지만 아직도 다현은 할아버지가 생각나지 않는 눈치였다. 그녀는 할아버지가 다음 말을 하기를 기다리고 있었다.

"자네가, 내 생명의 은인이야."

"제가요? 제가 뭘 했는데요?"

생명의 은인이라니. 그녀는 누군가의 목숨을 구해낼 만큼 어마어마한 일을 한 기억이 없었다.

규철은 여전히 얼굴 가득 의문과 물음을 보이는 다현과 재인에게 서랍 속에서 봉투를 꺼내 건네주었다.

딱 봐도 돈 봉투였다.

재인도 눈치챘는지 한 번에 인상이 구겨졌다.

뭐지? 드라마에서는 이렇게 돈 주고 끝내라고 하던데. 하지만 지금은 그런 상황이 아닌 듯했다. 다현이 조심스럽게 열어 개봉한 봉투에는 꼬깃꼬깃한 지폐 몇 장과 잔돈이 들어 있었다.

"뭐예요, 이거? 할아버지?"

재인이 흘긋 넘겨보고 다시 인상을 썼다.

"내가 갚을 빚이 있는데. 정말 기억 안 나나?"

"안 나는데…… 아."

전혀 기억에 없다고 고개를 도리질하던 다현의 작은 감탄사에 할아버지의 얼굴에는 미소가 지나갔고, 재인과 세희의 표정에는 궁금증이 묻어났다. 도대체 전혀 연결되지 않는 두 사람에게 어떤 연결 고리가 있는 걸까.

"할머니의 사과!"

"그렇지. 내가 감사의 인사로 사과를 줬지."

"그럼 그 할아버지?"

맙소사. 당연히 기억이 안 나는 게 옳았다.

이개똥 할아버지. 그 독특한 이름. 학교 뒷산에서 쓰러지신 할아버지. 하지만 그날의 할아버지는 고급스러운 양복을 입고 이 호텔에서 자연스럽게 음식을 먹는 그런 분이 아니었다.

"이제 좀 기억이 나나?"

"기억이 나긴 하는데요, 할아버지가 그 할아버지예요?"

도무지 믿을 수 없다는 듯 동그래진 눈으로 다시 확인하는 다현의 질문에 규철이 고개를 끄덕였다.

"내가 바로 그 사람이지. 겉에 뭘 걸쳤건, 뭘 들었건 같은 사람이야. 그때나 지금이나 전혀 다름없는 사람이지. 다른 사람들은 겉모습으로 차별하지만, 자네는 유일하게 날 똑같이 대접해준 사람이네."

"그렇긴 한데, 확실히 다르신데요."

할아버지와 다현만이 알고 있는 대화가 이어지자 재인의 눈썹이 올라갔다.

"그건 중요한 게 아니에요. 할아버지랑 다현이 어디서 어떻게 만났는지는."

재인이 할아버지가 있건 없건 간에 상관없이 다현의 어깨에 팔을 둘러 자신의 품에 끌어안으며 말했다.

"저희 이번 봄에 결혼합니다."

다현이 뭐라 말을 하기도 전에 재인이 성급하게 결혼을 공표했다. 이 사람은 꼭 이런 식으로 사람의 허를 찌른다. 게다가 이번 봄이라니.

지금은 겨울이 절정이지만 순식간에 봄이 다가올 것이다. 시간이 얼마나 남았다고 봄에 결혼을 하겠다는 걸까.

"흐음, 다현이가 허락한 사항이겠지?"

아무렇지도 않은 듯한 할아버지의 질문에 재인이 속으로 이를 갈았다. 하지만 할아버지는 이번만큼은 재인의 편이었던 모양이다. 재인과 다현이 뭐라고 말하기도 전에 규철은 함박웃음을 지으며 그녀를 재인의 품에서 끌어내어 자신의 품에 안았다.
"아이구, 잘했다. 축하한다, 재인아. 고맙다, 다현아."
할아버지의 느닷없는 환영과 축하 속에서 다현은 입도 벙긋하지 못했다. 다현이 뭐라고 할 수 있는 상황과 분위기가 아니었다. 그리고 그걸로 집안 인사는 끝난 것이나 마찬가지였다. 성현 그룹의 이규철이 허락한 이상 그 집안의 누구도 다현을 부정할 수는 없는 노릇이니까.

※※※

벌써 일 년도 넘은 이야기들이 이 회장과 다현의 입에서 확인되고 있었다.
생명의 빚. 할아버지가 그걸 잊을 리가 없었다. 물론 이재인을 제외한 누구에게나 친절한 다현은 까맣게 잊은 지 오래였을 것이다.
"제발 이제 산에는 혼자 좀 다니지 마세요. 할아버지 때문에 여러 사람 놀라잖아요."
"다른 사람 놀라는 게 중요해? 내가 죽을 뻔했다니까."
회장이 발끈했지만 재인은 아랑곳하지 않았다.
"그러니까요. 그리고 그 낡은 등산복이랑 신발도 버리시구요. 구멍 나기 직전이에요."

"구멍 안 났어."

두 사람의 입 싸움이 또 시작되려 하자 이 교수와 세희가 얼른 중간에 개입했다.

"그건 재인이 말이 맞아요. 절대 혼자 다니시면 안 됩니다."

"큰일 날 뻔하셨어요."

"다현이가 모른 척했으면 죽었지. 그러니까…… 내 재산은 전부 다현이 거인 게 맞는 거지. 저 못된 녀석은 그냥 덤이고."

"할아버지!"

덤이라는 얘기에 재인은 인상을 쓰고 다현은 몰래 웃음을 삼켰다.

이 남자가 정말 덤이 맞구나. 재인의 항의에는 아랑곳하지 않던 이 회장이 문득 세희를 바라봤다.

"나 죽기 전에 애들 결혼 서둘러라."

"아버님보다 아마 재인이가 더 급할걸요."

세희가 흘긋 아들을 보고 중얼거렸다. 재인의 표정이 이렇게까지 충만한 적이 있었던가.

그의 아들이 이렇게 기쁨으로 빛나는 모습은 세희도 정말이지 처음이었다. 저 작고 순진해 보이는 여선생이 아들을 행복하게 하고 있다. 그렇다면 그걸로 세희도 만족했다.

"네. 좀 많이 급해요, 어머니."

"재인 씨!"

너무 빠른 대답에 다현의 얼굴이 새빨개졌다. 하지만 다현의 어깨에 팔을 둘러 그녀를 자신의 품 안으로 끌어당기는 재인은 전혀 당황한 눈치가 아니었다. 어른들의 표정에 흐뭇한 시선이 지나갔지만 다현은 아니었다.

이 남자, 어쩌면 좋을까.

가족들의 열렬한 환영 속에서 다현이 어쩔 줄 모르고 있을 때 재인의 고모가 갑자기 문을 열고 등장했다. 다현을 바라보는 수영의 눈이 매섭게 빛났다.

"저 여자아이가 캐나다 그 여자랑 다를 게 있을 거 같아요?"

"고모!"

재인의 얼굴이 단박에 굳어졌다. 이 회장뿐만 아니라 세희의 얼굴도 마찬가지였다.

"이수영, 너 뭐 하는 짓이야. 예의라는 거 몰라?"

"오빠도 정신 차려요. 새언니를 이런 식으로 붙들어놓으니까 좋아요? 아무리 그래도 새언니, 우리 집 사람 아니에요."

"아가씨!"

"조용히 해. 얌전히 있을 자신 없으면 나가고."

수영이 뭐라 쏟아붓기 전에 규철이 자신의 딸을 향해 경고했다. 어려서는 귀여웠는데 갈수록 독해지고 못돼진다. 규철은 가볍게 혀를 찼다.

"소란 떨지 마. 오늘같이 좋은 날에."

"좋은 날이요? 홍. 학교 선생님이라더니, 바보로군. 그렇게 이야기를 했는데 말귀를 못 알아듣다니."

가족들의 거듭되는 경고에도 아랑곳하지 않고 수영은 다현을 향해 싸늘한 얼굴로 빈정거렸다.

"결혼? 한번 해보라구. 그게 바로 지옥일 테니까. 저 아인, 이 집 재산을 위해선 뭐든지 해. 제 아비 어미도 버린 놈이라고."

"고모!"

"너, 그만 나가는 게 좋겠다."

"네 오라비 말대로 해. 더 있으면 그때는 애비가 정말 화내는 꼴을 봐야 할 거야."

분노로 인해 새파랗게 질린 세희와 이 교수, 규철의 얼굴이 얼음처럼 굳어지자 수영은 그제야 몸을 일으켰다. 그리고 다시 한 번 증오의 눈빛을 보내고는 재인을 향해 마지막 일격을 날렸다.

"조카, 남의 인생 대신 살고 있으면서 너무 잘난 척하지 마. 그 자리가 전부 네 자리라고 생각해?"

더 이상 누가 뭐랄 틈도 없이 고모라는 이름의 여자는 저주처럼 비수를 찔러대고 바람같이 자리를 비웠다.

재인의 턱이 딱딱하게 굳어지고 규철의 얼굴이 노여움으로 붉어졌다. 재인의 다른 식구들은 얼굴이 하얗게 질렸다.

"미안해요. 집안에 한 명씩은 별난 사람이 있는데 우리 집에서는 재인이 고모가 그래요."

재인의 아버지가 정중하게 사과했고, 다현은 얼결에 고개를 끄덕였다.

　재인의 고모로 인하여 화기애애하던 분위기는 진작에 깨져 버렸고, 가족들은 모두들 어쩔 줄 몰라 하며 자리를 비웠다.

　재인도 다현의 손을 붙들고 장소를 옮겼다.

※※※

　20층. 스위트룸.

　다른 때 같았으면 절대 다현이 그의 호텔 객실에서 이렇게 그와 마주하고 있지 않았을 것이 분명했다. 하지만 오늘만큼은 다현도 느닷없는 봉변에 정신이 없었나 보다. 그가 이끄는 대로 끌려와 스위트룸 의자 한구석에서 눈을 깜박이고 있었다.

　"괜찮아?"

　재인은 그녀에게 급한 대로 준비되어 있는 생수를 건네주었다.

　"네. 이재인 씨 만나면서 내가 세졌나 봐요. 이 정도로는 별로 안 놀라네요."

　다현의 씩씩한 대답에 재인의 얼굴에 겨우 표정이 돌아왔다. 말은 그렇게 해도 아마도 감당할 수 없는 시간이었을 게 분명했다.

　"미안해."

　"재인 씨가 미안할 일이 아니잖아요. 그분은…… 제가 엄청 싫으신가 봐요."

"널 싫어하는 게 아니라…… 날 싫어하지. 우리 어머니도."

재인이 쓴웃음을 지었지만 다현은 그 고모라는 분이 재인의 어머니가 아니라서 천만다행이라고 생각했다. 그녀를 향한, 그리고 재인을 향한 명백한 적의에 한순간 그녀도 무서워진 게 사실이었다. 앞으로 가족이 될 사람이 그녀를 좋아하지 않는다는 건 편치 않은 일임에 분명했지만 재인의 고모가 다현에게 마음을 열기에는 너무 많이 와버린 느낌이었다.

"왜 웃어?"

곰곰이 생각에 잠겨 있던 다현이 살포시 미소를 지어 보이자 재인이 미간을 모았다. 그만큼 험한 소리를 들었으니 화를 내어야 할 텐데 이 마당에 웃음이라니.

"당신 고모 말이 맞는 거 같아서요."

"어디가?"

그가 바락 인상을 썼다. 얼마나 충격을 받았으면 그녀는 본인이 지금 무슨 말을 하는지 모르고 있는 것 같았다.

"처음 만났을 때 이재인 씨, 딱 대마왕이라고 생각했거든요. 그러니까 대마왕이랑 결혼하면 나도 같이 지옥에 사는 게 맞는 거 같아요."

재인이 '끙' 하고 한숨을 삼켰다.

대마왕에 웃어야 할지, 지옥에 산다는 말에 화를 내야 할지 갈피를 잡을 수 없었다. 어쨌거나 이 여자가 씩씩해서 정말이지 다행이었다.

"그런데 재인 씨 고모는 재인 씨가 어머님이랑 사는 게 굉장히 마음에 안 드시나 봐요."

그래도 어미, 아비를 버렸다는 얘기는 너무했다. 열 살의 어린아이에게 무언가를 선택하고 결정하고 그걸 책임지기를 바라는 건 무리였다. 아무리 영특하고 비범해도 아이는 아이일 뿐이니까.

"뭐 그렇겠지. 내가 그냥 캐나다로 가버렸으면 후계자가 바뀌었을 수도 있었으니까."

어머니의 재혼은 성현 그룹을 꽤나 복잡하게 만들었다.

교통사고로 죽은 재인 부친의 유산은 온전히 재인과 어머니의 몫이었다. 그 재산이 외부로 유출되는 일은 이 회장은 물론이거니와 성현 그룹 전체 경영에도 영향을 미치는 일이었다.

이 회장은 재인까지 캐나다로 가는 일은 결사적으로 반대했고, 결국 재인의 어머니는 모든 재산을 재인에게 증여하는 걸로 성현 그룹과 모든 인연을 끊었다. 그리고 재인은 사촌 형을 대신해 큰집으로 입양되었다.

"내가 남의 인생을 사는 덕분에 당신 아들 자리를 빼앗겼다고 생각해서."

"누가 남의 인생을 살아요? 재인 씨가요?"

"아까 들었잖아. 나보고…… 남의 인생 살고 있다고."

"무슨 말도 안 되는. 그건 고모되시는 분이 재인 씨에 대해서 잘 몰라서 그래요. 재인 씨 성격에 퍽이나 남의 인생을 대신 살겠어요. 누가 시키는 대로 할 사람도 아니면서. 고집이나 없어야지. 세상에 재인 씨처럼 고약하고 꽉 막힌 사람 별로 없어요."

"지금 내 앞에서 내 욕하는 거야?"

"욕이라기보다 사실을 얘기해주는 거예요."

재인이 대번에 인상을 썼지만, 무시하고 대답했다. 알 건 알아야지.

"근데 한 가지 이상해요."

"뭐가 이상한데?"

"이런 유산 땜에 당신보고 결혼하라고 하신 일이 처음이 아니라면서요."

"응. 얘기했잖아, 저번에 3년 전에도 그러셨다고."

그때 할아버지가 고른 여자가 한주희였다.

"근데 왜 그때는 결혼을 안 했는데요?"

"아무하고나 결혼할 생각 없거든."

그가 발끈해서 고개를 흔들었다.

"그러니까요. 이번에 할아버지 제안에 응한 이유가 있을 거 아니에요."

그녀는 확실히 영특했다. 재인을 바라보는 까만 눈이 반짝거린다.

"첫눈에 나한테 반했다는 소리는 하지 말구요. 믿지도 않을 테니까."

다현이 코웃음 치자 재인도 그날의 일을 생각하며 피식 미소 지었다.

첫눈에 반할 틈도 없었다. 너무 싸우느라. 이 여자, 단 한 번도 그에게 지지 않았었다. 그리고 지금, 그에게 온전한 신뢰를 보이며 이따금 이렇게 한 번쯤은 모른 척 져주고 있었다.

"그때는 유언장 안에 백화점에 대한 지분 얘기가 없었어."

다현의 궁금증에 재인이 천천히 입을 열었다. 할아버지가 알아낸 그의 약점은 가족이었다. 그가 지켜야 할 사람들, 그리고 그분들이 남겨주신 것.

"백화점이요?"

"백화점은 원래…… 돌아가신 아버지 몫이야."

미친 듯한 사랑으로 시작한 그의 아버지와 그의 어머니의 결혼은 비극이었다. 격렬한 반대 속에 결혼한 두 사람은 힘들어했고, 결국 아버지의 교통사고로 끝이 났다.

백화점은 한량 같았던 아버지가 처음으로 부지부터 건축 설계, 경영까지 유일하게 애정을 쏟았던 일이었다. 작은어머니 역시 재혼하면서 모든 재산을 포기했지만, 그들의 징표 같았던 백화점만큼은 양보하지 않았다. 그래서 어마어마한 증여세를 감수하고 백화점 지분을 재인에게 물려주었다.

그런데 자신의 백화점 지분을 고모부에게 상속해버린다는 할아버지의 유언은 치열한 경영 싸움의 시작을 의미했고, 재인을 움직이게 하기에 충분했다.

"그럼 백화점 땜에 나랑 결혼하려고 했단 말이에요?"

그녀가 비난하듯 재인을 흘겨봤다.

"아니지. 첨엔 당신도 알다시피 그냥 진지한 교제였지. 백화점 아니라 SH를 몽땅 주신다고 해도 결혼할 생각은 없었으니까. 마음이 바뀐 건 당신과 거래하고 나서부터였어."

"거래하고 나니까 내가 엄청 예뻐 보였단 말이에요?"

여전히 다현은 삐딱하게 쳐다보고 있었지만, 재인은 한마디로 고개를 끄덕였다.

"응."

재인의 단호한 긍정에 진지한 분위기에도 불구하고 다현의 얼굴이 새빨개졌다.

아무튼 간에 이 남자는 못 말리겠다.

"그럼 캐나다에 계신 어머니랑은 잘 지내는 거구요."

"아마도. 항상 날 맘에 걸려하시지. 20살 때는 나 없이 엄마 혼자 잘 지내는 게 서운하기도 했던 것 같은데 이제는 어머니 선택을 이해해."

이 남자의 10살과 20살은 언제나 쉽지 않았구나. 너무 몰라서 힘들었을 테고, 너무 많이 알아서 더 힘들었을 것이다.

다현은 따뜻한 이해의 눈빛으로 그를 바라보았다.

"재인 씨 20살 때 궁금하다."

"지금보다 훨씬 잘생기고 근사했지."

"지금보다 덜 늙었구요."

"지금도 한창때거든."

입가에 번지는 미소는 애써 모른 척하고 재인이 다현의 말에 슬쩍 눈을 흘겼다.

어느새 하늘에서는 눈이 펑펑 쏟아지고 있었다. 햐얀 눈이 솜뭉치처럼 하늘을 뒤덮고 있었다. 올겨울, 이렇게 눈이 쏟아진 적이 있었던가.

다현이 창가에 시선을 주며 나직하게 감탄했다.

"우와, 좋아요."

"나도 좋아."

재인이 다현만을 바라본 채 말했다.

그녀가 있어서 좋았다. 그를 온전히 이해하는, 그럼에도 불구하고 사랑하는 그의 사람이 있어서 더없이 행복했다.

32. 1%의 어떤 것

— 나를 완벽하게 하는 사람

눈앞에 있는 서현의 표정이 이글거렸다. 한 달 뒤면 가족이 될 이 남자는 여전히 그가 마음에 들지 않는 눈치였다.

뭐, 그래도 할 수 없지. 그 역시 김서현이 마음에 들어서 참고 있는 게 아니었다. 다현의 오빠만 아니었으면 진작에 선을 긋고 다시 안 봤을 텐데.

그런데 사실 이것도 나쁘지 않았다. 아무리 싫어해도 다현은 이제 그의 여자이고, 그는 가족이 될 테니 김서현이 얼마나 약 오르겠는가. 그 생각에 재인은 히죽, 입가에서 미소를 지우지 않았다. 그럼으로 인해서 더 열 받을 사람이 김서현이라는 건 누구보다 잘 알고 있었다.

"난 아직도 반대야."

"네가 반대를 하든지 말든지 난 상관없어."

재인이 느긋하게 대꾸했다. 겨우 양가 어른들의 허락을 얻어 냈다. 이제 와서 곧 내 아내가 될 여자의 오빠 반대까지 신경 쓰고 싶지 않았다.

"내가 형님이 되는 건 알고 있어?"

"형님 소리를 듣고 싶으면 반대를 하면 안 되지."

그가 느긋하게 지적했다. 처음부터 이 남자에게 형님이라는 소리는 하고 싶지도 않았다. 그런데 이렇게 계속 반대를 한다면 오히려 다행이었다. 내내 모른 척하고 살면 될 터이니.

"다현이랑 결혼하기 전에 그 여자가 누군지 알아야겠어."

"그 여자가 누군데?"

"이윤서."

뜻밖의 이름이 서현의 입에서 튀어나오자 재인이 살짝 미간을 모았다.

왜 김서현이 이윤서를 아는 거지? 그가 알고 있는 이윤서와 김서현이 알고 있는 이윤서가 같은 여자인지 재인은 잠시 의문스러웠다.

"윤서를 알아?"

"잘 몰라. 네가 만나고 다닌다는 것만 알지."

"내가?"

"도대체 이윤서랑 무슨 관계지? 그 여자가 왜 당신……."

서현의 눈빛이 이글거렸다.

'그 여자가라…….'

흠, 흠. 재인의 머리가 빠르게, 그리고 정확하게 작동했다. 그러고 보니 두 사람 다 비슷한 시기에 미국에 있었다.

한 명은 보스턴, 또 한 명은 뉴욕.

보스턴의 대학 병원에 있는 김서현과 뉴욕의 요리 학원을 다닌 이윤서가 어디서 만난 걸까?

미국이 좀 넓은가. 4시간 반 정도의 거리 어느 즈음에서 두 사람의 공통분모가 생긴 걸까? 하지만 지금 중요한 건 그게 아니었다. 어쨌거나 김서현은 지금 이윤서에 반응하고 있었다.

그러니까 윤서란 말이지? 진작에 알았으면 좋았을 것을. 하지만 지금 알아챈 것도 그리 늦지 않았다.

재인이 서현을 향해 씩 웃어 보였다.

아주 중요한 패 하나가 손 안에 들어왔다.

"아주 친한 사이지. 네가 상상할 수 없을 정도로."

그가 느긋하게 대답했다. 단어 하나하나에 김서현이 반응할 수밖에 없는 묘한 뉘앙스를 가득 담고.

"그러니까 내 동생은 안 된다고."

"다현이 때문에? 아니면 윤서 때문에? 윤서 때문이라면 내가 다현이랑 결혼하는 쪽이 훨씬 나을 텐데."

재인의 도발에 서현의 눈빛이 이글거렸다.

잘하면 살인나겠군. 메스가 손에 없는 게 천만다행이라고나 할까. 어쨌든 이번 게임은 그가 훨씬 유리했지만 그래도 곧 가족이 될 남자의 심장을 너무 난도질하는 건 도리가 아닌 듯했다. 김서현이 얼마나 좋은 남자를 가족으로 맞게 되었는지를 알아야 할 텐데.

"윤서는 친구 동생이야. 그러니까 김서현과 유현진 씨 같은 관계?"

"그 말을 믿으라고?"

"뭐 안 믿어도 상관없어. 그렇지만 믿는 게 그쪽 정신 건강에 좋지 않을까. 그리고……"

재인은 아주 중요한 순간에 말을 끊었다. 언제나 재인 앞에서 가차 없었던 서현의 눈빛이 멈칫거렸다.

"난 지금 윤서를 불러낼 수 있는데 말이지."

"그 여자가 지금 한국에 있어?"

역시나 같은 여자였다.

미국에 있고, 이재인과 알고 있는 이윤서는 대한민국에 딱 한 명뿐이리라.

윤후의 동생. 이윤서.

"이쯤에서 협상하지?"

서현의 질문에 대한 답을 피한 채 재인이 다시 스윽 하고 웃어 보였다.

"지금 이윤서랑 내 동생이랑 바꾸자는 뜻이야?"

"아니. 어차피 네 동생은 내 여자야. 김서현이 아무리 반대해도 양가에서 허락했고, 난 올봄을 넘길 생각이 없어. 그런데 윤서는…… 이 달을 놓치면 영영 못 볼 수도 있어."

선택의 기로에서 갈등하는 분노한 남자의 눈빛은 모른 체하고 재인이 느긋하게 대꾸했다.

"무슨 뜻······이지?"

"아마도······ 미국에 다시 들어갈 수도 있다는 뜻이지."

물론 다시 들어가야 할 일이 있었다. 하지만 그 역시 물론 아마도다. 더 살다 보면 미국 한 번 갈 일이 안 생기겠는가.

서현의 눈빛이 곤혹스럽게 흔들리자 재인은 피식 웃고는 핸드폰을 꺼내 들었다. 고집은 집안 내력인 듯하니 그가 이쯤해서 관대한 마음을 갖는 것도 나쁘지 않으리라. 나에게 빚을 진다는 사실을 김서현이 모를 리 없을 테니 멀리 보면 그리 손해 보는 장사는 아니었다.

"윤서? 어. 나 재인 오빠. ······지금 집이지?"

'이윤서'라는 이름 한마디에 서현의 표정이 굳어졌다.

뭐 저럴 걸 이렇게 버티는 건지. 의외로 일이 희한한 데서 쉽게 풀린다.

미안하다, 이윤서. 그냥 큰오빠 결혼 선물이라고 생각하렴. 대신 네 결혼식 때는 더 큰 걸 해줄 터이니. 그리고 김서현, 이 남자 별로 나쁘지 않아. 정말이지 나쁘지 않다. 김서현만 그에게 형님 소리를 들어서는 안 되는 거였다. 윤서의 남편에게 이재인은 당연히 형님이어야 했다.

※

윤서가 나타나자 단번에 바뀐 김서현의 표정은 드라마틱했다. 음, 오늘은 다현이를 굳이 집에 안 데려다줘도 될 것 같았다. 오늘 밤은 김서현이 다현이까지 챙길 여력이 없어 보이니.
재인은 마지막에 튀어나온 행운에 쾌재를 불렀다.
"오빠?"
"앉아."
윤서는 눈앞의 남자를 보고 눈이 휘둥그레졌다. 결국 둘이 아는 사이이긴 한 거 같았다. 도대체 언제 어디서 이들이 알게 됐는지는 차차 알게 될 일이었다. 어차피 시간은 길었다.
"서현 씨?"
"서로 통성명은 필요 없는 사이 같고……."
재인은 딱딱하게 얼굴이 굳은 서현을 보고 내심 씩 하고 웃어 보였다.
"지금이 8시니까 딱 10시 50분까지, 윤서네 집에 데려다줘. 전화해서 확인할 거야."
재인은 서현이 그에게 써먹은 그대로의 통금 시간을 적용했다. 서현의 눈빛이 홱 하고 재인을 노려봤지만 재인은 여유 있게 웃음으로 넘겨버렸다.
"그리고 윤서야. 이 남자, 내 처남이 될 사람이야. 위험인물은 아니지만 그래도 조심하고. 혹시라도 이 남자가 무슨 짓 하면 바로 연락해."
서현의 눈썹이 위험스럽게 올라갔지만 재인은 뭔가 속이 시원해지는 느낌이었다. 윤서와 서현의 미래까지는 모르겠다.

하지만 내일 당장이라도 윤후가 이 사실을 알게 된다면 그동안 김서현이 이재인을 괴롭힌 건 그저 귀여운 장난 정도라는 걸 알게 되리라. 그래서 재인은 지금 이 상황이 아주 만족스러웠다.

※ ※

조그맣던 초록반 아이들이 멋지게 퍼포먼스를 끝냈다. 절도 있는 춤사위에 깜찍한 얼굴까지 완벽한 공연이었다. 다현은 아이들 손에 일일이 '참 잘했어요' 도장을 찍어주고 활짝 웃어 보였다.

아이들이 나가자, 복도에서 기다리고 있던 재인이 들어왔다.
"이제 수업 다 끝난 거야?"
"이번 학기는요. 애들 공연 봤어요? 진짜 잘하지 않아요?"
보기는 봤지만 재인의 눈에는 다현밖에 보이지 않았다.
"우리 애들, 예뻤죠?"
"나는 네가 제일 예쁘던데."
재인이 웃지도 않고 진지하게 대답하자 다현의 얼굴이 붉어졌다. 이 남자는 이런 오그라드는 표현을 아무렇지도 않게 쓴다.
"큰일이다. 재인 씨 콩깍지 제대로 쓰인 것 같다. 어떡하면 좋아?"

"객관적으로 말하는 거야."

"뭐, 재인 씨가 정 그렇다면 그런 걸로 하죠."

배시시 미소 짓는 다현이 얼른 고개를 끄덕였다.

10살짜리 애들하고 비교한다면 가끔은 성인 여성이 예뻐 보일 수도 있는 거겠지.

"공식 보도 자료가 다음 주에 곧 나갈 거야. 그럼 시끄러워질 텐데. 괜찮겠어?"

"그나마 학기라도 끝나서 다행이다. 설마 애들은 안 못 살게 굴겠죠?"

"그거야 모르지. 그냥 관두고 대신 우리 아이를 잘 키우는 건 어때?"

재인이 은근하게 물어오자 교실 청소를 마무리하던 다현이 허리를 펴고 거울 속에서 재인을 노려봤다.

"약속은 지킨다면서요."

"너 고생할까 봐 그러지."

그녀가 육체적으로든 심적으로든 속상한 게 싫었다. 결혼 발표가 나면 분명 기자들은 그녀의 과거와 지금을 탈탈 털어내고 각색할 것이다. 그리고 그의 과거 행적 역시 논란이 될 것이 분명했다.

"할 수 없죠, 뭐. 그러다 말겠지요. 한동안 인터넷이랑 뉴스는 안 보고 살려구요."

"잘 생각했어. 앞으로도 주욱 보지 마. 좋은 얘기는 내가 스크랩해서 알려줄게."

재인이 반색을 하자 다현이 할 수 없다는 듯 웃어 보였다.

"아, 맞다. 우리 혼전 계약서 안 써요?"

"당연히 써야지. 변호사 공증까지 맡길 거야. 확실하게."

"이번엔 또 뭘 속이려고."

그녀가 의심스럽게 그를 바라봤다. 나중에 알았지만 그녀의 남편 후보는 이재인 하나가 아니었다.

현재 유현진과 수상한 썸을 타고 있는 게 분명한 재인의 사촌인 민태하도 후보였는데 그 중요한 말을 그는 싹 빼버렸었다. 게다가 반성도 없었다. 아주 당당했다.

"이혼은 없어. 무조건 늙어 죽을 때까지 종신이야."

"그건 좀 생각해봐야 하는 거 아니에요. 사람 일이 어떻게 될지도 모르는데."

단호한 재인에 비해서 다현의 표정은 애매했다.

이 여자가 이제 와서 왜 이러는 걸까. 결혼 허락을 받느라 재인은 그야말로 죽을 뻔했다. 서현의 방해도 방해였지만 다현의 부모님들은 한의사 사위에 대한 미련을 쉽게 내려놓지 못하셨다. 그나마 할아버지의 방문으로 인해 겨우 허락을 받아냈다.

"옵션 아니거든. 양보할 생각 없으니까 다다가 포기해."

재인이 버럭 하고 성질을 부렸다. 사람 일은 어떻게 될지 모른다지만 그는 이재인과 김다현의 미래는 누구보다 확실하게 잘 알고 있었다.

그는 절대, 그녀를 놓칠 생각이 없었다.

그런 끔찍한 경험은 한 번이면 충분했다.

이제는 그야말로 어림없었다.

"그런 거 말고 재산 포기 각서라든지, 위자료라든지 뭐 이런 걸 적어야 하는 거 아니에요?"

이 여자가 정말. 아주 구체적으로 혼전 계약서를 생각하고 있는 듯했다.

"그게 왜 필요해. 어차피 이혼 같은 건 없을 텐데. 부탁이니까 나 버리지 말고 살아줘."

재인의 부탁에 다현이 새초롬한 표정으로 고개를 갸웃했다.

"생각해보니까 재인 씨, 나한테 프러포즈 안 했죠?"

"그래서 하려고."

"뭘요? 설마 프러포즈요?"

다현이 얼른 주변을 돌아보았다. 다행히 복도에서 실내 현악 4중주 연주자 같은 사람들이 튀어나오진 않을 것 같았다. 그리고 방송이 나오기 직전의 스피커에서 흘러나오는 지직거리는 소리도 들리지 않았다. 풍선도 없고 플래카드도 없었다.

그럼 온몸이 오그라드는, 그녀 입장에서는 절대 사양하고 싶은 프러포즈는 걱정 안 해도 되나 보다. 그녀의 걱정과 상관없이 재인이 다현의 손을 잡아끌었다. 그리고 다현이 애써 정리한 의자 하나를 잡아 뺐다.

"앉아봐."

얼결에 자리에 앉은 다현을 재인이 선 채로 한참을 바라보았다. 그리고 그녀 앞에 한쪽 무릎을 꿇었다. 단 한 번도 누구에게도 무릎 따위는 꿇지 않은 남자가 한쪽 무릎을 꿇은 채 반지 상자를 열어 그녀를 향했다.

햇살 속에서 반짝이는 보석 따위는 지금 이 남자가 보여주는 진지한 눈빛과는 비교도 되지 않았다.

이 사람, 정말 그녀를 사랑하고 있었다.

"김다현 선생님, 결혼해주시겠습니까?"

"네. 이재인 씨."

그녀가 천천히 대답했다. 겨우 얻어낸 답변에 그가 만족한 미소를 지어 보였다. 그리고 반지를 끼워주고 마디마디 입을 맞췄다. 몸을 일으켜 다현을 품에 안은 그의 속삭임이 나직하게 귓가에 들려왔다.

'사랑해.'

'사랑해요.'

더는 필요한 게 없었다.

이 사람의 사랑이면 그걸로 충분했다.

학교 운동장에는 커다란 눈발이 툭툭 떨어지고 있었다. 지난여름에는 소나기가 엄청 내리더니 올겨울은 제법 눈이 많이

내린다. 아이들이 귀가해서 조금은 썰렁했던 운동장이 하얀 눈으로 덮여가고 있었다. 재인이 꼭 잡고 있는 다현의 손가락에서 반지가 반짝였다.

"신혼여행은 어디로 갈까?"

"아프리카. 모리셔스요."

"안 돼. 멀어."

진작에 생각했다는 듯 다현이 금방 대답했지만 재인이 고개를 흔들었다.

아프리카라니. 여기서 얼마나 걸리는지 알고나 하는 얘기인지. 그렇게 마음속으로 중얼거리면서도 해가 지는 모리셔스를 그녀와 단둘이 볼 수 있었으면 참 좋겠다는 생각이 그의 머리를 스치고 지나갔다.

"그럼 하와이. 29박 30일."

"좋긴 한데, 너무 길어."

그녀 역시 한 달을 고스란히 빼지는 못할 것이다.

하지만 29박 30일이라니.

내내 그녀와 함께 있는 그 시간은 아마도 천국이리라.

"신혼여행인데?"

"유럽이나 미주 정도는 생각해볼 수 있어. 대신 기간은 좀 줄여보고."

그녀가 불만스럽게 중얼거리자 재인도 한숨을 내쉬었다. 그의 일은 여전히 정신없이 바빴다.

그의 급작스러운 결혼 소식에 회사도 난리였다. 비서실부터 전략기획실, 홍보실까지 뜻하지 않은 폭탄에 정신을 못 차리는 중이었다.

"그럼…… 우리, 캐나다 갈까요?"

차 앞에 멈춰 선 재인이 다현을 바라봤다.

아프리카 모리셔스도 뜻밖이었지만, 캐나다는 정말이지 생각도 하지 못했다.

"우리 결혼식 때 오실 수 있으세요?"

"아마 어려울걸."

재인이 잠시 생각하다 고개를 흔들었다. 어머니 체력으로는 무리였다. 그리고 한국에 계신 어머니를 생각해도 그건 어려웠다.

"그럼 우리가 가요."

"그래도 돼?"

간단하게 제안한 그녀가 당연하다는 듯 고개를 끄덕였다.

"재인 씨랑 있는 데는 다 돼요."

다현이 아직도 얼어 있는 그에게 미소 지었다.

당신 하나면 모든 것이 충분하다는 것처럼.

당신의 뜻이 곧 내 마음이라는 듯.

하늘에선 눈이 내리고 있었고, 재인에게는 세상에서 가장 사랑하는 여자가 옆에 있었다.

그 역시, 그녀 하나면 충분했다.

비공개로 결정되었음에도 불구하고 그들의 결혼식은 세인의 입에 쉼 없이 오르내렸다. 전후 사정에 대해서는 아무것도 모르는 사람들에 의해 두 사람의 만남에서 결혼까지의 이야기가 여러 종류로 각색되어 여러 사람들의 입과 인터넷에 도배가 되었다.

다현은 꽃뱀도 되었다가, 임신도 하였다가, 절세미인도 되곤 하였다. 그리고 재인은 천하의 바람둥이가 되었다가, 사랑에 미친 왕자님이 되었다가, 어쩔 수 없이 발목 잡힌 남자가 되곤 하였다. 다른 사람들의 헛된 이야기와 상관없이 어쨌거나 두 사람은 오늘 결혼한다.

"예쁘다."

현진이 하얀 장미로 만들어진 부케를 들고 있는 다현을 바라보며 감탄했다.

이렇게 예쁠 수가 있구나. 이렇게 다현이 아름다운 건 저 빛나는 웨딩드레스나 전문가의 손길로 곱게 칠해진 화장 탓이 아니라 두 사람의 사랑 때문이리라는 것을 현진도 알고 있었다.

"왜 하필 이재인 씨인 거야? 맨날 대마왕이라고 툴툴대놓고."

"그러게 말이야."

다현이 수줍게 배시시 웃었다.

그 모습이 너무 예뻐서 현진도 한숨을 내쉴 즈음, 신부 대기실의 문이 열렸다. 이제 신부 입장인가 보다라고 생각했는데 정작 나타난 사람은 재인이었다.

"그새를 못 참고 찾아오네. 신랑 입장 안 한대요?"

"할 겁니다."

그렇게 중얼거린 남자의 눈빛은 오직 다현에게만 쏟아졌다.

"정말 예쁘다."

"고마워요."

감탄하듯 쏟아지는 남자의 눈빛과 미소에 다현이 수줍게 고개를 숙였다.

현진은 눈부시게 빛나는 두 사람을 바라보며 살짝 부러움의 한숨을 삼켜야 했다. 친구는 정말이지 예뻤고, 남자는 충분히 근사했다. 그리고 무엇보다 서로를 바라보는 눈빛에 사랑이 가득했다.

현진이 조용히 자리를 비켰지만 서로에게 반해 있는 두 사람은 그조차 모르고 있었다.

"길 안 잃어버리고 똑바로 잘 찾아올 수 있지?"

"안 그래도 아빠가 옆에서 같이 걸어주신대요."

다현은 부케 속에 얼굴을 가리고 조용히 미소 지었다.

"왜 웃는데? 그렇게 좋은 거야?"

"당신같이 고약한 남자랑 누가 결혼을 하나 했는데 그게 나였어요."

다현의 답변에 재인도 피식 웃고 허리를 숙여 조용히 입을 맞췄다.
"나한테만 똑바로 와. 다른 데 한눈팔지 말고."
입술을 마주한 채로 그가 중얼거렸고, 다현은 가만히 고개를 끄덕였다.

⋆⋆⋆

"어떤가. 내가 제대로 골라내지 않았나?"
"네, 이번에도 역시 회장님이 옳았습니다."
잘난 손자 녀석 옆에, 그 녀석을 새끼손가락으로 까닥거려 움직일 수 있을 만큼 현명하고 똑똑한 다현이 이제 함께 서서 같은 길을 가려 하고 있다.
"이것 봐, 자네. 내 편에 서기를 잘했지. 내가 이번에는 이길 거라고 하지 않았나?"
"네, 전 항상 회장님 편이었습니다. 하지만 제가 보기엔 이번에도 우리 상무님이 이긴 것 같습니다."
저렇게 좋아하는 얼굴은 또 처음 봤다. 저렇게 미소가 넘쳐 나는 사람이 게임에 졌다는 건 말이 안 된다.
"아니야. 이번에는 내가 이겼어."
"그런데 왜 제 눈에는 우리 상무님이 두 배는 더 좋아하시는 것 같을까요."

회장은 흐뭇한 얼굴을 하고 있다 다시 곰곰이 생각하는 눈치였다. 확실히 이긴 줄 알고 있었는데 알고 보면 저 녀석이 이번 일로 밑지는 일은 하나도 없었다. 여자도 회사도 모두 제 것으로 해버렸는데 손해 볼 게 뭐가 있단 말인가.

 결국 이번에도 재인이 이긴 것 같다.

 "왜 저 녀석 일은 항상 이렇게 쉽게 풀리지? 결국엔 내가 저 녀석을 도와준 거잖아."

 "우리 상무님 수완이시지요. 누굴 닮아 그렇겠습니까?"

 장 실장이 얼른 나서서 상황을 마무리했다. 다 당신을 닮아 그렇다는, 그러니까 자부심을 가져도 된다는 의미로 비서가 웃어 보이자 이규철 회장의 얼굴에도 다시 웃음이 돌아왔다.

 "그렇지. 그런데 재인이 저 녀석도 알까?"

 "아마 김다현 선생님이 더 잘 알고 있을 겁니다."

 "조금 있으면 증손도 보겠지?"

 "그렇겠지요."

 "흠."

 그를 닮을 또 하나의 생명을 생각하자 회장은 다시 기분이 좋아졌다. 자신, 그리고 재인과 다현을 닮을 그 아이는 앞으로의 또 다른 미래이고 또 하나의 세상이었다. 그 아이를 통해 자신의 어떤 꿈이 이루어질지도 모르는 것이다.

 그런 생각에 이규철 회장은 아주 기쁜 마음으로 결혼식을 바라보았다.

"사랑해."

재인은 그녀의 베일을 걷어주며 다현에게만 들리도록 작은 소리로 속삭였다. 재인의 고백에 다현은 살짝 미소 지었다. 그리고 그녀는 세상에서 가장 중요한 일을 하는 사람처럼 경건하고 진지한 표정으로 재인의 손에 반지를 끼워주었다.

하얀 베일에 싸여 그의 앞으로 걸어오던 다현은 이제껏 재인이 봐왔던 그 어떤 사람보다 더 아름다웠다.

이제 그의 여자가 되어 그의 옆에 서서 두 사람의 반지를 전하는 일은 그동안의 모든 기다림을 참을 수 있을 만큼 기분 좋은 일이었다.

어느 날 우연히 그에게 다가온 그녀가 오늘 그의 모든 것이 되었다.

그의 인생을 그녀가 송두리째 바꾸었다.

1

 결혼 후에 다현은 정말 바쁘다는 게 어떤 건지 몸소 체험하고 있었다. 그리고 왜 서현 오빠가 그렇게 반대했었는지, 왜 재인이 어렵지만 헤어짐을 선택했었는지를 이해하고 있었다. 그동안 살아왔던 환경과 문화, 세상이 전부 뒤바뀌어 가고 있었다. 하지만 이재인을 선택한 다현은 싫거나 좋거나 열심히 변화된 환경을 쫓아가고 있었다.
 파파라치의 카메라를 마주한다거나 항상 붙어 다니는 경호원의 존재에 익숙해져야 한다는 것 정도는 그래도 참을 만했다. 그리고 매일 해야 하는 영어 공부나 매주 한 번씩 하는 요리 수업, 미술 강좌도 재미있었다.
 하지만 딱 하나, 음악 공부만큼은 그녀에게는 꽤나 견디기 어려운 수업이었다.

> 재인 씨, 눈 뜨고 자는 방법 알아요?

> 아직 거기까지는 모르는데. 왜?

> 어머님이 음악회 가야 한대요.
> 그것도 마음의 평화를 위한 클래식이래요.

> 버텨봐. 나랑 있을 때처럼 졸면 어머니한테 찍힐걸.

 다현은 분명 눈을 찌푸리면서도 웃고 있을 재인에게 좌절과 곤혹스러움이 가득한 이모티콘을 한 바가지 보내놓고 90분 내내 긴장을 풀지 않고 눈을 부릅떠야 했다. 확실히 남자보다 더 무서운 건 시어머니인 모양이었다.

 재인과 처음 만났을 때는 조느라 정신이 없었지만 다행히 어머니 옆에서는 그런 추태를 부리지 않았다는 게 천만다행이었다. 다현은 안도의 한숨을 내쉬며 세희를 따라 조용한 식당으로 자리를 옮겼다.

※

 세희 일행이 도착하자 매니저가 허리를 숙여 인사하고 조용한 방으로 그들을 안내했다. 클래식이 흐르는 고급스러운 공간에는 늦지 않은 저녁 시간이어서인지 간단한 다과와 와인이 테이블에 세팅되어 있었다.

세상에, 또 클래식이다. 여기 계신 분들은 진짜 고전 음악을 좋아하는구나.

확실히 편한 자리가 아니었다. 아무리 시어머니인 세희가 그녀를 신경 써주고 있어도 여전히 불편하고 어색했다. 다현은 자신의 감정을 얼굴에 드러내지 않도록 노력하고 있었다.

아닌 듯 그런 듯 사람들의 시선이 계속해서 다현에게 쏠리고 있었다. 이재인의 와이프. 성현 그룹의 차기 안방마님. 그리고 너무나 뜻밖의 여자.

"확실히 쇼팽은 언제 들어도 쇼팽이에요."

아, 저 사람이 어느 집 며느리라고 했지? 아, 맞다. 대온 유통. 둘째 며느리라고 했던가? 미국에서 미술을 전공했다고 했었다.

이 동네 사람들은 희한했다. 이름이나 직위가 아니라 누구 집 며느리, 누구 집 딸로 호칭이 통용되고 있었다. 역시나 이상하다.

"얘가 워낙에 예술에 조예가 깊어서. 다현 씨는 어떤 음악을 좋아해요?"

은근히 자신의 며느리를 칭찬한 대온 유통의 사모님이 다현을 향해 웃어 보였다.

"저는 대중음악을 좋아합니다. 요새 제일 많이 듣는 음악은 지수의 '마음을 넘어서'예요."

"네?"

다현의 말을 미처 못 알아들은 상대방이 되물었다.

"첫 번째 미니 앨범이에요. 열심히 들어주세요. 오늘 가요 프로그램 나가는데 문자 투표해주시면 더 좋구요."

세희가 그런 다현을 보고 희미하게 미소 지었다.

우리 며느님은 어찌나 이렇게 솔직하신지. 진작에 재인으로부터 다현이 클래식이라면 질색을 한다는 얘기는 들었었다.

재인과 만난 첫날에는 졸았다던 며느리는 용케 싫다는 소리 한 번 안 하고 그녀의 옆에서 팸플릿을 뒤져가며 꼼꼼히 음악을 챙기며 긴 시간을 들어주고 지휘자를 비롯한 음악가들에게 감탄을 담은 소감을 말하며 진심으로 경의를 표했다.

아마도 그건 본인이 모르는 장르에 대한 경외감일 테지만 그녀의 진심은 주위 사람을 기쁘게 하기에 충분했다.

그리고 지금, 클래식을 논하는 사람들의 대화에도 조용히 귀 기울이고 있던 며느리는 좋아하는 장르에 분명히 자기 소신을 밝히고 있었다.

"아니, 무슨 아이돌도 아니고…… 그런 애들 음악을."

"음악 좋더구나. 지수 군 음색이 마음에 들더라."

지수의 존재를 알고 있는 누군가가 대놓고 하는 비웃음이 섞인 타박에 세희가 조용히 대꾸했다. 이번은 그녀가 며느리 편이 되어줄 차례였다.

세희의 발언에 레스토랑에 있던 모든 멤버들의 눈이 커졌다. 방 안의 분위기와 상관없이 세희는 아무렇지도 않게 와인을 한 모금 마셨고, 다현도 와인 잔을 손에 들고 자신의 편이 되어준 세희에게 작게 고개를 숙였다.

"술 마셔도 돼요?"

"네?"

꼴깍 와인을 들이켠 다현의 눈이 깜박였다. 뭐 또 내가 잘못한 건가? 와인은 그냥 장식이었나? 분명히 어머님도 마신 것 같았는데.

"임신……하신 거 아니에요?"

"아닌데요."

놀란 그녀가 단호하게 고개를 저었고 세희를 향해서도 화들짝 고개를 흔들었다. 그 모습에 세희는 또 웃음을 삼켰다.

뭔지 모르지만 며느리가 점점 귀여워지고 있었다. 아마도 아들 재인도 이런 모습에 반했으리라. 이렇게 당돌하고 또 순진하고. 가끔은 직설적이면서도 언제나 누군가를 배려할 줄 아는 아이였다.

"급하게 결혼한다고 해서. 그것도 이재인 이사가 어디 이름도 모르는 분이랑 결혼을 하길래……."

발목 잡힌 거 아니냐는 말은 다행히 하지 않았지만 다현은 알아들었다. 그리고 세희도 알아들었다. 사실은 처음부터 그녀는 질문의 맥락을 이해하고 있었다.

"재인이가 급했어요. 사돈댁에서 쉬이 허락을 안 해주셔서. 차라리 임신이라도 했으면 좋았을 텐데. 얘가 요새 애들 같지 않아 우리 이 상무가 마음 많이 졸였습니다. 정말 열심히 쫓아다녀서 한 결혼이라."

세희가 덤덤하게 모두들 알고 싶어 하는 이야기의 한 끄트머리를 풀어놨다. 듣는 이들의 눈이 휘둥그레졌다.

성현 그룹 이재인이 미친 듯 쫓아다녀서 결혼했다는 소문이 한 시간 뒤면 세간에 파다하리라.

"우리 며느리, 성현 그룹 안주인이 될 아이예요. 아버님이 직접 고르셨어요. 성현 그룹은 음악이나 미술 조금 더 안다고 해서 집에 들이지 않습니다."

세희의 단호한 선언에 다들 움찔하고는 다현을 바라보았다.

성현 그룹에서 선택한 여자. 이규철 회장이 직접 찾아낸 손주 며느리. 그걸로 충분했다.

다현을 두고 앞으로 내내 쏟아질지도 모를 뒷얘기들이 한꺼번에 종식되는 순간이었다.

2

재인의 일상은 결혼을 하거나 안 하거나 언제나 바빴다. 솔직히 결혼하고 더 바빠진 게 사실이었다. 캐나다로 신혼여행을 다녀온 보름 동안 그의 결정을 기다리고 있던 일들은 한둘이 아니었다.

"신상품 개발 건은 임상 결과 후에 바로 진행할 수 있도록 챙겨봐주세요."

"저기, 상무님."

"네 말씀하세요."

"저는 우리 와이프가 쫓아다녀서 결혼했어도 신혼 때는 잘했습니다."

잔뜩 긴장을 한 채 강 비서가 가능한 한 점잖은 목소리로 말했다. 이재인이 결혼했다고 해서 그 성질머리가 어디 가는 건 아니었지만 동석이 보기엔 이 상태로 가다간 일 년은커녕 석 달도 못 채우고 이혼당할 것 같았다.

"제가 못하고 있는 건가요?"

동석이 말하고 싶은 요지를 알아챈 재인이 물었다.

이재인 상무 본인은 전혀 모르고 있는 얼굴이었다. 그러니까 이혼당한단 말이다. 그리고 이혼당해도 할 말이 없어 보일 듯했다. 하나밖에 없는 딸내미가 이런 남자랑 결혼한다면 정말이지 머리를 밀어서라도 말려야 하는 게 옳았다.

"당연하죠. 그러다 쫓겨나세요. 저 같으면 진짜……."

재인이 호텔에서 성현 그룹으로 옮기면서 함께 옮겨온 유경이 말하다 아차 싶어 혀를 깨물었다. 그녀의 상사는 음양의 조화와 전혀 관계가 없는 남자였다. 여전히 지랄 같았고, 여전히 고약했다.

"유경 씨 같으면요?"

"당연히 이혼감이죠."

"바로."

비서실 이 차장의 대답에 힘을 얻은 유경이 간단하고 명료하게 마무리 지었다. 우리 상무님, 정말 해도 해도 너무한다. 내가 이래서 도시락 싸 들고 다니며 말리려고 그랬던 거다.

비서실 사람들의 단호한 표정을 바라보던 재인이 씩 하고 웃더니 들고 있던 서류를 내려놓았다.

"바자회 몇 시까지죠?"

그래도 사모님 스케줄은 알고 있나 보다. 오늘은 SH 호텔에서 개최하는 바자회가 마련되어 있었다. 다현은 재인을 대신하여 그룹에서 치러지는 몇몇 행사들에 열심히 참석하고 있었다.

"4시면 끝납니다."

아직 3시. 열심히 가면 끝나기 전에 다현을 데리러 갈 수 있을지 몰랐다. 이혼당하지 않으려면 이쯤에서 다현을 챙겨야 할 것 같았다.

"저기, 오늘은 다시 들어오지 마세요."

"그럼 이혼당하세요. 무조건 잘못했다 하세요."

"일단 사랑한다는 말도 잊지 마시구요."

그의 뒤통수에 직원들의 말이 줄줄이 내리꽂혔다. 아마 그동안 그가 크게 잘못했나 보다. 그나저나 일단이라니. 그는 여전히 다현을 사랑하고 있고, 앞으로도 살아가는 내내 사랑할 예정이었다.

 바자회장은 분주했다. 그리고 그 안에서 다현은 제일 바빴다. 몇몇의 부인들은 가볍게 차를 마시면서 여유를 즐겼지만 워낙에 고지식한 다현은 바자회장에 있는 물건들을 다 팔 기세로 열심이었다. 그런 다현을 세희는 어쩔 수 없다는 듯 미소를 띠며 지켜보았다. 생색을 내는 것도 한눈파는 것도 못하는 아이였다.
 "성현 그룹 작은 사모님이 왔다는데, 누구지?"
 "큰 사모님 근처에 있을 텐데. 이 기회에 눈도장을 찍어야 하는데 말이죠."
 세희 근처의 여자들이 소곤거렸지만 그녀는 모른 척했다. 다현은 그저 눈도장만으로는 만족할 며느리가 아니었다.
 "어머니!"
 "왔구나?"
 재인이 다가오자 사람들이 모세의 기적처럼 갈라지고 지금껏 노닥거리던 여자들의 손길이 갑자기 급해졌다.
 "그 사람은요?"
 "저쪽에 있어."

에필로그 | 391

세희가 희미하게 미소 지으며 눈빛으로 다현이 있는 장소를 가리켰다. 다른 사람들의 시선도 전부 재인을 좇아 다현을 찾았다. 다만 다른 것은 재인은 딱 한 번, 한눈에 다현을 찾았지만 다른 사람들은 짐작도 못했다는 것뿐이었다.

"얼른 데리고 가. 아침부터 고생하고 있어."

"어머니는요?"

재인이 멈칫하고 세희를 바라보았다. 와이프에 넋이 나갔다고 생각한 아들이 자신까지 챙겨주자 세희가 다시 미소 지었다. 내 아들이지만 참 마음에 든다.

"나야 오늘의 주최자이니까, 마무리를 보고 가야지."

"어머니 안 가시면 다현이도 안 움직일 텐데요."

"됐어. 네 댁은 오늘 할 만큼은 했으니까 얼른 데리고 나가."

세희의 지시에 재인이 고개를 끄덕였다. 요령 못 피우는 다현이 얼마나 열심히 했을지 짐작이 갔다.

"두 개 사면 오천 원 빼드려요. 딱 봐도 새것 같지요?"

재인이 다현에게 다가가자 그녀는 금세 눈을 반짝이고 호객 행위를 했다. 재인의 입에서 피식 하고 웃음이 터져 나왔다.

"천천히 하지. 혼자 다 팔 거야?"

"이것만 팔면 다 파는데. 재인 씨가 사주면 안 돼요?"

"그건 반칙 아닌가?"

다현의 흥정에 재인이 고개를 갸웃하고 물었다.

"천사 보육원에 기증하는 거니까. 좋은 일이에요."

다현이 엄숙하게 말했고, 재인은 다시금 웃음을 삼켜야 했다.

"에이, 좋다. 떨이로 드릴게요. 이만큼에 5만 원이요. 아, 천 원 빼드릴게요. 서비스!"

다현이 얼른 종이봉투에 옷들을 챙겨 넣고 손을 내밀었다. 재인은 할 수 없다는 듯 지갑을 열어 5만 원을 건네주었다.

"잔돈은 됐어요, 아줌마."

'아줌마' 소리에도 다현의 얼굴에 미소가 가득했다. 천 원짜리 한 장에 저렇게 기뻐할 수 있다니.

"이제 가도 되는 거야?"

다현이 고개를 끄덕였다. 재인은 다현이 물건을 담아놓은 봉투를 들고 다른 손으로 그녀의 어깨를 끌어안았다.

"저 여자가…… 이재인 씨 사모님이었어."

"난 호텔 직원인 줄 알았어요."

"줄을 잘 섰어야 했는데."

여기저기서 안타까운 후회의 속삭임이 새어 나왔다.

재인과 다현, 두 사람이 세희에게 다가와 꾸벅 인사를 하고 다정하게 바자회장을 빠져나갔다. 그 모습을 바라보는 세희의 입가에 웃음이 담겼다.

거리에는 봄이 예쁘게 오고 있었다. 지난주까지 하늘거리던

벚꽃은 오늘 아침에 내린 비에 눈처럼 사라졌다.
 벚꽃이 핀 거리를 한 번쯤 둘이서 걸어보고 싶었는데 이재인은 여느 때처럼 미친 듯이 바빴고 어느새 봄이 가버렸다.
 "벚꽃이 다 졌어요."
 아쉬움이 가득한 목소리였다.
 그야말로 오랜만의 데이트였다.
 재인과 결혼한 후 두 사람은 오붓한 둘만의 시간을 보낼 수가 없었다.
 둘이 뭘 해도 그들에게 쏟아지는 사람들의 시선은 끊이지 않았다. 아마도 평생을 이렇게 살아야 할지 몰랐다.
 하지만 그 없이 혼자 자유로운 것보다는 이 불편함을 함께 참는 게 오히려 나았다.
 "정말 바빴거든."
 "그러니까 말이에요. 왜 맨날 이렇게 바쁘냐구요."
 그녀가 낮게 투덜거렸다. 하지만 토라진 목소리는 아니었다.
 "그러게. 미안해. 꽃구경도 제대로 못 시켜줘서."
 하지만 왠지 재인에게 서운해지거나 섭섭하지는 않았다. 그저 짧은 봄이 아쉬울 뿐이었다.
 다현은 이제 알고 있다. 눈에 보이지 않는다 해서 사랑이 식은 것도 아니고, 사랑이 작아진 것도 아니라는 것을.
 말하지 않아도 그냥 느낄 수 있다. 이 사람은 언제나 날 사랑하지만 지금은 그저 바쁠 뿐이라는 것을.

방 안에는 베토벤 합창 교향곡이 웅장하게 울려 퍼졌다. 일에 열중하던 재인은 툭 하고 그의 어깨에 떨어지는 다현의 머리를 보고 피식 웃음을 삼켰다.

어머니를 따라 그렇게 음악회를 쫓아다녔는데 여전히 클래식은 쥐약이구나.

"이 소리에, 잠이 와?"

재인의 목소리에 다현이 화들짝 놀라서 눈을 떴다. 그리고 나직하게 안도의 한숨을 내뱉었다. 이곳이 집이어서 정말 다행이라는 표정이었다.

"너무 잘 오죠."

그녀가 입을 비죽이며 중얼거렸다.

정말이지, 그녀 스스로도 놀랄 수밖에 없었다. 이렇게 방 안을 울려대는 음악 소리에 어떻게 잠이 들 수 있는 거지? 아직도 하품이 저절로 나온다. 다현은 손으로 입을 가리고 작게 하품을 했다.

"힘들어?"

"조금. 뭐, 당신이 늙어서 잘해준다고 했으니까, '두고 봐라.' 하고 참고 있죠."

다현의 답에 재인이 고개를 끄덕였다.

"오늘은 그만 자자. 잘해줄게."

에필로그 | 395

그가 달콤하게, 그리고 진하게 속삭였다.

3

천사 보육원의 아이들은 언제나처럼 다현을 반겼다.
 정말이지 오랜만에 들렀다. 결혼하고는 이제 겨우 두 번째 인가? 한 달에 두어 번씩은 보육원을 찾아가던 그녀였다. 그래서인지 애들이 다현에게서 떨어지지를 않았다.
 다현은 깨끗하게 목욕시킨 아이를 타월로 둘러싸고 조심스럽게 침대로 옮겨 눕혔다. 이제 겨우 돌이 지난 은지가 색색거리며 잠들어 있었다.
 "저희도 아이들 목욕시키고 싶은데."
 "아이들 목욕은 익숙한 전문가가 아니면 곤란해요. 애들이 불편해하고. 잘못하면 경추나 척추가 아직 성장하지 않아서."
 자원봉사자의 요청에 천사 보육원 선생님 한 명이 친절하게 대답했다.
 어린아이를 목욕시키는 건 보는 것만큼 쉬운 일이 아니었다. 세심한 손길만큼이나 주의 깊은 행동을 필요로 한다. 경험이 없는 사람들에게는 절대 믿고 맡길 수 없는 일이었다.
 "그럼 저분도 여기 선생님이세요?"
 자원봉사자 중 한 명이 아이의 몸에 분을 바르는 다현을 가리키며 물었다. 꽤나 익숙한 손길이 오해받을 만했다.

"아니요. 저분은…… 거의 여기 가족 같은 분이라. 벌써 몇 년째 봉사 활동 하신 분이에요."

"저 여자 어디서 많이 봤는데. 어디서 봤지?"

자원봉사자 한 명이 핸드폰을 손에 들고 고개를 갸웃거렸다. 분명 낯익은 얼굴이었다. 남자는 열심히 자신의 기억을 되살렸다.

"촬영은 안 됩니다. 애들도 사생활이 있어서."

"아, 죄송합니다."

얼른 핸드폰을 내린 남자가 머쓱한 표정으로 고개를 숙였다. 구구절절 옳은 말이었다. 해서는 안 된다고 하는 일은 하면 안 되는 거였다.

※

그날도 여전히 재인은 바빴고 빠듯한 외부 스케줄을 수행하느라 오후 늦게나 돼서야 겨우 사무실에 자리를 잡고 앉을 수 있었다.

"블로그에 난 기사 보셨어요?"

재인이 자리에 앉기가 무섭게 강 비서가 사색이 되어 후다닥 다가왔다.

"또 뭔데요? 내가 누구랑 바람피웠대요? 사실 아니에요."

재인이 단호하게 고개를 흔들었다.

결혼한 지 벌써 6개월이 지났는데도 재인의 이름은 가끔 듣도 보도 못한 여자들과 엮여서 인터넷에 올라오고 있었다.

그럴 때마다 다현이 질색을 했지만 그녀와 함께 있는 순간에도 올라오는 이상한 루머에 다현도 포기할 수밖에 없었다. 그리고 그럴 때마다 서로에 대한 믿음이 얼마나 중요한지 깨닫게 된다.

그가 어떠한 일이 있어도 다현의 신뢰를 깨버리는 일은 절대 하지 않을 것이라는 걸 그녀 또한 확실히 알고 있었다.

"그게 아니라, 작은 사모님이……."

"설마 방송국 가서 플래카드 흔들었어요? 이 아줌마가 정말."

재인은 기겁을 하고 태블릿을 빼앗아 들었다.

다현과의 결혼 생활은 그야말로 완벽했다. 그 꼬마 가수 녀석만 없다면 말이다. 결혼을 했으면 얌전히 그만을 바라보고 아이돌 가수의 뒤치다꺼리는 당연히 포기해야 할 텐데 그녀는 여전히 그 지수인지 박수인지 하는 녀석의 팬클럽 회장이었다. 그리고 종종 경호원 몰래 생방송에서 지나치게 흥분한 그녀의 모습을 발견할 때면 재인은 약이 잔뜩 오르곤 했다.

"그건…… 아니고…… 그게…….."

태블릿 속 블로그 기사는 재인이 전혀 생각해보지 않은 내용이었다.

'노블레스 오블리주를 실천하는 재벌가 며느리'라는 제목 아래 흐릿하게 아이를 안고 있는 여자의 뒷모습이 보였다.

동그란 뒤통수만 봐도 다현이었다. 이런, 젠장.

> 봉사 활동에서 우연히 마주친, 꽤나 익숙한 손길로 보육원 아이들을 돌보던 그녀는 성현 그룹 이재인 상무의 부인인 김다현 씨였다. 보육원 측 이야기로는 그녀의 봉사 활동은 벌써 6년이 넘게 계속……

"이게 어떻게 된 거죠?"

"아마 지난번 보육원 가셨을 때 자원봉사자들이 왔었던 모양입니다. 그중 한 명이 찍어 올린 것 같아요. 그보다 조회 수가 벌써 삼만 명이 넘었습니다. 그리고 이미 공중파 방송국에서 취재를 해 간 모양입니다."

"설마 동영상에 얼굴 공개까지 된 겁니까?"

재인이 기겁을 해서 동영상 플레이를 눌렀다.

"다행히 얼굴은 초점이 흔들려서 희미하게 잡혀서."

"당장 블라인드 처리해달라고 요구하세요."

재인의 얼굴에 선명하게 인상이 그어졌다. 오늘 일로 다현이 좋아하는 일이 또 하나 사라져버렸다.

속상해할 텐데 뭘로 보상을 해야 하나?

그의 집에서 가깝고 사람들 이목이 닿지 않는 보육원이나 양로원을 찾아봐야 할 것 같았다.

다현은 한숨을 내쉬었다. 이제는 보육원에 놀러 가는 일도 못 하게 생겼다. 다른 사람들이 보기에는 봉사이겠지만 그녀에게는 그저 익숙한 일상 중 하나였다.

"당신네 동네는 뭘 못 하겠어요. 보는 눈이 많아서."

예상대로 다현이 잔뜩 심술 난 표정으로 투덜거렸다. 보육원에 기자들이 진을 치고 있는 바람에 원장님이랑 아이들이 꽤나 불편한 모양이었다.

"이제는 당신 동네이기도 하지. 그나저나 좀 쉬어. 엄청 피곤해 보여."

"피곤해요. 나, 오늘 너무 열심히 일했어요."

학교는 학교대로 바빴고, 오후에는 어머니와 함께 한국을 찾은 VIP 고객과 저녁을 먹어야 했다. 다행히 통역이 붙어 있었지만 다현에게 영어는 아직도 먼 나라 얘기였다. 얼마나 긴장을 했는지 속이 다 답답했다.

예전에 재인이 왜 그렇게 만날 때마다 회사 행사에 그녀를 동반했는지 조금은 이해가 갔다. 그렇게라도 안 했으면 재인에게 개인 시간은 전혀 없었을 것이다.

"이제 적당히 하자. 너, 무리하고 있어. 괜찮아?"

"안 괜찮은 거 같아요."

나직하게 중얼거린 다현이 '툭' 하고 그대로 쓰러졌다. 그 모습을 보고 재인의 얼굴이 하얗게 질려갔다.

―――※※―――

다현이 깜박이며 눈을 뜨자 누군가의 안도의 한숨이 선명하게 들려왔다.

그일 것이다. 그녀의 남편. 이재인.

다현은 자신을 걱정하는 그의 마음에 다시 정신을 차리려고 노력했다. 하얀 벽, 푸른색 커튼, 손등에 아프게 느껴지는 링거 줄······.

아마도 병원이리라. 그리고 이렇게 그녀의 손을 움켜쥐고 있는 사람은 이재인일 것이다. 그 밤에 재인이 기겁을 해서 그녀를 안고 병원에 달려왔을 것이다.

다현은 눈을 돌려 재인을 찾았다. 그는 걱정이 가득한 눈빛으로 그녀를 바라보며 땀에 젖은 그녀의 이마에 걸쳐진 머리카락을 치워주었다.

"다현아, 정신 나니?"

"네. 괜찮아요."

"괜찮긴."

재인의 억눌린 목소리가 들려왔다. 걱정이 잔뜩 담겨 있고, 화를 참고 있는.

진작에 다현의 스케줄이 과도할 정도였다는 것을 눈치챘어야 했다. 도대체 비서실에서는 뭘 하고 있었는지. 아니, 그는 도대체 뭘 하고 있었는지.

"요즘 스트레스 받는 일이 많아요?"

의사가 그들 사이에 끼어들었다. 머리가 하얗고 은빛 안경에 매서운 눈초리를 감추고 있는 의사 선생님은 조심스럽게 다현을 관찰하고 있었다.

"아니요."

고개를 흔드는 다현의 답변에 재인이 버럭 성질을 부렸다.

"왜 없어. 미술 강좌고 음악 프로그램이고 다 때려치워. 요리학원도 관둬. 대충 먹어도 상관없어."

"아니, 그건 안 되죠. 잘 먹어야 해요. 특히 임신 초기에는."

"네?"

"임신하셨습니다."

웃음기가 가득한 의사 선생님의 기분 좋은 진단에 젊은 부부가 당장에 긴장하는 것이 보였다. '임신'이란 전혀 생각하지 못한 단어에 두 사람의 눈이 커지고, 재인의 입가에 천천히 미소가 번졌다.

4

현진은 병원 커피숍에서 그녀를 기다리고 있는 태하를 발견하고는 인상을 썼다. 이제 겨우 전공의 2년 차.

여전히 잠잘 시간은 부족했고, 여전히 수술실 안에서 그녀는 미숙했으며, 여전히 배울 건 많았다. 그녀에게 연애 따위는 그야말로 '연애 따위'인 것이다.

"그만 좀 하죠."

"내가 왜 싫은지, 그 이유를 알아야겠습니다."

현진은 미치겠다는 표정으로 태하를 노려보았다. 벌써 몇 번째 질문이고 몇 번째 답인지.

다현과 재인이 결혼한 후, 이 남자의 집요함은 점점 더 심해졌다. 다현이 말로는 이재인 씨도 집요함의 끝판왕이라고 하더니 이건 유전인가?

"안 싫어요."

"그런데 왜?"

"싫어하지 않는다고 했지. 좋아한다고도 안 했거든요."

현진이 환자에게 질병을 설명하듯 차곡차곡 다시 답했다.

"굳이 싫어하지 않으면 사귀어도 되지 않습니까?"

"난 아무나 안 사귀어요. 민태하 씨, 내가 몇 번이나 얘기했을 텐데요. 난 지금 누굴 사귈 여유가 없다고."

"사람을 좋아하고 싫어하고는 여유가 필요한 게 아니에요."

"그럼 뭐가 필요한데요?"

"관심."

그가 그녀를 똑바로 본 채로 말했다. 나한테 관심을 가져달라고. 난 너한테 관심이 있다고.

"그럼 그냥 한 번 잘래요? 차라리 그거라면……."

현진의 질문에 태하가 눈에 힘을 주고 그녀를 노려보았다.

"그럼 나랑 결혼해야 합니다. 그래도 괜찮습니까?"

"아뇨."

그녀가 단번에 고개를 흔들었다.

뭐 이런 꽉 막힌 남자가 다 있는지. 그녀 역시 저도 모르게 내뱉어진 얘기에 입술을 꽉 깨물어야 했다.

혹시나 이 남자가 정말 자자고 했으면 어찌했어야 할지 사실 그녀 자신도 잘 몰랐다.

다행히 절묘한 순간에 현진의 핸드폰이 울렸다.

응급실에서의 콜이었다. 만세. 이렇게 응급 콜이 반가울 때도 있구나.

현진의 발걸음이 빨라졌고, 그런 그녀를 바라보는 태하의 눈빛이 뜨거웠다.

※※※

지인들과 친구들의 꾸준한 원성과 요구에도 불구하고 그저 다다와 둘이서만 있겠다고 집들이는 끝까지 거절하던 재인이었다.

결국 결혼한 지 6개월 만에 할 수 없이 치른 작은 파티에서 사람들이 빠지고 태하와 현진만 남았다.

"그러고 보니 도련님 빈손으로 오셨어요."

마지막까지 정리를 도와주며 일어서는 태하를 보고 다현이 짐짓 인상을 썼다.

"맘은 가볍게, 손은 무겁게가 이번 집들이의 테마예요."

"뭐가 필요하신데요?"

"많지요."

태하는 다현의 장난스러움에 같이 미소 지으며 지갑에서 무언가를 꺼내 들었다. 그리고 다현에게 내밀었다. 딱 봐도 백화점의 골드 카드였다.

"우와…… 이런 걸 절 주셔도 돼요?"

"재인이 형보다는 제가 통이 좀 크지요. 형수님, 필요하신 거 언제든지 말씀하세요."

김다현이라는 여자가 유현진을 그에게 보내주었다. 그렇다면 이깟 카드 따위는 문제도 아니었다.

"당신한텐 내 카드가 있잖아. 남편 걸 두고 다른 남자 걸 쓰시겠다고?"

다현의 기쁨이 가시기도 전에 재인이 얼른 다현의 손에서 태하의 카드를 뺏으려 들었지만 그녀는 단호한 손길로 사수했다.

"다른 남자 거라서 더 탐나요. 재인 씨 건 내가 돈 내야 하잖아요."

"당신, 결혼하더니 탐욕스러워졌어."

"그러니까 말이에요."

재인이 혀를 찼지만 다현은 끄떡도 하지 않았다. 다른 남자 카드를 욕심내다니. 집들이 따위는 괜히 했다. 태하 녀석 따위는 초대하는 게 아니었다.

"어쨌거나 도련님 마음은 충분히 전달됐어요. 음, 그럼 대신에 전 뭘 해드릴까요?"

"뭘 해주실 수 있는데요?"

태하가 재미있다는 듯 웃어 보이자 다현이 씩 하고 다시 미소 지었다.

재인은 가끔 다현이 이런 웃음을 보일 때마다 심장이 덜컥했다. 그들이 처음 계약서를 쓸 때도 저런 미소를 남발했었다. 음모가 가득한. 그럼에도 불구하고 따라갈 수밖에 없는 더할 나위 없이 예쁜 웃음.

"제가 요새 탐욕스러워서…… 돈은 좀 어렵구요. 대신 사람은 드릴 수 있어요."

다현이 손에 들고 있던 카드를 현진에게 건네주었다.

"이게 뭐 하는 짓인데?"

"네가 보관해. 이 카드, 비싼 거야. 돈 주고도 못 사는 거야. 알지?"

현진이 이해할 수 없다는 듯 다현을 마주 봤다. 그리고 그런 현진을 바라보는 태하의 눈빛이 짧지만 분명하게 흔들렸다. 그 모습에 재인은 나직하게 혀를 찼다.

웬일로 이 자식이 이런 행사에 나타나나 했더니 관심이 딴 데 있었군.

"어쨌거나 해결됐네. 다행이네요. 오늘 밤 저 카드 땜에 대판 싸울 줄 알았는데. 고마워요, 현진 씨, 그리고…… 통 큰 남자. 여자들 손에 그런 걸 쥐어주는 게 얼마나 위험한 일인데……. 이왕 카드까지 가지고 있는 분이니까, 현진 씨 좀 집에까지 모셔다드려."

재인은 태하의 얼굴에 잠깐 비치고 사라진 기쁨과 감사를 보고 그의 어깨를 두드렸다.

부창부수.

다현이 시작했고, 재인이 깔끔하게 마무리하고 있었다.

"집으로 가실 거지요? 오늘은 오프라고 하셨으니까."

재인은 현진을 태하에게 밀어붙이며 말했다.

유현진이라는 여자도 만만치 않을 텐데. 잘해보라구, 민태하.

재인은 태하에게 동지 의식과 연민을 함께 느꼈다.

유현진이란 여자 역시 다다만큼이나 특별한 여자였으니까.

"이게 무슨…… 아니에요. 혼자 갈 수 있어요."

현진이 그제야 정신을 차리고 거절했다.

민태하라는 남자가 얼마나 집요한지 현진도 요즘은 확실히 깨닫고 있는 중이었다. 하지만 어느 틈에 다다가 태하와 자신의 관계를 눈치챘는지는 짐작조차 못하고 있었다. 김다현이 이렇게 눈치와 행동이 재빠른 친구가 아니었는데.

"아닙니다. 제가 모셔다드려야 하지만 오늘 이 망할 집들이 땜에 우리 시간을 못 가져놔서요."

재인은 미소 지으며 태하와 현진은 아랑곳하지 않고 다현의 허리에 팔을 감았다. 누가 봐도 애정이 가득한 행동이었고, 눈앞의 사람들이 방해가 돼도 어쩔 줄 몰라 하는 신혼부부의 모습이었다.

"제발 빨리 가주시는 게 절 도와주시는 겁니다. 이제부터 우린 할 일이 많거든요."

"이 남자가……."

다현은 재인의 은근한 애무에 기겁을 하면서 그를 흘겨봤다. 그리고 다시 태하를 향해 당부했다.

"현진이가 카드를 좀 긁어도 용서하세요. 대부분 도련님의 조카 선물일 거예요."

"상관없습니다. 전혀."

"그러실 줄 알았어요. 그리고 차 안에서 잠들어도 화내지 마시구요. 그게 관심이 없어서가 아니라…… 원래 전공의 2년 차는 아무 데서나 잘 자거든요."

"알고 있습니다."

현진을 빼놓은 채 다현과 태하의 대화가 사근사근해졌다.

"야! 김다다."

"어. 그렇게 고마워하지 않아도 돼. 내일 전화해. 얼른 가고."

발끈한 현진이 뭐라 말하기도 전에 다현이 그녀의 등을 밀었다. 내 친구가 아줌마가 되더니 정말 뻔뻔해졌다.

"가죠. 신혼부부 방해하는 건 예의가 아니에요."

얼른 현진의 손을 잡아끌고 나가는 태하의 뒷모습에 다현과 재인은 만족스러운 미소를 지어 보였다.

얼핏 '김다현, 두고 보자.'라는 현진의 중얼거림이 들려왔지만, 다현은 사뿐히 무시했다.

우리 도련님에게서 네가 1%의 어떤 것을 발견하길 바라, 유현진. 내가 찾아낸 이 사랑을 말이야.

"저 둘, 심상치 않지요?"

"몰라. 난 내가 심상치 않으니까."

재인이 벌써부터 흥분한 몸을 다현에게 밀어붙이며 중얼거렸다.

이제 6개월. 그들은 신혼부부 아닌가.

"우리 이제 손님 같은 거 받지 말자. 그냥 우리 둘이만 있자고."

"앞으로 당분간은 계속해서 우리 셋이에요."

다현은 이제 겨우 6주가 된 그들의 사랑이 숨 쉬고 있는 배 위에 손을 올려놓았다.

"그래서 더 좋아. 두 사람 모두 다 내 거잖아."

그는 정말 좋았다. 다다가 그의 품 안에 있는 것도, 가장 사랑하는 여자의 품속에서 자신의 분신이 커가는 것도.

"당신도 내 거예요."

다현은 재인의 허리에 손을 두르고 그의 품 안에 얼굴을 묻으며 빙긋 웃었다.

내 인생을 송두리째 바꾼 1%의 어떤 것은 나에게 운명이고 사랑이며, 이재인이라는 이 사람이다.

〈THE END〉

작가 후기

'1%'의 99%를 채워주시는
'1%' 가족분들께

'해피엔딩'이 최고라고 생각하는 전 언제나 제 주인공들이 이 세상 어딘가에서 분명히 잘 살고 있을 거라고 생각합니다. 이름만 재인이와 다현이지, 누군가 사랑하는 사람들은 다들 주인공이라고 믿기 때문입니다.

그럼에도 불구하고 첫 작품, 제 인생을 송두리째까지는 아니더라도 많은 부분을 바꾸어버린 '1%'를 다시 썼습니다. 처음엔 꽤나 난감한 제안이었고 아득해 보이는 일들이었습니다.

어쩌면 지금은 첫 아이가 중학생이 됐을지도 모를 재인이와 다다의 이야기를 다시 쓰라니.

그럼에도 다시 고쳐 쓴 이유는 딱 하나입니다. 13년 전 재인이와 다다처럼, 2016년 재인이와 다다가 제가 믿고 있는 것처럼 여전히 행복한지 궁금해서입니다.

둘이 잘 살고 있는지 호기심으로 시작했는데, 생각보다 그리 쉬운 작업은 아니었습니다. 캐릭터와 설정, 딱 두 개만 그대로 두고 다 새로 써야 했습니다. 핸드폰조차 없던 다현이를 그대로 둘 수는 없었으니까요.

그래도 어쨌거나 마무리가 됐고, 제 궁금증도 해결했습니다.

재인이와 다현이는 행복하답니다. 손발이 오그라드는 연애를 하면서 역시나 잘 살고 있습니다. 누군가와 사랑을 하는 모든 분들과 또 앞으로 사랑할 여러분들처럼요.

전 참 운 좋고 복 많은 작가입니다. 처음, 첫 작품으로 여러분들을 만날 수 있어서 행운이었고, 다시 이렇게 함께할 수 있어서 재수 좋은 작가입니다.

올 여름은 진짜진짜 더웠습니다. 그 무더운 여름날, 작가의 부족함을 꽉 채워주신 강철우 감독님과 스태프분들, 출연진 여러분들에게 진심으로 고맙습니다. 그리고 까칠하고 달달한 대마왕 이재인, 하석진 님과 누구보다 사랑스러웠던 우리 예쁜 다다, 전소민 님께 마음으로 감사를 드립니다.

무엇보다 '1%'의 99%를 채워주시는 '1%' 가족분들, 처음 글을 인터넷에 연재했을 때부터 언제나 사랑해주신 독자님들, 항상 고마워요. 그리고 13년 전 어설펐던 초보 드라마 작가에게 너무 큰 힘이 되어주신 '1% 폐인분들'과 지금 다시 2016년 '1%'를 사랑해주시는 새로운 가족분들. 여러분들이 쏟아주신 과분한 애정에 고개 숙여 감사드립니다. 잊지 않고, 또 변치 않을게요.

여러분과 함께해서 내내 행복했습니다. 재인이와 다다처럼 여러분들도, 여러분들의 사랑도 늘 행복하시길…….
 그리고 처음 글이란 걸 썼을 때부터 내내 옆에 있어준 내 소중한 친구, 휘 님. 그리고 전주에 님. 한 번도 제대로 전하지 못했지만, 전 당신들이 참 좋습니다. 옆에 있어줘서 고마워요.

현고운 드림.

1%의 어떤 것 2

초판 1쇄 인쇄 2016년 12월 15일
초판 1쇄 발행 2016년 12월 30일

지은이 현고운 | 펴낸이 강성욱 | 책임 기획 전주예 | 기획 편집 송진아 김혜정 | 디자인 김선경
일러스트 홍예림 | 로고 김미현 | 교정 서진영 류혜선
펴낸곳 테라스북 | 등록 제25100-2013-000012호
주소 (134-826) 서울특별시 강동구 동남로 65길 13 2층
전화 070-4794-5826 | 팩스 0505-911-5826
블로그 http://terracebook.blog.me | 전자우편 terracebook@naver.com
ISBN 978-89-94300-66-5 (04810)
ISBN 978-89-94300-64-1 (SET)

ⓒ 현고운 2016 Printed in Korea

테라스북은 오름미디어의 임프린트 브랜드입니다.

잘못된 책은 구입하신 곳에서 바꾸어 드립니다.
이 책의 전부 또는 일부 내용을 재사용하려면 사전에 저작권자와 오름미디어의 동의를 받아야 합니다.

이 도서의 국립중앙도서관 출판시도서목록(CIP)은 서지정보유통지원시스템 홈페이지(http://www.seoji.nl.go.kr)와 국가자료공동목록시스템(http://www.nl.go.kr/kolisnet)에서 이용하실 수 있습니다. (CIP제어번호: CIP2016030166)